非天夜翔 作品

U0120465

山有木兮

·终章·

关山月

下

湖南文艺出版社
HUNAN LITERATURE AND ART PUBLISHING HOUSE

博集天卷
CS-BOOKY

图书在版编目（CIP）数据

山有木兮. 终章 / 非天夜翔著. -- 长沙：湖南文艺出版社，2022.5

ISBN 978-7-5726-0574-1

Ⅰ. ①山… Ⅱ. ①非… Ⅲ. ①长篇小说－中国－当代

Ⅳ. ① I247.5

中国版本图书馆 CIP 数据核字（2022）第 010465 号

上架建议：畅销·青春文学

SHAN YOU MU XI. ZHONG ZHANG

山有木兮. 终章

作　　者：非天夜翔
出 版 人：曾赛丰
责任编辑：匡杨乐
监　　制：邢越超
策划编辑：王小岛
文案编辑：白　楠
营销支持：文刀刀　周　茜
封面设计：有点态度设计工作室
版式设计：李　洁
插画绘制：Eno.　舟行绿水　无姜粥
内文排版：百朗文化
出　　版：湖南文艺出版社
　　　　　（长沙市雨花区东二环一段 508 号　邮编：410014）
网　　址：www.hnwy.net
印　　刷：三河市兴博印务有限公司
经　　销：新华书店
开　　本：640mm×915mm　1/16
字　　数：579 千字
印　　张：36.5
版　　次：2022 年 5 月第 1 版
印　　次：2022 年 5 月第 1 次印刷
书　　号：ISBN 978-7-5726-0574-1
定　　价：79.80 元（全二册）

若有质量问题，请致电质量监督电话：010-59096394
团购电话：010-59320018

回家路

黄河之水奔腾不息，雷霆闪现，大雨铺天盖地。

耿曙与姜恒被雨淋得浑身湿透，躲进了一家驿站。

姜恒的身体与心，此时都感到前所未有地疲惫，他甚至来不及询问耿曙安阳城内发生的事情，包括项余如何将他送出来、雍军与郢军是否爆发了大战。

他的人生里，只有一件事。

过往种种，伴随着汁琮的翻脸无情，就此彻底结束。他曾经的付出，俱成泡影。

幸而耿曙依然在，他始终在，从未离开。

姜恒坐在榻前喘气，眼里带着无奈。耿曙始终背着黑剑，这一路上丝毫不敢放松警惕。

"这里还是不安全，"耿曙说，"我们得尽快离开，勉强睡一夜就上路。"

"我累了，哥，"姜恒出神地说，"好累啊！"

"歇息罢，"耿曙执着地说，"会好起来的，恒儿。没有什么比咱们当年离开浔东去往洛阳更难了，是不是？"

姜恒的表情有点麻木地点了点头。耿曙站在窗边，看着外头铺天盖地的雨。

"咱们接下来得去哪儿？"姜恒当真一筹莫展。

"你想去哪儿？"耿曙回头问，"想去哪儿，咱们就一起去。"

姜恒什么也说不出来了，他躺在榻上，片刻后陷入了梦乡。耿曙放下黑剑，于姜恒身畔和衣而卧，他一手按在黑剑上，随时听着驿站外传来的响动，雨声、脚步声、战马嘶鸣、人的交谈声混在一起。

翌日，耿曙为姜恒买来了食物，准备了干粮，天不亮便再次出发。

姜恒想问去什么地方，耿曙却道："在想好以前，就跟着哥哥走罢。"

姜恒点点头，耿曙翻身上马，带着姜恒，沿东边嵴关下的道路折而向南，一路远去。

"他们还会来的，"耿曙说，"那伙血月门的刺客不杀了你、夺走黑剑，不会甘心。"

耿曙一路上尽量不与任何人说话，哪怕对方看上去只是寻常百姓。

姜恒问："项余呢？你是怎么逃出来的？"

"就这样。"耿曙简单地说道，"项余既然是大将军，自然有他的手段与办法。"

耿曙略一迟疑，没有告诉姜恒真相，毕竟就连他自己也不清楚那家伙最后的安排。但从项余为自己易容的那一刻开始，耿曙便清楚他是谁了，耿曙怀疑他从未离开过姜恒。

"什么都别告诉他。"项余吩咐道，"你不想他难过，是不是？"

耿曙听从了项余最后的交代，简单地描述了几句，无非是自己连夜被偷出大牢，送出了安阳，绝口不提易容的事。幸而在城墙下，他在与姜恒重逢前除去了易容，否则一定会引起姜恒的疑心。

姜恒更奇怪耿曙身上的伤与毒怎么这么容易就好了？耿曙的理由是，项州当年给过族弟项余一些药，想来是海阁里得到的，姜恒便打消了疑虑。

"郓军与雍军也不知道怎么样了。"姜恒说。

"界圭已经回去了，"耿曙说，"他会为咱们探听消息的。"

耿曙策马，拐上岔路，姜恒忽然觉得这条路十分熟悉。

"哥！"姜恒辨认出了四周的环境。

"嗯。"耿曙答道。

路两畔种满了梨树，时值初夏，一场暴雨后梨花落尽，花瓣混在泥泞之中。

"哥，"姜恒看着山上荒芜的梯田与远方的城郭，难以置信地说道，"咱们回家了！"

"对，回家了。"耿曙这一路上始终心不在焉，一抖缰绳，"驾！"

"放我下来！放我……"姜恒马上说道。

"别乱动。"耿曙无奈地说道，虽然早就猜到姜恒会有这反应，最终亦不得不让他下马。

姜恒不顾泥水，跑上道路，遥遥地望向一里地外。这时，雨又下了起来。

烟雨朦胧，雾气笼罩着初夏时节那若隐若现的浔东城。

耿曙下马，从马鞍一侧抽出伞，递给姜恒。

姜恒却没有接，他茫然地越过田埂，走进城内。青石板路一如往常，叽喳鸟叫不绝于耳，偶见炊烟于城内升起，城内却近乎渺无人烟。

他快步跑向曾经的住处，转头看着熟悉的街道与小巷。

"变小了！"姜恒不知所措地回头喊道，"这里也变小了，哥！"

耿曙牵着马，跟了上来，扫视四周巷落，确认没有杀手埋伏。

"因为咱们长大了。"耿曙答道。

曾经有无数个午后，他们并肩坐在屋顶上，从姜家的大宅顶端俯瞰城内景色，如今姜恒穿行在巷与巷之间，发现道路竟变得如此狭窄。

他跑向曾经的家，蓦然记起姜家已毁于一场大火。

"家已经没了。"姜恒回身说道。

不闻耿曙回答，姜恒转过巷尾，来到姜家大宅外，本以为自己将看见一片废墟，却莫名地发现那宅邸竟然还在！与当初仿佛一模一样，却又有着细微的不同。

"怎么回事？"姜恒开始怀疑自己是不是在做梦，他回头焦急地寻找耿曙，才发现长街上满是白雾，耿曙消失了。

"哥！哥——！"姜恒仓皇地四处找寻着耿曙，他听见雾气内传来一阵压抑的、痛苦的哭声。

"你人呢？"姜恒道。

"我在。"耿曙的声音发着抖。起初他停下脚步，心中的悲痛已难以抑制。从他知道事情的真相那天起，他就总在自己的幻觉之中煎熬，当姜恒最终不得不面对自己真正命运的那一刻，耿曙对他所有美好的眷恋，都仿佛随风而去。

为什么上天要如此残忍地对待他？他究竟做错了什么？

耿曙双目通红，渐渐镇定下来。

"这……"姜恒回身拉起耿曙的手，那表情已惊呆了，问，"怎么回事？咱们的家……不是已经被烧了吗？"

耿曙没有回答，怔怔地看着姜恒，姜恒注视着耿曙通红的双眼，问："你怎么了？"

姜恒抬手摸了摸耿曙的眉眼，满心疑惑地注视着他。

"没什么。"耿曙竭力摇头，定了定神说，"来罢，恒儿。"

耿曙一剑斩开锁，姜恒说道："这样合适吗？咱们走了之后是不是有人买下这块地，重建了……现在这里已是别人家了。"

"不是别人家，"耿曙眼里噙着泪，解释道，"是咱们的家。"

耿曙推开门，院中杂草丛生，姜家木柱已褪色，却看得出是几年前漆的，灰尘遍地，仿佛有数年不曾住过人，东西都杂乱地堆放在正厅里。

姜恒记忆中看见家的最后一幕，是屋顶的轰然垮塌，房子彻底被烧成了灰烬。

他一脸茫然地走进厅堂，那个母亲曾经每天坐着的地方。

坐榻旁，茶案上，放着一封绢信，上面写了一行字：

> 恒儿，哥哥还活着，哥哥每天都在落雁城等你。如果你回家了，别再离开这儿，去找城里的县丞托人给我送信，我马上就来。

"四年前，我用我的俸禄，"耿曙如是说，"让周游辗转找到南方的商人，托付他们来到浔东，购买了这块地，再照着曾经的家重建了一次。汁琮告诉过你，只是你忘了。"

天地间一片寂静，姜恒的眼泪也涌了出来，他看看耿曙，再看看姜家大宅。

"我想……"耿曙声音发着抖，说，"因为……那时，我想……你也许死了，万一没有呢？那么……如果你真的活着，为了找我，一路找回了浔东，至少……你能找到曾经的家……"

姜恒站在杂乱的厅堂中，眼泪源源不绝地流着，他不住地以衣袖擦拭，仿佛又成了当年的小孩儿，他什么也没说，点了点头。

"如果一辈子等不到你，"耿曙说，"哪一天我不再待在雍国了，就回浔东来，在这里度过余生。"

姜恒来到耿曙身前抱住了他，把头枕在他的肩上，两人就这么安静地抱着，犹如时光流逝中的一尊雕塑，任世间沧海桑田，一切从未改变。

雨下得更大了些，姜恒呆呆地坐在门槛上看从屋檐上滴下的雨。耿曙将马养在后院马厩里，脱去湿漉漉的袍子，搭在侧廊的火盆前烤火，有条不紊地开始打扫家里。

"哥。"姜恒抬头，出神地说。

"嗯？"耿曙手下没停。

"瓦当和从前的不一样。"姜恒笑了起来，"以前家里的瓦当是桃花的，现在是玄武的。"

从前姜恒最烦下雨天，因为下雨天什么也做不了，读完书，只能坐在屋檐下看雨。

耿曙说："许多地方我都记不得了，还是你清楚。过几日咱们去河边钓几条鱼，依旧养在池塘里头，再种点竹子。"

耿曙望向院内，那年在雍都时，他特地嘱咐周游，让建造的商人在院内种一棵树，可他怎么也想不起来是什么树了，也许是李子树。树下挂着秋千，耿曙是一直记得的。

他收拾出一间卧室，把厅堂的杂物堆到角落里去，这些杂物都是在大火之后清理废墟时翻出来的，是姜家曾经的家当。其中有不少生锈的铜与铁，是昭夫人生前存的郑钱，它们在火焰中被熔成块状。木制之物大多被烧了个精光。

当年耿曙托人重建姜家后，汁琮也正是在此地找回了耿渊生前所用的琴。

"我去买点吃的。"耿曙看看姜恒，又改变了念头，说，"咱们一起去罢。"

"好。"姜恒站了起来，他直到现在还有点难以接受这个惊喜，这一切就像在做梦一般。

耿曙打起伞与姜恒出去，在城内走了几处。浔东在郢郑之战后，遭遇了足足两年的饥荒，不少百姓都逃荒去了，城内如今不足千户，俱集中在玄武祠外，那里有一个很小的市集，贩卖日常用度之物。

城中居民姜恒小时候也认不得，毕竟他几乎不出门。别人更认不得姜恒与耿曙，只是充满疑惑地打量着他们，幸而二人没有被问长问短。

虽只是午后时分，天色却一片昏暗。官府迁到了祠下，姜恒思考良久，没有去朝县丞打招呼，毕竟当年的县丞早已死了，如今已换了父母官。

"怎么卖？"耿曙有点不安地站在肉摊前询问，"鸭子呢？我还要买点豆腐，一起算能便宜点吗？"

卖活禽的妇人倒是很热情，提着鸭子塞到耿曙怀里让他看，说："哎呀，我们家的鸭子是顶好的呢，吃湖里的鱼虾长大的。这鸭子你要，蛋也一起卖你了，算你便宜，便宜的。小兄弟不是这儿的人？啥时候来的呀？"

耿曙已经有许多年不曾买过菜，毕竟一国王子，早已不需亲自去辨认食材的好坏。姜恒见耿曙回到人间烟火中，与摊贩对话时有种不知如何发话的笨拙感。

姜恒笑道："我们来走亲戚，就它罢。"

姜恒说了句越语，他小时虽不出高墙，墙内却听得到外头人说话，昭夫人口音中亦带着吴越之地的温软，本地人一听便心下了然。

于是耿曙买好够吃两三天的食材，又与姜恒回去，为他做饭。

姜恒回到家中，那堵高墙仿佛眨眼间隔绝了外面的世界，高墙里只有他与耿曙，他们又回到了生机盎然的小天地里。

姜恒没有杀那只买来的鸭子，把它养在了院中的池塘边上。耿曙炖了肉，以鸭蛋调开水蒸成蛋羹，又炒了个莼菜与姜恒吃。

"就像做梦一般，"饭后，雨停了，姜恒躬身在院里除草，说，"我现在还不相信这一切是真的呢。"

耿曙坐在廊下喝茶，说："你别忙活了，明天我来收拾院子。"

"你坐着罢。"姜恒很高兴，看着手里拔出来的草，说，"我想让家里变回以前的模样。"

耿曙闻言心里又难受得不得了，姜家哪怕变回从前，曾经的人也不会再回来了。重建一次后，院西依旧留下了一个小房，那是卫婆生前住过的地方。

昭夫人的卧室空空如也，没有床榻，没有衣柜。厅堂一侧的书房内，唯一张案几，曾经的书册连着姜恒作过的文章都已被烧毁，就连灰烬也早已深埋进地下。

那场只因一时恶意而燃起的大火，让他们失去了几乎所有的东西，也令姜恒失去了他最后的身份证明。

耿曙再想下去，恐怕自己情绪又要失控，只得低头饮茶。

狐 皮 袄

是夜，姜恒确实很累了，躺上榻不到片刻便沉沉入睡。耿曙把黑剑放在榻畔，始终睁着双眼。

夜半，万籁俱寂，耿曙悄无声息地起来，来到自己曾经练武的院内。

雨停了，乌云退去，天空中现出梅雨季里难得一见的璀璨星河。

耿曙在院内静坐，将黑剑搁在膝头，抬头望向天际。

"爹，娘，"耿曙喃喃地说道，"夫人。"

耿曙的双眼中倒映着星河，这一夜，却没有已故的灵魂来到他的身畔。

耿曙低声说："夫人，我没有守护好恒儿。都是我的错。"

一池静水中满是繁星，耿曙长长地叹了口气，仿佛看见昭夫人夜半时，绾着长发，彻夜不能眠，走过姜家的侧院的场景。

耿曙仿佛看见她在浔东等了足足七年。七年，一个又一个春秋流转，寒来暑往，七年的漫长煎熬，最终等到了耿渊身亡后，项州为她带回来的一把琴。

耿曙呢？他在昭夫人等待的这些年中，则与母亲住在安阳城内，生活虽贫困，却怡然自乐，父亲每隔十天会来看他们，喝点酒，弹弹琴。

姜昭的身边，只有一个好动好玩、不知人心险恶的外甥。那时的姜恒，依旧天真地以为，那就是他的整个人生。

而现如今，命运就连姜恒最后的这点幸福也要夺走了。

耿曙按膝起身，正要回房时，耳畔却仿佛响起昭夫人多年前在这院中所言。那天姜恒不在，耿曙独自练剑，练累了把剑拄在地上，想歇会儿。

昭夫人来到他的身后，忽然发出很轻很轻的一声叹息。

那年耿曙不过十岁，疑惑地转头时，见昭夫人神情恬淡地注视着黑剑。

"每个人都将去他该去的地方。"昭夫人忽然说，"这把剑，看似是你爹所持，却寄托了不知多少人的性命，都说黑剑不斩无名之辈，但照我看来，杀人就是杀人，杀人是为了活命，活你的命，活天下人的命。总有一天，你将明白，这把剑对你、对恒儿而言，有什么意义。"

不斩无名之辈……耿曙只觉得自己所为，实在辱没了父亲的坚持，黑剑到他手中，跟随他冲锋陷阵，用的机会何曾少了？

那一天他尚且不知昭夫人话中深意，如今他总算明白了。

"我知道这意义，我懂了。"耿曙朝着漫天星河，回应了十一年前昭夫人的那声轻叹，并收起黑剑，回到房中。

翌日，姜恒起来便继续收拾起他的院子。

耿曙无奈地说道："歇会儿罢，你怎么回来就忙个不停？"

姜恒说："我乐意，你去练剑，别管我。"

耿曙在回浔东的这一路上，心里一直十分忐忑，毕竟重建姜家宅邸这件事，汁琮一直是知道的，不仅知道，还特地派人来找回了耿渊用过的琴——安阳城中，他们会不会以为自己已经被烧死了？

既然汁琮认定他死了，一定会派人追捕姜恒，他绝不愿意姜恒逃亡到任何一国。他会不会怀疑姜恒回到浔东，并派人前来查探？

浔东位于郑、郢两地交界处，又曾是古越国之地，汁琮要派出大军堂而皇之地追杀姜恒，首先要打下郢国，再打下郑国。但设若汁琮把姜恒的踪迹透露给太子灵了呢？

不，不会的。耿曙很了解他的义父，汁琮根本不会想到姜恒会躲回浔东城。汁琮只会预测姜恒将不顾一切地为被烧死的"耿曙"报仇。报仇的唯一方法，则是再次投奔郑，毕竟郑也是汁琮的敌人。

血月门主中了自己一掌，摔下山崖，死了吗？

就算他死了，杀手却极有可能再来，绝不能掉以轻心。

耿曙持剑，认真地回忆起当年昭夫人所授武决，当时自己少不更事，如今一点一滴地回想起来，姜昭教导他的武道之诀，尽是人间大道，只恨那年他什么都不懂，只能勉强记住。

他想练练黑剑剑法，找回在安阳城一战时的心境，却总是定不下神。直到天际再飘起细雨。

"恒儿！"耿曙说，"到房里去，别着凉了！下雨了！"

耿曙回身，收起黑剑，听见姜恒应了声。

他推开房门入内，见姜恒正在整理昭夫人的卧室，将杂物分门别类地拣出来，手上满是灰。

"我来罢，"耿曙说，"别弄脏了。"

"不碍事。"姜恒轻轻地说。

姜恒面前之物乃从烧毁倒塌的废墟里挖出，有锈迹斑驳的铜镜，有断成两截的玉梳，俱是母亲生前所用之物，姜恒拿起每一件东西，都像是触碰到了昭夫人。

"恒儿。"耿曙不安地叫道。

"我没事，"姜恒笑道，"挺好的。"

耿曙与姜恒一起坐在地上，姜恒拿起一个碎裂的羊脂白瓷杯，说："你记得它吗？"

"记得，"耿曙说，"第一天来的时候，夫人不当心，将这杯子摔了。"

"她是想拿杯子砸你，"姜恒说，"我在外头都看见了。"

"也许罢。"耿曙说。

姜恒说："但她不恨你，真的，娘其实是个……很温柔的人。"

"我知道，"耿曙答道，"她也是我娘，恒儿。"

耿曙摸了摸姜恒的头，姜恒伤感地笑了笑，找到一支笔管，狼毫已烧焦了。姜恒又清出几块炭后，发现了一个不大的铜匣，铜匣上的锁已经被烧得扭曲了。

耿曙注视着那铜匣，想起昭夫人与卫婆离开家，剩下他与姜恒相依为命的那天。那年冬天的清晨里，姜恒从柜子底翻出了一件鹿皮袄，是从昭夫人房中翻出的，自然是昭夫人吩咐卫婆为耿曙做的。

姜恒用一把匕首撬开锁，打开匣子看了眼。

里面的东西都被拿走了，底下垫着的一块皮还在，血迹斑斑的，看不出是什么皮。

耿曙沉默不语。

姜恒说："那天我就有点奇怪，这究竟是什么？那时候我还想可以洗干净，给你做个衣服的内衬……"

"这是你生下来那天，包裹着你的襁褓。"耿曙忽然说。

姜恒："什么？"

"这么多血！"姜恒翻来覆去地看，他从不知母亲生下他时，遭遇了如此多的磨难。

"恒儿。"耿曙忽然说。

姜恒把那狐皮襁褓放回箱底，不明所以地看着耿曙。

耿曙始终沉默，仿佛过了很久很久。姜恒又问："怎么了，哥，你想说什么？"

"这是界圭带来的。"耿曙说，"十九年前，他用这块狐皮裹着你，将你带到了夫人面前。"

"什么？"姜恒一时间没听懂耿曙之言，自己小时候与界圭有什么关系？

耿曙不敢看姜恒，低头注视着那块皮，他将这匣子的出现解读为天意，时间到了，他不能再瞒下去了，哪怕结果再残忍，他也必须去面对。

姜恒忽然睁大双眼，瞳孔剧烈收缩，一手无意识地抓住了耿曙的手腕，不自觉地用力。

"界圭为什么……"姜恒喃喃地说道，"我……我不是在浔东出生的吗？为什么？哥？你知道什么？告诉我！"

姜恒怔怔地看着耿曙，一时如坠冰窟。从半年前起，他便总看见耿曙露出这样的表情，他不明其意，只以为耿曙有心事，这一路上，耿曙心事重重，更是让他几次欲言又止。

如今，他终于感受到了，在这一切背后所埋藏着的某种危险。

犹如姜家的大宅在下一刻便将再次垮塌，无情地将他们埋在下面，姜恒不敢再往下想。

但耿曙开口了。

"你的生辰是冬至。"耿曙说，"冬至那天，你在落雁出生，界圭为了保护你，将你偷偷带了出来，不远千里，先到安阳，想将你……托付给咱们的爹。"

"但爹那时尚且……置身危险中，"耿曙又道，"他怕他保护不了你，于是他写了一封信，让界圭抱着你南下，来浔东找你娘。但不知道为什么，他没有把这封信交给界圭，让界圭一起带走。"

耿曙始终没有抬头，他不敢看姜恒的反应，接着，他从怀里慢慢地取出了那封用油纸包着的信。

"你的亲生父亲……是汁琅，"耿曙发着抖，慢慢地拆开油纸，颤声说道，"你娘是雍国王后姜晴，当年他们都以为你死了，你的另一个名字叫……汁炆。你的牌位，至今还供奉在雍国宗庙，恒儿……恒儿！"

姜恒已转身，离开那卧室，冲到廊下，看着雨水，耿曙从身后追上。

"恒儿！"耿曙最怕的一刻终于来了，他伸手去握姜恒的手腕。

"你是我的弟弟，"耿曙说，"爹娘还是你的爹娘，只是你的出生与你一直以为的不一样，我永远是我，恒儿！"

姜恒全身发抖，呆呆地看着耿曙，眼神空洞。耿曙不知所措，他想抱住姜恒，姜恒却一转身，冲进了雨里。

"恒儿！"耿曙马上背起黑剑，追了出去。

姜恒快步跑过门外长街，茫然地面对铺天盖地的雨水，这天地对他而言竟如此陌生。

耿曙没有再靠近姜恒，只是跟在他的身后。姜恒回身，忽然大喊道："别跟着我！"

姜恒脑海中一片空白，他下意识地往前走去，耿曙却寸步不离地紧跟在距姜恒五步之外。

卧房内，一阵风吹过，展开的信落在地上。

吾妻昭：

雍宫局势一如当年你我所料，汁琅之死，仍有内情。

令妹生下汁炆后，大萨满药石乏术，终不得救，晴儿中毒已深，撒手人寰。汁琮若果真如我与界主所料，毒死兄长，汁琅之子定不得幸免。如今孩儿被界主偷出落雁，本意予我寄养。但我业已目盲，又在安阳，恐不得保全……

"恒儿！"耿曙深一脚浅一脚地在雨里跟着姜恒，姜恒漫无目的地走过积水横流的街道。

他的心里空空荡荡的，一瞬间犹如灵魂离体，茫然地审视着这个世间。

现将他交予你，他为令妹与汁琅唯一骨血，你可自行决定其生死与去留。其后腰处有一胎记，太后若亲眼所见，定能辨认……

信件不过匆匆数行，尚未写完，十九年前的墨迹洇在发黄的纸张上。耿渊也许改变了主意，觉得以妻子的性格，什么都不必说了，最终这封信仍旧没有寄出。

浔东城内，奔马经过，耿曙马上拉住了姜恒，挡在了他的身前。

那是城中巡逻的队伍，为首的武官大声说道："什么人？"

耿曙一手伸到肩后，握紧了黑剑剑柄，同样大声答道："浔东人！"

武官看了两人一眼，以为两人吵架跑了出来，便没有多问。雨越下越大，淋得姜恒全身湿透。

"回去罢！"武官说。

天空闪电划过，照亮了三人的脸，姜恒忽然觉得那人有点眼熟，想起来，他是当年浔东城的城防治安官。

"走罢。"耿曙不想在这个时候动手，拉了下姜恒。

姜恒渐渐清醒过来，意识正在一点一点地回来。

治安官纵马离开，姜恒转头看耿曙，耿曙分不清他脸上的是泪还是雨水。耿曙想抱一下姜恒，却恐怕令他更为难受，但就在两人对视之时，姜恒眼里，依旧是耿曙一直熟悉的神色。

"恒儿。"

"哥。"姜恒轻轻地说。

耿曙终于放下心来。

姜恒说："我……我没事，哥，我只是……我没有想过，我……从来没有想过。"

及至此时，姜恒总算明白了，伤感这才一瞬间涌上心头，他抱着耿曙，在雨里大哭起来。耿曙抱紧了姜恒，低声说："没事了，没事了，恒儿，一样的，都是一样的。"

"不一样，"姜恒哽咽着说道，"我知道不一样……"

正如耿曙所想，那巨大的伤感与虚无，一刹那淹没了他俩，就在这场雨里，一切从此变得不一样了。

姜恒说不出变化在何处，也尚未想清楚，这对他而言究竟是痛苦还是转机，但此刻耿曙的心跳与胸膛、肩膀，他的体温，已发生了不易察觉的变化。

哪怕耿曙予姜恒的熟悉感一如往昔，他们却在一刹那同时脱胎换骨，犹如破茧而出的蝴蝶，展开轻盈的翅膀，翩跹追逐，飞往天际。

清 明 心

一个时辰后，姜恒裹着毯子，嘴唇微微发抖，在卧房内烤火。

耿曙递给他一杯姜茶，姜恒疲惫地叹了口气。

姜恒的镇定来得太快，令耿曙有点惊讶，只过了一个时辰，姜恒就平静了下来。

耿曙不敢开口，这个时候，他知道姜恒只想安静地待会儿，就像他当年从汁绫处得到姜恒的死讯时，他不想接受任何人的安慰，只想把自己固执地封闭起来。

会过去的，耿曙相信，哪怕真相来得太突然，一切也都会好的。

姜恒看完了耿渊的信，所说第一句话竟是："如果爹当年把我留下，咱们就会一起长大了。那年你刚两岁呢。"

耿曙点了点头，他自然清楚父亲为什么不接收姜恒——因为他的身份太危险了，一旦被汁琮察觉，就会派人来追杀，届时说不定还会连累聂七与自己。

说起来耿渊十分无情，耿渊根本不想要他，将他随便塞给了姜昭，让她爱怎么解决怎么解决，别牵累到自己的妻儿。

也正因如此，界圭才对耿渊的薄情如此震惊，但界圭从来没有提过，耿曙也明白为什么界圭看着姜恒的眼神是那样的——界圭比谁都清楚，姜恒曾是个没人要的小孩儿，他只会为别人带来危险与灾难。

于是界圭每次见姜恒，心里都很难受，他想尽自己的一切，给姜恒一点他本来就该有的爱。

幸而最后，姜昭没有多问，便接受了妹妹的儿子，并抚养他长大，在他身上倾注了自己的所有，教他读书识字，期待他有一天能成家立业，照顾自己。

哪怕她被耿渊扔下，哪怕耿渊多年来对她不闻不问，她依旧与儿子相依为命。

"娘只想一剑带着你去了……"姜昭最后的话尚在耳畔，那个黄昏，耿曙也终于明白了姜昭的泪水。因为她清楚地知道，自己一旦死了，姜恒就是真正的孤身一人了。

耿曙强忍着眼泪，这么多年，他很少哭，但在姜恒面前，他常常心如刀绞。

尤其在姜恒如今知道真相还强颜欢笑安慰他的时候。

"这件事是不是在你心里堵很久了？"姜恒朝耿曙问道。

耿曙不敢说话，生怕一开口就要哽咽，只能点头。

姜恒说："为什么不早点告诉我？"

耿曙摇摇头，看着姜恒。

姜恒又问道："是不是觉得，我不知道这事，还过得幸福点？"

耿曙又点头。

姜恒低声说："哥，我头好疼……"

耿曙紧张起来，试了下姜恒额头的温度，很烫。

"你发烧了，"耿曙说，"赶紧去躺着。"

姜恒脑中已是一片糨糊，被耿曙抱到房中，裹上被褥发汗。

"应当是淋了雨。"姜恒呻吟道，"不碍事……你替我抓服药吃下就好了……"

耿曙不敢离开姜恒，怕又有刺客，可总不能不让他吃药，只得出去找邻居帮忙，奈何附近空空荡荡，旧城中的居民大多迁走了。

"有人吗?!"耿曙转身喊道。

突然间，耿曙看见巷里躺着一具尸体，尸体距离他们的家已有些远了，半身倒在水沟里，血水顺着路淌往低地。

界圭的左手包着厚厚的绷带，右手提着天月剑，站在雨水中，看了耿曙一眼。

"方才惊动了城中治安官，"界圭轻描淡写地说，"又杀了一个，剩两个了。"

那名杀手做士兵打扮，想是前来暗杀姜恒的，却吃了界圭的封喉一剑。

"我去抓药。"耿曙说，"你认得我家吗？"

界圭没有说话，走向姜家。

姜恒迷迷糊糊中感觉到界圭仿佛就在身边。他做了一个梦，梦里界圭抱着他穿过皑皑白雪，纵马穿过玉璧关，一路南下，前往越地，沿途开满了桃花。

"起来喝药。"耿曙低声说。

姜恒被耿曙抱起来，他全身滚烫，喝下药汤，又躺了下去。

是夜，界圭低头看着耿渊当年留下的信，说："耿渊这个混账啊，当年我还不知道有这么一封信。"

"谢谢你，"耿曙说，"谢谢。"

界圭说："关你什么事？不用你来道谢，别侮辱我。"

耿曙没有说话，界圭却仿佛高兴起来，吹了声口哨，脸上带着若有若无的笑意。

"这么看来，你爹对汁琅没什么意思，"界圭说，"当年我就有这感觉了。那么他为谁殉死呢？别说是梁王毕颉……"

"闭嘴。"耿曙冷冷地说道。

界圭想了想，起身道："既然知道了，我的事，从今天起，就了了，我走了。"

耿曙看着界圭，知道内情的人里，郎煌也好，界圭也罢，这伙人都不是好东西，他现在怀疑姜太后也发现了。但没有人愿意开口告诉姜恒真相，所有人都在等，等耿曙决定，将这个责任扔到他的肩上。

现在姜恒知道自己的身份了，接下来会发生什么？

"滚。"耿曙说。

界圭走过去，看着姜恒，抬起包着绷带的左手。

"我的右手上沾了血，"界圭朝姜恒小声说，"但是，当年下浔东时，我是用左手抱你的，炆儿。从今往后，没有人会勉强你，你也不要勉强你自己，我只想你高高兴兴地活着。"

说完，界圭走了出去，回身关上了姜家大门。

"我走了。"界圭回头说，哪怕无人应答，就像他当年带着姜恒来到此处，将姜恒放在姜家的门口一样，他为这首回荡了十九年的琴曲，拨出了最后的余音。

天放晴了，雨季进入尾声，不知何处的蝉此起彼伏地叫了起来。

姜恒满身是汗，脸色苍白，已经醒了，喝着耿曙为他熬的米汤。

"有人来过吗？"姜恒说。

耿曙手里削着一截木头，姜恒昏睡时，他既不敢离开，又不知如何排遣，更睡不着，每次闭眼只能睡一两个时辰，醒来必须找点事分散注意力。

"界圭来看过你，"耿曙答道，"又走了。"

姜恒点了点头，耿曙知道血月门的人已经找到这里了，浔东也不安全，但杀手还剩两个，界圭认为耿曙能够解决他们，便回落雁去了。

他的任务交付了，耿曙知道他最后那番话，有一半是说给自己听的。

姜恒活动了一下身体，仍有点头晕，他来到院中，给自己煮了一杯茶，也给耿曙煮了一杯，两人在廊下静静地坐着。

姜恒出了一天的神，耿曙没有打扰他。耿曙该做什么便做什么，给姜恒做饭，烧水让姜恒洗澡，就像从前一般，只是不时到院中看看，发现姜恒还在发呆。

姜恒面朝院落，许多事终于在他的脑海中串联起来，前因后果，所有不寻常的地方——界圭的话、姜太后的眼神、汁琮每次机锋之中难掩的敌意、郎煌意味深长的态度。

汁琅与姜晴，亲生父母的名字对他而言无比陌生。他没有见过父母，雍宫内几乎无人谈论他们，就连偶尔的只言片语，也很快被风吹散。

但姜恒半点也不恨他们，设若有选择，谁愿意骨肉分离、家破人亡？

一开始，姜恒想得最多的是：我是谁？

我是汁炆吗？还是姜恒？抑或我谁也不是。他早就失去了汁炆的身份，如今也不再是姜恒。

从茫然到释然，这个过程很短，耿曙熟悉的眼神，与许多未曾宣之于口却早已一目了然之语，让姜恒很快就清醒过来。

对汁琮、界圭、昭夫人、耿渊他们而言，他是汁炆；在太子灵等人面前，他是姜恒。

"哥，你觉得我是谁？"

姜恒醒来的第一天，这是他问出的唯一的一句话。

耿曙无法回答，他想告诉姜恒，姜恒永远是他的弟弟，但他却因为另一个念头而说不出口。

"我认为你是谁不重要，恒儿，"耿曙说，"关键是你觉得自己是谁。"

姜恒轻轻地笑了起来，伤感反而一扫而空。

"我只想知道，"姜恒说，"在你眼里我是谁。"

他很明白在耿曙心中他已与从前不同了，否则也不会对此事如此纠结。

"在我眼里你是汁炆，你是炆儿。"耿曙说，"但在我心里，你始终是姜恒。咱们不是兄弟了，却还是兄弟，这与什么玉玦、与你的身份都没有关系。"

姜恒明白了，他点了点头，耿曙之言对其他人来说也许很费解，但他们自小一同长大，姜恒自然明白。哪怕他们不再有这层血缘的羁绊，他在耿曙的心里，依然是彼此的唯一，从离开落雁那天，耿曙的所作所为便证实了这点。

"恒儿，你好点了吗？"耿曙问。

姜恒点了点头，耿曙又说："恒儿，你别和自己较劲，哪怕你不愿意接受，也……"

姜恒朝耿曙笑了笑，耿曙明白他已想开了，便不再多说，起身去继续收拾屋子，让姜恒安安静静地独处。

摆在姜恒面前的有两条路，第一条是当作这件事不曾发生过，依旧像从前一般过活；第二条，则是去夺回他应得的一切。无论哪一条路，都充满危险。

如今我既然知道了，又怎么能当什么都没有发生过？

姜恒想起在海阁修行时所学到的，不由得轻轻叹了口气。鬼先生将他收入门下的第一天时，便问过他："姜恒，你想当一个什么样的人？"

现在，我叫"汁炆"，那么，我想成为什么样的汁炆？

从小到大，无论是昭夫人还是姬珣，抑或鬼先生、罗宣，乃至耿曙……每一个人都在告诉他，这一生如何度过，不在于"我应该怎么样"，而是"我想怎么样"。

到得此处，姜恒终于认清了自己的内心。

鹤音竹

院里的梨花谢了，李子树上结了青涩的果实。夕阳西下，蝉鸣声此起彼伏，天空弥漫着绯红色的晚霞。

"吃晚饭了，恒儿。"耿曙说。

这一天安然度过。翌日午后，耿曙把姜家收拾好了，坐在池塘边，为姜恒做了一个鹤音竹。

姜恒于是开了口，说："我终于知道汁琮为什么一定要杀我了，这么看来再正常不过。"

耿曙有时实在无法理解姜恒的豁达，汁琮毒死了汁琅与姜晴，害得他家破人亡，沦落到如今境地，更有几次险些杀死姜恒，让他受尽折磨。

到得姜恒眼里，都变成了"再正常不过"。

"你想为你爹娘……为他们报仇吗？"耿曙的措辞很小心。

"只要我还活着，"姜恒说，"汁琮就会吃不下饭，睡不着觉，从他知道我还在人世间的那一刻开始，他也在承受折磨。不过我想，这一切总归要有个结果的。"

耿曙明白姜恒的心情了，于是点了点头。

姜恒又说："界圭之所以离开，也是这个原因罢，兴许这也是他与姜太后商量后做出的决定。"

一切全看姜恒自己的选择：他选择当姜恒，雍宫便再不提此事，界圭从此将消失在他的世界中；他选择恢复汁炆的身份，便意味着他将回到雍国，朝汁琮复仇，查明当年的真相，界圭也将为此付出所有。

"对不起，恒儿。"耿曙放下手里的青竹，走到姜恒身边坐下，他的愧疚简直无以复加。

姜恒笑道："这哪里又是你的错了？要不是你，我早就死了。"

"不。"耿曙终于抓住了一直以来深深扎在自己心上的最后一根刺。

"你后腰上的胎记，"耿曙说，"我……我不知道……要不是因为我，那天在火里……"

姜恒这才想起，事实上耿曙对那个位置已不能再熟悉了。逃出火场之日，姜恒推开耿曙，令他免受被垮塌的屋檐压死之苦，自己却被压在了滚烫的梁木之下，昔时后腰上的胎记被烧灼，取而代之的，是如今胎记位置上留下的烧痕。

胎记是姜恒唯一能证明身份的标记，但造物弄人，因为耿曙，而让这最后的证据也没了。

耿曙撩起姜恒的单衣，难过地看着他的腰畔。

姜恒忽然不好意思起来，说："没……没关系。我不在乎，我是谁，不需要这些来证明。"

阳光直射入廊下，照得两人都有点睁不开眼。

池塘里养的鱼儿冒了个泡，发出轻响。

两人忽然一下都静了，耿曙什么都说不出来，他埋头起身，走到池塘边坐下，仿佛想躲开什么，依旧做起他的鹤音竹。

姜恒看着耿曙，忽而有点发怔。

他对耿曙从来就没有别的念头，但如今他们已经不是亲兄弟了，反而令他生出少许奇异的感觉，仿佛耿曙身上有了他从未发现的陌生感。

"想出去走走吗，恒儿？"耿曙简单地收拾了一下工具。

"好啊！"姜恒还未想清楚往后的路要怎么走。

"一时想不明白，"耿曙认真地说道，"来日可以慢慢再想，不要着急。"

鹤音竹载满流水，有条不紊地敲在石壁上，发出"咚"的轻响。姜恒说："那就走罢。"

姜恒本以为耿曙只打算出门在城内闲逛，没想到他却收拾了不少行李，放在马上，摆出要出远门的架势。

耿曙此刻内心亦十分复杂，他不想再去面对没完没了的刺杀了，汁琮派出的杀手一拨接一拨，简直让他烦不胜烦，忍耐力已到了极限。再来几个，说不定他真的会失去理智，提着黑剑，亲自去与汁琮同归于尽。

先前杀手进入浔东，追寻到了他们的踪迹，也就意味着汁琮极有可能也找到了他们的容身之所。若为了杀姜恒，汁琮再不顾一切地进攻位于郑郓交界处的古越国腹地，全城人势必又要陪葬。

虽然耿曙确信自己能保护姜恒平安离开，但浔东再次陷入战火，他又于心何忍？

他要在汁琮派来的第二拨杀手抵达前，暂时离开此处。除此之外，他还有一件事要做，这是他从未忘记的。

"走罢。"耿曙拍拍马背，让姜恒坐上去，两人依旧共乘一骑。

姜恒抱着耿曙的腰，说："这马儿也太可怜了，载两个人还要带东西。"

耿曙答道："路上再买一匹……"

耿曙正掉转马头，要从后巷离开，巡城治安官却发现了他们。

"两位！"治安官策马前来，说，"这就走了吗？"

耿曙与那人打了一个照面，无动于衷。

治安官道："昭夫人如今在何方？"

姜恒一怔，说道："您还记得？"

"当然记得。"治安官笑道，"那年你俩还很小，若不是昭夫人，浔东破城后，不知道要死多少无辜百姓。那天在雨里打雷时，见你们的脸就认出来了，你叫姜恒，对罢？"

耿曙说："就是为了救你们，害得我俩险些被杀。"

姜恒捏了下耿曙的手臂，示意他别这么说。

"娘已经走了。"姜恒说，"她不后悔，您别放在心上。"

治安官说："你们这又是去哪儿？既然回来了，就住下罢。外头乱得很。"

耿曙思考片刻，不知此人是否与外界有消息互通，他现在不敢随便信任任何人，万一有误，就会为他们招来杀身之祸。

"我也不知道。"姜恒朝耿曙说，"咱们去哪儿？"

治安官翻身下马，朝姜恒与耿曙说："当年昭夫人的大恩，我们还未报答，不如来县丞府上喝杯酒？"

"我看你的马倒是不错。"耿曙忽然说。

治安官："……"

一刻钟后，耿曙与姜恒各乘一骑，沿浔东城东北面的道路离开了。

"你对他这么凶做什么？"姜恒哭笑不得，"他也没有错。"

耿曙答道："人心险恶，还是当心点的好。"

姜恒催马，追上耿曙，问："去哪儿？"

耿曙回头看了姜恒一眼，故意将他甩开些许逗他玩，说："到了你就知道了。"

"等等啊！"姜恒喊道，又追上去。

落雁城的桃花终于开了，北地的春天总是来得很晚。

雍国最终如愿占领了安阳，国土版图在近一百二十年中，第二次越过玉璧关，蔓延到了中原腹地。

安阳一战中，十万郢军全军覆没，雍国匆忙撤离，折损近万。但就在第二天，一场大雨，外加西北风起，毒烟散尽，雍军卷土重来，占领了这座静谧的死城，开始清理并善后。

安阳城南的尸体堆积成山，烧了三天三夜，引来成千上万的乌鸦。

与此同时，雍国开仓，发放钱粮，庆祝南方大捷，一战灭梁。大雁北归，铺天盖地，在落雁城外的沙洲抚育后代。

桃花殿内咳嗽声不止，姜太后已经老了，年前宗庙前一战，已显力不从心。南方频繁传来的消息，让姜太后很清楚，汴琮已铁了心要扫除前路的所有障碍。

但眼下她的孙儿，正遭遇着更大的难题，她必须首先解决眼前的难题。

数日前，太子泷忙得脚不沾地，正在与东宫商议，如何在雍人主中原之后派驻官员、安抚百姓，种种迹象都指向同一个目标——雍国即将迁都，回到他们一百多年前的故乡。

但新的国都是洛阳还是安阳，尚待商酌，幸而面对如此浩瀚的工程，太子泷发现了一份文书。那份文书藏在变法的宗卷堆里，孤零零地躺在架子边上，上书四字：迁都之议。

迁都之议乃是十余年前，汴琅还在世时写下的。继任国君那年，汴琅便为雍国起草了未来数十年的国之重策。及至姜恒入朝后，翻出此卷，在汴琅的政令旁写下了近万字的批注，再将它放在变法的政令边上。

汴琅定下了大方略，姜恒对其做了增改，政令内容包括：在新的朝廷中，如何委派各级官员，如何改变税赋，重新丈量田地，迁徙百姓，改革商贸与学堂……依据变法总纲，令关内、关外实现一国同策。

太子泷当即如获至宝，马上召集东宫议政，并朝群臣问策，为雍国的全面南迁做准备。

然而就在同一天，安阳传来了令他如五雷轰顶的消息——王子汴森落败被擒，不屈身死。姜恒下落不明。

"轰隆"一声，太子泷犹如遭了当头一击，勉强站起身时，当着东宫大臣的面吐出一口血，瘫倒在地。

群臣顿时慌张起来，马上将太子抱到桃花殿内延请太医。姜太后从他们你一言我一语的对话中，慢慢了解了整件事的经过……

有人说姜恒叛乱，有人说耿曙其实没死。

但不管姜恒与耿曙死没死，眼前她的孙儿却快要死了。姜太后非常清楚，这是急火攻心，乃至昏厥，于是遣走了太医，亲自以银针贯注了平生内力，为孙儿诊治。

下针容不得有丝毫差错……哪怕姜太后心急如焚，亦知道她眼下要做的是必须保住汁泷。

界圭还没有回来，不，不会的，姜太后活了这些年，见惯了世面，她直觉姜恒与耿曙不会有事。

"泷儿？"姜太后道。

太子泷终于醒了，醒后不住地喘气，姜太后枯干的手仍紧紧握着他的脉门。

未几，太子泷大哭出声。

"哭出来就好了，"姜太后疲惫地说道，"哭出来……就没事了。"

太子泷抓紧了姜太后的衣袖，哽咽着说道："祖母……"

"不会有事的。"姜太后抱住了太子泷，低声道，"你这傻孩儿，事情还未有说法呢，你哪怕哭死了，你兄弟就能回来吗？"

太子泷旁若无人地抱着姜太后大哭出声，姜太后轻轻地叹了一口气。

翌日，太子泷罢朝。

他在后宫足足睡了一天，睡得天昏地暗，脑子嗡嗡地疼，一时梦见耿曙满身是血地朝他愤怒大喊，一时又梦见姜恒摔下悬崖，自己只能眼睁睁地看着。

醒来之后，他手持玉玦，前往雍室宗庙，为姜恒与耿曙默默祷祝。海东青已有大半年未曾回来了，这数月里，他从未想过耿曙竟会出事。

直到汁琮回来的这天，太子泷疾步奔去，只见雍国满城百姓尽出，在那欢呼声中，汁琮的声望达到了顶点。

这一刻他就是开拓盛世的伟大君主，一如百余年前，那位在此地建立了强大雍国的开国之君。

"父王！"太子泷非但没有任何崇拜之色，反而焦急地下了台阶。

"你哥战死了。"汁琮坐下后，说了第一句话，"庆功宴后，我将为他办一场为期三日的国丧。"

太子泷怔怔地看着汁琮，眼前一阵阵地发黑。

"姜恒下落不明。"汁琮又说，"他怪我没有救汁森，投奔他国去了。"

那场灾难之后，汁琮派人搜寻了全城都没有找到姜恒的尸体，甚至不见耿曙的玉玦，这让他非常在意。与此同时，郢国还来了消息——太子安与郢王同时暴毙，郢国朝野乱成一团。但无论如何，这对雍国来说都是好消息。

他怀疑被烧的人不是耿曙，但完全可以当他死了。至于姜恒，汁琮无论如何也要找到他的下落，把他杀掉。

"我会派人去找姜恒。"汁琮说，"人生在世，谁人无死？泷儿，你不必太……泷儿？"

"殿下！太子殿下！"朝臣生怕太子再一次呕血。

太子泷摆摆手，最惨烈的结果，他在一个月前便已想到过，他拖着蹒跚的脚步朝殿外走去。

"去哪儿？"汁琮充满威严的声音在他身后发出。

太子泷回头看汁琮，夕阳的光芒横亘在父子二人身前。

太子泷的眼神变了，变得让汁琮忽然感觉有点陌生，他想说什么？汁琮下意识地想回避，他欺骗了所有人，甚至欺骗了自己的亲生儿子。

汁琮间接杀了耿曙，这令他对儿子的双眼竟有点畏惧。

就那一瞬的躲闪，仿佛令太子泷感觉到了那埋藏在冠冕堂皇之说下的龌龊真相。那纯粹源于父子二人的默契，多年的默契，让太子泷察觉到，这其中一定还有别的原因。

"我去找恒儿。"太子泷轻轻地说道。

"你疯了。"汁琮嘴唇动了动，声音一样很轻，却下了一个让太子泷无力反抗的命令："带他回东宫，哪儿也不能让他去。"

出 鞘 剑

桃花殿中，夕阳洒落一殿金光，姜太后在阴影里安安静静地坐着。

"你回来了。"姜太后听见脚步声。

"是，母后。"汴琮换上王服，走进殿内，"儿子回来了，祖宗留下的遗愿，儿子办到了，如今也仅仅是走出第一步。"

"我今日身上不好，"姜太后淡淡地说道，"没有去迎接你，但全城军民待你的欢呼，我哪怕在深宫里也听见了。"

汴琮来到姜太后身前，朝母亲躬身行礼。

他看见姜太后膝上搁着一把出鞘的剑，却不是天月。

"孩儿们还好吗？"姜太后又问。

汴琮没有回答，只盯着母亲手中那把剑，衡量着以这个距离，姜太后是否骤然出剑便能让他死在剑下。

"汴森战死。"汴琮轻描淡写地说，"姜恒逃了，眼下不知道他去了哪一国，正在寻访他的下落。"

"'逃'了？"姜太后冷冷地说道。

"是。"汴琮答道，"姜恒被郹国策反，出卖了他的兄长，致使汴森落在敌人手中，壮烈牺牲。"

母子二人沉默了很久很久，姜太后什么也没有说，就像当年汴琮前来告诉她，汴琅不行了的那天。

"你哥生前定下的中原大计，"姜太后淡淡地说道，"最后却是耿渊的儿子为你完成了第一步，也算解铃还须系铃人了。"

汴琮没有回答，姜太后道："泷儿是个好孩子，可惜了，本以为他能与森儿和恒儿好好相处，你去看过他吗？"

汴琮答道："人总有一死，不是这么死，就是那么死，他现在无法接受，但慢慢总能看开的。"

姜太后淡淡地说道："说得是，咱们迟早也要死，不看开又能怎样呢？过来，扶我起来。"

汁琮没有上前，他注视着姜太后严厉的面容，姜太后从他们还小时，便是这么一副面孔，待他严厉，待汁琅更严厉。只有在他们父亲面前，她才是温柔的。

两个孩子里，母亲更爱他的兄长汁琅，汁琮向来很清楚。她生下汁琅后想要个女儿，只是天不顺人意，汁琮成为三兄妹里中间那一个，也是最不得宠的那个。就连汁续都比他更讨母亲的欢心。

"母后既然身体不大好，"汁琮说，"就歇着罢，不要勉强。"

"我还是能动的。"姜太后将剑放在一旁，淡淡地说，"琮儿，你在想什么？过来，你很久没有与娘说你的心事了。"

汁琮背上竟不知不觉已被汗水浸透。

此刻姜太后手中空空如也，汁琮无法再推托，只能缓步上前，眼睛始终盯着一旁的利剑。

"卫卓也死了？"姜太后淡淡地问道。

"是。"汁琮答道，来到台阶前。姜太后抬起手，汁琮一手背在身后，正在提防，姜太后却把手搭在了汁琮的手背上，起身。

"怎么死的？"姜太后没有朝儿子动手，问道。

汁琮说："与郧军交战时……中箭而亡。"

汁琮相信姜太后不知道安阳一战的详情，至少现在，其中的诸多龃龉还未传到她耳中，她只能全靠猜测。既然是猜测，这个时刻，她就不能下手杀自己。

"那可得厚葬。"姜太后朝汁琮说。

汁琮搀扶着母亲，来到桃花殿外，看着院内绽放的花朵。

"是。"汁琮定了定神，答道，"三天后，儿子将为汁淼、卫卓二人亲自扶灵，办一场风风光光的丧事。"

"该南迁了罢，"姜太后又说道，"汁家等了这许多年，终于等来了这一天，我见泷儿已与他的门客在筹备南迁之事了。"

未等汁琮回答，姜太后又轻轻说道："母后就不去了，你们去罢。"

"母后……"汁琮欲言又止。

姜太后面朝晚霞，面容恬静，犹如回到了许多年前，自己仍是少女的时光。

"嫁给你父王那天,"姜太后说,"落雁就是母后的家,桃花在,他就在,最后这段时光,能在落雁度过乃是我的心愿。去罢,王陛下,我的儿。只可惜了那两个孩儿。"

汁琮放开姜太后的手,如得大赦,退后半步,躬身答道:"是。"继而不再多言,匆匆离去。

姜太后在落日与晚霞中站着,犹如雕塑。许久后,界圭从树后转出,握着已出鞘的天月剑。

"我下不了手。"姜太后沉声道。

界圭说:"他很聪明,知道有刺客藏身树后。"

姜太后叹了口气,界圭非但没有责备姜太后,反而说道:"人之常情。"

"交给炆儿罢,"姜太后长叹一声,"若他仍愿意归来。你去看看汁泷。"

界圭点头,退后半步,继而转身走向东宫。

"想去哪儿?"界圭在太子泷面前,语气难得温柔了一次。

太子泷背着一个包袱,面朝外头的侍卫,站在界圭身前,犹如窥见了希望。

界圭走过,随手取走太子泷的包袱扔在榻畔,说道:"他俩还活着,我只能告诉你这些。"

太子泷听到这话时,顿时失去了所有的力气。

"你该早点说的。"太子泷说道。

太子泷面朝界圭,总觉得摸不清他的心思,从小时候起,他就有点怕界圭,毕竟容貌全毁之人,对一个小孩儿来说,太吓人了。

"为什么?"太子泷道,"他们去了哪儿?安阳城中究竟发生了什么事?"

"我只能告诉你这些。"界圭重申。

太子泷知道再问不出来什么,但得到耿曙与姜恒还活着的消息,对他来说就够了。

"他们还会回来吗?"太子泷又问。

"我只能告诉你这些。"界圭说了第三次。

太子泷只得回到榻前坐下。

"我其实挺奇怪，"界圭说，"你为什么从小到大，总是这么听话？"

太子泷望向界圭。这话许多人说过，或者他们不明着说，心里却都在想。设若界圭从前这么说，太子泷一定会觉得他在挑拨自己与父亲的关系，嘴上则会用一句淡淡的话岔开。

但现如今，不一样了。

姜恒改变了他许多，他更敏锐地察觉到，家人之间的关系仿佛蒙着一层阴影。父亲与祖母、父亲与姑母、祖母与姜恒、耿曙与父亲……

界圭做了个奇怪的表情，朝太子泷说道："你这一生中，有没有某一刻，想过反抗你爹？"

太子泷没有回答，只安静地坐着。

"啊，"界圭说，"想起来了，你确实反抗过。那天杀回落雁，就是你的反抗。其实你时时刻刻都在反抗，只是用你自己的办法。"

"界圭，你究竟想说什么？"太子泷的语气中忽然带了少许威严。

"你们三兄弟，"界圭说，"一个像把剑，一个像本书，一个像面盾牌，底子都是一样的。"

界圭转身离开寝殿时，稍稍回头，又说道："有时我觉得，你与姜恒之间，隔了面镜子。"

太子泷注视着界圭的身影。

"好好做你该做的事罢，"界圭为他关上门前，又行一礼，客气地说道，"若有缘，你们总会见面。"

三天后，雍国王子汩淼、卫卓同日出殡，场面浩大。太子泷沉默不语，亲自为汩淼扶灵，汩琮则护送卫卓棺木，巡行雍都落雁。汩淼生前衣冠送入宗庙内安葬，卫卓则葬入大雍忠烈祠。

迁都之举提上议程，汩琮亲自选址，雍国版图重制，北至远山，南至嵩县，雍国领土已占天下十之近半，领土延伸过黄河，触及安阳、洛阳，更有狭长腹地，犹如一把剑，剑刃尖端则是嵩县。

雍国出关，天下惊惶，梁国灭国，此刻汩琮却昭告天下，十月十五——下元节当日，将在洛阳举行"五国联会"，一切照旧。

盛夏时节，姜恒跟随耿曙翻过山峦，隐隐听见了浪涛之声。

"上来。"耿曙牵着两匹马，姜恒早已按捺不住，惊呼着越过耿曙，冲上前，站在山腰上，狂喊了起来。

"是海！"姜恒大喊道，"是海啊！"

他这一生，终于头一次真真切切地用自己的双眼看见了海。大海如此宏大，一望无际，海鸥鸣叫声阵阵，夏日的烈阳照耀在海面上，泛起金光。浅海处渔船漂过，沙滩上的沙粒细软洁白，犹如盐粉。

姜恒难以置信地回头看向耿曙，耿曙示意去就是，并始终注意着周围的动静。

姜恒跑向海滩，险些被袍襟绊倒，当即除了外袍，脱了靴子，站在海水中，怔怔地看着眼前的一幕。

"你看！"姜恒捡起贝壳让耿曙看。

耿曙把马儿拴在海边说："待会儿找个人家借宿，你想看多久就看多久。"

犹记那年，姜恒朝耿曙说"我想去看海"时，七岁的他以为自己一辈子也不会走出姜家的高墙。事实上这世上又有多少人，从生到死，俱不曾有机会离开家乡？

但他这么说了，耿曙便始终记得，十二年来他从未忘却。

如今他们终于来到了海边，碧浪与晴空之下，大海的彼岸是否有着云雾笼罩的仙山？罗宣、松华与鬼先生，想必已在海的尽头开始了新生活罢？

耿曙曾在巡视雍国国土时，在雍国的最东面也曾见过狭长、破碎的海岸，那里礁石嶙峋，海水一片漆黑，孤独而荒凉。以至于耿曙在见到越地尽头、鱼米之乡的盛夏之都时，亦觉得很美。

而身穿洁白单衣，在沙滩上涉水的姜恒，仿佛已与这碧空万顷、海天一色融为一体。

耿曙笑了起来，那是他这一个月里第一次笑。

他在距离姜恒不远处坐下，将黑剑横在膝头，随时注意着周围的动静，哪怕这里并无太多人。

姜恒看到海的那一刻，已近乎忘了所有的烦心事，不一会儿便半身湿透，他不时地回头看看耿曙，确认耿曙在沙滩上，耿曙便一手挡在眉眼前，朝姜恒笑。

与我看过的北方的海不一样。耿曙心想。

无 用 剑

及至入夜时，耿曙在海岸边找到此地以打鱼为业的越人，给他们银钱租下了一所茅屋，简单地整理行装，便与姜恒在此地住了下来。

"太美了。"姜恒喃喃地说道。入夜涛声依旧，天际满是繁星。

耿曙说："你爱住多久就住多久，住一辈子也行。"

姜恒笑道："钱快花完了罢？"

耿曙说："我去打鱼就是了，想学总能学会。"

盛夏的海边酷热难耐，耿曙开始学着渔民们，只穿一条衬裤，赤裸胸膛，赤着脚在沙滩上走来走去。姜恒则加了件薄衬里衣，每天看渔民织网、晒网，又看人钓鱼。仿佛中原的战乱与此地毫不相干。

不远处则是郑国的小渔村，每逢初一、十五都会开集市，耿曙与姜恒便到村镇中购买一应物资。

入夜时，姜恒与耿曙常常并肩躺在沙滩上，看着天际浩瀚的银河。万古银河与日出日落，从不因世间沧桑而变。相比之下，人在这天地间，显得极其渺小，就像沙砾一般。

"哥。"姜恒转头，看了眼耿曙。

"嗯。"耿曙闭上双眼，枕着自己胳膊，平躺在沙滩上。

姜恒说："这一辈子……"

耿曙打断道："咱们的一辈子还有很长呢，别动不动就'这一辈子'，不吉利。"

姜恒笑了起来，说："我读了许多书，见了许多人，可是啊……"

耿曙没有打断姜恒，他睁开双眼，看着天际的繁星。

"有时我总觉得，无论做什么，用处都不大。"姜恒忽然说道，"那么，这许多年里，我有没有认认真真地，不为'学以致用'，来读书呢？"

耿曙随口答道："有的罢？从前在洛阳不就是吗？"

姜恒想了想，耿曙说得也是。

接着，耿曙看见了姜恒明亮的双眸——姜恒凑到他面前，挡住了星空。

"你想说什么？"耿曙端详着他，只觉得他是那么好看，从小到大，他的模样自己无论怎么看都看不腻，只想把自己的所有都交给这个讨人喜欢的他。

"你有没有过，"姜恒问，"不为了什么而习武练剑呢？"

"没有，"耿曙想了想，答道，"我练剑都是为了保护别人。你就是那个'别人'。"

姜恒笑了起来。

"你挡着我了。"耿曙忍不住说道。

姜恒笑着躺回耿曙身边，耿曙再次看见漫天璀璨的星河。他想起那夜在姜家院中，他萌生的一个念头——"天道"仿佛就在他的面前。

"无用之用吗？"耿曙忽然说。

他这一生所学确实都有明确的目的，修习黑剑心诀是为了保护与陪伴姜恒，主宰自己的命运；习武既是为了复仇，也是为了完成他们的心愿……

"无用之用啊！"姜恒说，"天地不仁，以万物为刍狗。在天道眼中，万物并无区别，天道也不会与你计较所谓的'用'。不管你有什么目的、什么愿望、什么理想，天地恒常，日升月落，斗转星移……"

"即是无为。"耿曙想起读过的书，喃喃地说道。

在天道面前，万物诞生与陨灭不过是转瞬即逝的一朵浪花，生与死轮转，人类和众生又何曾有过不同？

"天道！"耿曙一刹那在那漫天繁星之下抓住了那个稍纵即逝的念头。

姜恒："嗯？"

耿曙瞬间翻身坐起，拿起一旁的黑剑，面朝星河与大海，犹如入定一般。

姜恒好奇地看着他，接着，耿曙手持黑剑朝海浪走去。

姜恒随之起身，却没有发问，只见耿曙随着浪涛声停下脚步，站在退潮后的沙滩水线前，远远望向天空中的繁星。

姜恒退后少许，只见下一刻，耿曙提起剑，面朝天际星轨与潮退潮起的弧线，下意识横剑，出了一招，横拖黑剑，平掠而过。

姜恒马上就明白，耿曙竟在这个夜里，迈过了一名武人面前的最后一道坎！他正在突破自身武学的极限！

他不敢打扰耿曙，眼中满是惊讶与仰慕，自行到一块礁石上坐下。

耿曙出了那一剑后，接下来是漫长的入定，直到足足一刻钟后，他转身于浪涛间迈步，使出第二招。

斗转星移，海面上星光渐渐落下，足足一夜，姜恒仍在礁石前看着耿曙。

东方既白，耿曙一共出了九招，就在这九招里，他找到了在安阳城中刹那天心顿开的感受。那一刻，姜恒唱过的"天地与我并生，万物与我为一"再次响起！

此时的他尚不知道，自己已破开了这世上横亘于千万武人面前，数千年来无数人前赴后继也难以逾越的那堵墙。

哪怕是他的父亲耿渊，在琴鸣天下曲终时，方天心顿悟。

"我懂了，恒儿！"耿曙回头。

姜恒打了个呵欠，勉力装出期待的神色，说："是你自创的剑法吗？那你现在可是大宗师了！"

罗宣曾经告诉他，武者若在武道上专注一生，那么有一天便有希望，迈过红尘之境，得窥天道。

这世上能走到这一步的人不多，许多人不过是庸庸碌碌，得个高手名头，终其一生罢了。但一旦越过这堵墙，便是所谓的"武圣"！

至于得窥天道，有什么用呢？其实也没什么用。姜恒听完啼笑皆非，到了武圣境界的人，甚至也不会随意出手了。

"我已经忘了，"耿曙有点懊悔，说，"太阳一出来，就忘光了。"

"我记得呢，"姜恒拉着耿曙，说，"你看？我给你在沙滩上画下来了。"

姜恒一整夜实在无聊，便把耿曙自创的剑法记下了。

"我再练练，"耿曙马上说，"你去睡罢。"

姜恒回到小屋中睡下，耿曙则在屋外开始练剑，一整天不睡，却非常精神。入夜后姜恒做了饭，一边说着"治大国如烹小鲜……"，一边烹饪着鲜鱼，耿曙简单地吃过后，又一夜未眠，习练心法。

三天后，耿曙让姜恒看他出剑，黑剑、天月剑与烈光剑的剑诀，都被他融会贯通，化于无痕，最后自创出的九招剑法，配合心法，圆融无缺。

姜恒的武学虽说马马虎虎，看不出厉害之处，却能感觉到，耿曙仿佛不一样了。

"真了不起！"姜恒赞叹道。

耿曙哭笑不得，他知道姜恒看不出奥妙，却仍十分兴奋，只得说："再与人动手时，你就知道了，不过现在我已不想与人动手了。"

姜恒提议道："给它起个名字罢？"

"无用之用，"耿曙说，"叫'无用剑'如何？"

"太难听了！"姜恒说。

"那你起一个。"耿曙说道。

姜恒想了想，说："就叫'山河剑法'罢。"

"'山河剑法'！"耿曙说，"这名字不错。"

耿曙隐隐约约也感觉到姜恒的心情变了，在海边住下的这数月里，他们与整个世界隔开了，他在星河下窥见了武道的极致之境，姜恒仿佛也明白了人间大道所在。

"你想通了？"耿曙问。

"我想通了。"姜恒点头，耿曙便放下了心，不再追问，知道姜恒已选择好了未来的路。

姜恒不再拘泥于大争之世里，不再关心最后的那名赢家是谁；正如耿曙不再拘泥于出剑是为了杀人还是战胜谁。

听到山河剑法那一刻时，耿曙便清楚姜恒将有所行动，而自己的剑，将永远陪伴在他的身旁。

数日之后，姜恒再一次前往市集，初一当日，市集十分热闹。

"有人在跟踪咱们。"姜恒在一个小摊前停步，朝耿曙说。

耿曙转头看了眼，说："我去打发他们？"

市集上有数名做百姓打扮的斥候，正在远远地窥探。姜恒忽然发现耿曙变了，自那夜创山河剑法后，他的气势有了明显的改变，如今的他更为沉稳也更内敛，再不会在危险到来时，立刻伸手握住黑剑的剑柄。

现在黑剑犹如成了他的一件饰物，被他缠上藤带背在身后，哪怕察觉有人尾随，耿曙也没有伸手到背后准备拿黑剑。

现在的他轻易用不着这把神兵了。

姜恒尚未下决定，耿曙便随手捡起石子一弹，击中在屋后跟踪之人，那人一声闷哼，跑了。

姜恒说："会是谁派来的呢？"

耿曙没有多说，牵着姜恒，转过市集，朝沙滩上走去，那里聚着几名斥候，见耿曙前来纷纷大惊，一哄而散。

姜恒说道："喂！好久不见了！"

一棵树后转出熟悉的人影，手里拿着两把刀。

"好久不见了，罗先生。"孙英笑着说道，"还是说，该称您为姜大人？"

"又是你。"耿曙眉头一拧，走上前去，孙英冷笑，骤然出刀！

"当心！"姜恒没想到孙英竟会突然袭击耿曙，想来孙英只是想试他的功夫，毕竟上次在落雁城中，孙英被打得落花流水，却没有与耿曙正面交手的机会。

但耿曙只用了一招，便夹住了孙英的刀刃，两指犹如铁铸一般，微一反转，拖得孙英扑近前来，左手打在他腹部一掌。

孙英险些被那股巨力打到吐血，反向横飞了出去，刀刃脱手！

姜恒："……"

耿曙回头，朝姜恒说："他不是神秘客。"

姜恒："……"

孙英忍痛起身，狼狈不堪，起初他只想试试耿曙手中的黑剑，没想到对方竟空手便打飞了他。姜恒却知道孙英武艺虽未登峰造极，却也仅在五大刺客之下，哪怕与罗宣动手，也不至于败得如此狼狈。

"他……"姜恒说，"好罢，不是就不是。"

耿曙低头问道："你主人让你来做什么？"

孙英顿时气焰全无，起身一掸衣服，忍着腹部剧痛，心里不住地骂娘，表面上却轻描淡写地说道："太子灵已是王陛下，想请两位到济州去做客。"

姜恒说："想必早在浔东城时，就有人朝他汇报我俩的行踪了罢。"

孙英知道姜恒的智计堪比耿曙的武艺，俱不是自己能挑战的。

"不错。"孙英索性爽快地承认，"去吗？大郑以国士之礼相待，往事一笔勾销。"

姜恒与耿曙互相看看。郑国如今已面临灭国之危，梁国告破，崤关尽成前线，落雁之仇就在一年前，汁琮下一个目标，想必定是济州。

耿曙如今已不再惧怕刺杀，他相信哪怕五大刺客亲至，甚至父亲复生，也不一定能打败他。

"你决定罢。"耿曙朝姜恒说。

"如果我们不去呢？"姜恒反问，同时心想：我要不去，太子灵还吩咐你杀了我不成？你有这本事？

孙英调息片刻，总算好受了点，诚恳地说道："两位若不愿去，王陛下就要亲自来了，国内局势动荡，牵一发而动全身，国君贸然离开济州，将会招来危险。"

这么一说，姜恒也不好奚落他了。

孙英又说："这就走罢，雍国如今派出刺客，呈天罗地网之势，正在搜寻姜大人的行踪。两位的行李稍后我会派人安排妥当。"

禁 足 令

中原的夏天来了，落雁城却还很凉快，汁琮已回到了安阳。

姜恒还没有找到，这是唯一的变数，也是汁琮心头的一根刺。

他会做出什么来？那天耿曙被烧死时，平地而起的毒烟从何而来？

汁琮想到安阳之变便隐隐心惊胆战，如今他站在安阳王宫的偌大平台前，面朝这座缓缓复苏的城市。占领梁国王都后，雍人们陆陆续续地从关外迁了进来，令这座死城复生。

那天的变故，便发生在他的眼皮子底下，耿曙身上发生了什么？是烧死他的柴火内被浸泡了毒？汁琮想来想去，只有这一个可能。唯一的解释是，郢人本料定雍军会奋不顾身地前来救耿曙，届时燃起的毒烟便可杀掉方圆上千步之人。

只是他们人算不如天算，且低估了毒烟的杀伤力。

这是上天提前给汁琮的一个教训，提醒他不能将军队满满当当地塞在同一座城里。

陆冀曾朝他进言，新都选址最好避开安阳，因为这座城里死了太多人，恐怕冤魂不散，阴气太重。没想到陆冀一世谋略纵横天下，临到老来，竟也相信这虚无缥缈的鬼神之说。

汁琮对此的回答是："活着时我尚且不怕，死了以后奈得我何？"

雍军阳刚之气极重，汁琮自信自己能压得住这里的冤魂。不相信？看看现在的安阳，不正在恢复吗？

眼下耿曙死了，姜恒却不见了踪影，他有一天一定会来找自己报仇，汁琮必须尽快搜寻出他的下落。

更令他烦恼的是，王子之死使原本俯首帖耳的东宫产生了不少令人不快的声音，这声浪正在不断增大，已到了他不能当作没听见的地步。

迁往安阳的第一天，东宫的决策竟是发布王令，让梁国百姓迁回安阳，并承诺前事不究……开什么玩笑？这道政令幸亏被汁琮及时拦下。这么多人好不容易才全部赶出去，正好腾出地方让雍国人入住，他们的房屋是现成的住所，他们的钱财与存粮甚至还留在安阳，这不是正好吗？

千里迢迢从落雁而来，这不是鸠占鹊巢，这是他们的战利品！汁琮已经没有放任手下掠夺了，只因胜利的果实势必是他们的。

太子泷居然要将安阳还给梁人?!

"来了？"汁琮沉声道。

他的亲儿子也来了，一个月前离开落雁，如今风尘仆仆地抵达了安阳。

太子泷走到汁琮身后，朝父亲行礼，汁琮没有回身。

"小时候你常说想到南方来，看看书上记载的中原乐土，"汁琮沉声说道，"爹回答你，总有一天，咱们会回来的。喏，你看，不是做客，如今中原已经是你的了。"

他的手笔直直地指向前方，示意太子泷看清楚，这是父亲予他的，儿子从小到大，父亲从未给过他什么东西，但现如今，父亲给了他一生中唯一的一份礼物。

汁琮转过头，期待着在儿子脸上看见欣喜的神色。

太子泷却没有说话，脸上带着复杂的神色。

"还未曾想清楚？"汁琮将其理解为太子泷仍然沉浸在耿曙死去的悲痛之中，缓步来到他的身边。

太子泷眼里带着泪水，像极了他的母亲音霜公主，音霜公主嫁到宫中后便终日是这郁郁寡欢的模样。

"人总会走的。"汁琮伸出左手，覆在儿子的脸上，拇指轻轻抹了一下他的眼角，"你王祖母会死，你姑姑会死，父王也不外如是，每个人最后都将离开你。"

太子泷竟在一刹那不易察觉地闪躲了一下，终究还是被汁琮发现了。

"想说什么？"汁琮放下手，不悦地说道，"你很快就是神州的天子了，想说什么就说，不要总是这么畏畏缩缩的。"

太子泷抬眼望向汁琮。

"这不是我想要的，父王。"太子泷低声说道。

汁琮忽然兴味索然，这些日子里，他感觉到了儿子明显的变化。

"谁教你说的这话？"汁琮的语气变得冷漠起来。

"没有人教我。"太子泷的语气却十分坚定，"父王，这是您想要的吗？"

"你在发什么疯？"汁琮上前一步，带着严厉的语气朝太子泷说道，"你在怜悯敌人？梁人与郑人朝落雁发起灭国之战时，何曾怜悯过咱们?！"

太子泷深吸一口气，抬头注视着父亲。

"父王……"太子泷说道。

"这话，你可曾朝你的将士们说过？"汁琮气得微微发抖，"他们为了雍国四处征战，付出了生命，若听见你这话，不知有多少人会心寒！"

太子泷："父王！"

汁琮："我现在很后悔，当时该将你带在身边，让你好好看一看，那人间炼狱般的战场，但凡见过的人，就永远不会说出……"

"父王！！！"太子泷怒吼道，"你可曾愿意认认真真地听我说的话吗?！"

汁琮刹那间沉默了。

"你给我说话的机会了吗?"太子泷反问。

父子二人相对沉默。

"说。"汁琮冷漠地答道。

太子泷："父王，谁是敌人？"

汁琮："……"

太子泷走到高台前，俯瞰安阳全城，再回头朝汁琮说："谁是您的敌人？您没有敌人，十年后，您将成为天子，他们都是臣民，都是您的曾经迷途的臣民。为什么不将他们的家园还给每一个人？您是他们的新王，梁人已经成为您的百姓了。我一直明白，战争必不可少，让神州再归一统，将有惨烈的牺牲，须要付出沉重的代价……只是……"

太子泷指向城中，难以置信地说道："父王，您的决策是夺走他们的家，让他们在外流浪而死，只留下雍人！"

安阳城内已变得一片荒凉，百姓全逃了，犹如鬼城，不久后，雍人将陆续入住，但汁琮绝不会让梁人回来。

"谁让你这么说的？"汁琮冷漠地问。

姜恒逃了，耿曙死了，如今再没有人来教坏他的儿子，但为什么？现在，太子泷背后仿佛还站着一个幽灵?！

"没有人，"太子泷答道，"从始至终，都是我在说，父王，您为什么不相信？"

是曾嵘？周游？还是那群寒族出身的士子？

"你管不住你的臣子们，"汁琮觉得自己有必要重新评估太子泷的能力与身为国君的素质，近乎无情地说道，"你管不住他们的嘴，更管不住他们的心。你被姜恒教坏了，心里满是妇人之仁，对自己人刻薄，对敌人仁慈。"

太子泷知道汁琮始终听不进去，今天已经是他反抗的极限，他知道汁琮已经明白了，接下来，自己将面对他滔天的怒火。

"回去反省，"汁琮冷冷地说道，"反省你的懦弱。"

"是。"太子泷低声应道，转身离开。

这句"是"犹如说了声"不"，力度虽轻，却比以往更执着。太子泷成功地激起了汁琮更猛烈的怒火，他站在高台上朝儿子怒吼道："给我好好反省！什么时候认识到你错了，再到朝廷上来！"

翌日，太子泷面壁，汁琮开始面对东宫一众门客的激烈反抗，就连平日里鲜少反对汁琮之议的曾嵘、周游等人亦坐不住了，开始质问国君。

"王陛下，"曾嵘说道，"安阳初得，政务繁杂，为何在此时让太子殿下面壁，他做错了什么?！"

周游说道："原议五国联会，尚未召开，攻占安阳之举定将令四国人心惶惶，须得以安抚之计为上……"

"这不是还有你们吗？"汁琮毫不留情地说出了真相，"太子不出门，东宫职责照旧，有何不妥？"

东宫已经烂了，烂到了根里。这是汁琮唯一的想法，他常年只管征战不问政务，姜恒的到来竟腐蚀了太子泷与他的年轻官员们，他必须马上下重手整治。

众人面面相觑，曾嵘仍忍不住据理力争："太子殿下被禁足，也须有其过，天下人见不到太子，坊间流言四起，如何应对？"

"同情敌人！这就是他的罪过！"汁琮蓦然怒吼道。

他本以为东宫官员将噤若寒蝉，孰料他们虽不说话，望向汁琮的眼神却依旧带着坚持与固执。

哪怕汁琮从情理上明白曾嵘代表了曾家，士族子弟总该给留点情面，但他这一刻仍按捺不住自己暴戾的想法。

他觉得有必要再杀几个人，这样东宫才会对他彻底臣服。

"王陛下，政务决策怎么办？"曾嵘说。

"孤是国君，"汁琼慢条斯理地说道，"孤亲自来。你们是不是觉得，孤将政务交给东宫代管，这么多年来，已经不会当国君了？"

没有人说话，曾嵘最后还是让步了。

周游说："眼下须得尽快派出使者，前往郢、郑二国，以暂时议和为主……"

"议和？"汁琼说，"议什么和？"

这话一出，所有人已不抱妄想。

"打过去！"汁琼重申，"下月便发兵，攻伐郑国！讨回落雁一战的血债！我要让天下人知道，谁人胆敢冒犯大雍，孤就让他有债必偿！将你们的政务文书送到书房来！待孤处理完后便御驾亲征！"

染 鬈 霜

七月流火，盛夏之夜漫天星斗，济州城蝉鸣如海。

"恒儿，你不能太相信赵灵。"耿曙沉声说道，虽然如今的他已有把握保护姜恒的安全，但他始终不喜欢太子灵。

"他从来没有杀过我。"姜恒解释道，然则转念一想，太子灵是杀过耿曙的，虽然最后没杀成。姜恒向来是个直接的人，从不去做无谓的假设，譬如当初他若没有救出耿曙结果如何；譬如太子灵哪怕知道他与耿曙是兄弟，是不是仍抱着杀他的心。

但纵观五国之中，姜恒几乎可以肯定，哪怕他从风雪崤关下救走了耿曙，太子灵也是唯一一个不曾明确表示对他们有杀意的储君了。

"是。"耿曙最后点头说，"哪怕他知道咱们离开雍国，也不曾害过咱们。"

曾经的种种谜团大多得以解开，落雁城外前来行刺姜恒的刺客，定是汁琼所派，再无他人。反而是太子灵，哪怕在两军对峙、双方赌上国运之际，亦从未生起除掉姜恒的心思。

"他一定有许多话想说。"姜恒最后说道。

他有预感,这次前来济州,也许将一举解决所有的问题。设若无法解决,那么他与耿曙在这天地间就真的再无容身之所了,只能再去找个世外桃源,避世隐居。

他的入世旅途从郑开始,或许也将在郑结束,冥冥之中,命运之手指引他走过千山万水,最后依旧回到了济州城。

"非常抱歉,"孙英在车外驭马前行,解释道,"郑军一场大战后,就怕有人认得二位,请二位进宫前不要露面。"

"怕人来寻仇吗?"耿曙漫不经心地说道。

孙英说:"虽然胜败乃兵家常事,可毕竟死的也是活生生的人,总有人会放不下,就怕这些人会唐突冒犯了二位。"

姜恒本将车帘揭起,听得此话,只得再放下去。

耿曙:"我怎么记得,这场战争是郑国先挑起的?"

孙英说:"是啊,打了败仗,还不许人心有不甘了?"

耿曙说:"习武之人,刀剑无眼,怕打败仗,就不要打仗。"

孙英笑着说道:"森殿下这话说得,谁想打仗呢?"

姜恒只静静地听着。自古成王败寇,眼下是郑国输了,还输得一败涂地,如果太子灵赢了,现在雍都落入郑国手中,汁琮、姜太后、汁绫等人尽数成为人犯被押解到济州,就是另一回事了。

"到了,"孙英彬彬有礼地说道,"请。"

济州比起姜恒数年前第一次来时更压抑了。夏夜里层层乌云压着,闷热无比,姜恒在马车内出了一身汗,宫闱中竟有几分寂寥与苍凉之意。

"姜先生的卧室已收拾好了,"孙英说,"还是原本那间。至于森殿下……"

耿曙:"我与他住一间。"

"不用带了。"姜恒时隔多年回到郑宫内仍轻车熟路,郑宫的环境始终没变,当初姜恒在此住了小半年,如今闭着眼睛也认识路,他便让孙英不必再跟着,又朝耿曙笑道:"我带你走走?"

耿曙示意别玩了，先去见人罢。

"我也有话想对他说。"耿曙道，"我还没与赵灵好好谈过呢，他是个什么样的人？"

上上次，耿曙甚至没能见到赵灵的面，就被他捆在关内等待车裂；上一次，他们在落雁城中匆匆打了个照面，身为敌人，自然来不及交谈。

耿曙没想到如今竟阴错阳差地与这名雍国的宿敌在因缘际会之下，不得不捐弃前嫌，暂时联手对抗汋琼。

"他是个随和的人，"姜恒想了想，说，"也是个谦虚的人，至少看上去谦虚。"

姜恒牵着耿曙的手，两人穿过前廊，姜恒忽然知道那苍凉感是怎么来的了——郑宫内少了许多人，值班的侍卫减少了将近六成。

"怎么连书房附近都没人巡逻了？"姜恒疑惑地问道。

"因为没钱了。"书房内传来太子灵的声音，"请进。"

姜恒在门外一停，耿曙却拉着他径直走进书房。太子灵（自此，改称郑王灵）已在四个月前继任，如今一身紫衣金绣的王袍，虽着便服，亦戴封王的简易冠冕，容貌比数年前成熟了些，鬓角染上少许霜白，眸子依旧清亮有神，朝耿曙与姜恒望来，做了个"请"的手势。

"先生于郑国而言，已不是外人。"郑王灵温和谦恭之态一如往昔，"聂将军也请随意，就当在家里一般。"

耿曙点了点头，坐下，他确实看得出姜恒很自在，甚至比在雍宫还要自在，与郑王灵见面甚至免了任何寒暄，就像相识多年的知己。

确实认识有些年头了，姜恒曾与郑王灵为友，又曾为敌，他们的关系随时都在变化，犹如阴阳轮转，只有一件事未曾改变。

那就是双方之间的某种默契。

姜恒与汋琼、与赵灵都曾有亦敌亦友般的默契，感受到这难得的默契依然存在时，姜恒的心情还是很愉快的。

"怎么会没钱呢？"姜恒倒是无所谓，径自走到一侧去倒茶水，自己招待自己，郑王灵身边连个贴身的仆人也没有了。

"打仗花光了罢。"耿曙冷漠地说。

"是啊！"郑王灵说，"被你杀掉了近三万人，要抚恤和照顾他们的妻儿，今年国内收成又不好，收不上来多少税。"

姜恒递给耿曙一杯茶，郑茶入口有股苦涩感，回味后却泛起阵阵甘甜。

他观察郑王灵片刻，发现他瘦了，也憔悴了，尤其手臂上还裹着戴孝的麻布。

"不热吗？"姜恒说，"大夏天的穿这么多。"

耿曙："……"

郑都本来就闷热，姜恒恨不得只穿单衣短裤，见郑王灵穿着一身王袍，只觉得更热了。

"这不是因为你们来吗？"郑王灵无奈地说道，"想着今夜能到，便先预备穿着，免得刚一见面，封王见朝臣，总不能披个袍子就出来见客罢？"

姜恒只觉十分好笑，郑王灵又道："这王袍我也穿不惯，每天上朝就够受的了，告罪片刻。"

郑王灵转到屏风后去换衣服，耿曙原本有许多话想说，来了这么一出，反而无从开口了，同时也明白了姜恒对他的评价——确实是个"随和的人"。

"我还没朝聂将军告罪呢。"郑王灵在屏风后脱衣服，人影映在了屏风上，说道。

"不打紧。"耿曙却很豁达，"两国交兵，对敌人的仁慈就是对自己人的残忍。我能理解。"

姜恒喝着茶，翻了一下郑王灵那王案上的文书，乃是赈灾事宜，底下又垫着郑王死后的国事后续，以及一大堆朝臣的奏章。

"即便如此，我还是要道歉。"郑王灵系上腰带走出，穿了一件薄薄的亚麻袍，内里匀称的身材与文人的肌肉，以及白皙的肌肤若隐若现。

"当初若知道你俩是兄弟，我是不会杀你的，"郑王灵示意姜恒朝一边让让，跪坐在王案前，朝耿曙认真地说道，"哪怕姜恒落在雍国手中，我最初的想法，也是拿你换回他来。只是他回来了，你们的爹又杀了我爹，我必须报仇。"

"那是自然，"耿曙答道，"换我，我也会报仇。"

郑王灵朝耿曙一拜，正色道："我就相信聂将军能理解。"

耿曙问："现在呢？"

"现在，我们之间依旧有着血仇。"郑王灵答道，"现如今，我们有着共同的敌人，不能因仇恨遮蔽了双目，必须先以大局为重，解决此困境后，再行商议不迟。"

耿曙淡淡地"嗯"了一声。

假设郑王灵以姜恒当借口来回答，也许耿曙还不会相信他，但他既然这么说了，耿曙便不再怀疑，上一辈的血仇已成定局，这一悲剧延伸到了他们的身上，必须最终有个了结。

在这之前，他们仍可以暂时合作。

这件事于耿曙而言，便算过去了，他清楚自己的表态也代表了姜恒。

"你的朝政文书简直一团糟，"姜恒翻了两页，说，"门客都去哪儿了？没人给你批注？"

"都被你们杀光了。"郑王灵淡淡地说道，"他们保护我过潼关那夜，我这一辈子也不会忘。"

姜恒："……"

郑国溃不成军，逃离落雁之时又被曾宇率军追杀，随郑王灵出征的门客们多少都会点武艺，危难之时，他们拼死拖住了雍军追击的前锋。

而众门客以血肉之躯面对身穿重甲的骑兵，哪怕武艺再强也难逃屠杀，最终郑王灵的车辕被染成了红黑色，六百门客，归国时尚余四十七人。

回到国内，郑王灵收殓死去的门客，遣重金予余下之人，让他们回各自的故乡了。

郑王灵轻描淡写地说着，姜恒却能想象当时的境况是何等惨烈，潼关雪夜里，郑王灵在孙英的护送之下逃得生天，身后则是五百余具葬身大雪的尸体，他们或被乱箭射死，或被雍军的长刀刺穿胸膛，死在他乡。

"但我不后悔，"郑王灵又随口说道，"总归有这么一战，不是死在宗庙里，就是死在潼关前。"

现在，郑王灵活着回来了，他没有救下梁国。汁琮已成为最大的威胁，他迟早会来的，而郑国远征落雁惨败后元气大伤，汁琮若越过崤关，想必郑国要举全国之力誓死一战，亡国则已，再无他念。

"我看现在也好不到哪儿去，"姜恒翻了几页奏折，说道，"一个不当心，你还是得死在宗庙里。"

郑王灵说："能死在自己家里，总比死在潼关好。"

"怎么了？"耿曙见姜恒皱眉，便朝姜恒问。

"太多麻烦了。"姜恒没想到，一场大战竟让郑国的问题变得如此严重。

郑王灵倒也不瞒他们，说："车将军牺牲，今岁二月，父王薨后，国内公卿对此战非常不满。"

"看出来了。"姜恒坐到耿曙身边，开始看群臣抨击郑王灵的文章。

"军费亏空严重，"郑王灵说，"只有龙于将军是站在我这边的，目前他守着崤关。"

耿曙说："给他变个法，你不是最会变法的吗？"

"那更是死路一条了。"姜恒哭笑不得地道。

郑国与雍国根本是两回事，在雍国，汁家专权，要推行变法尚且有诸多阻力，郑国朝中利益盘根错节，郑王灵的威望更因战败而跌到了谷底，一旦强行变法，只会激起反叛。

"姜恒，你能替我处理下政务罢？"郑王灵问，"夜深了，先歇下，生意的事，明天咱们再详细地谈。"

姜恒说："行罢，也只能死马当成活马医了。"

"来日方长，"郑王灵说，"我还有许多话要慢慢地与你们说，不急这一时。"

耿曙便替姜恒收起奏章，扬眉示意姜恒走，回去睡了。姜恒正要告辞，郑王灵忽然想起一事，问道："对了，你记得当初那个服侍你的赵起吗？"

姜恒当然记得，这些年他从未忘记过赵起，那是自己最孤独的一段时光，赵起那时陪伴在他身旁，时间虽很短暂，却犹如家人。

"我正想找他呢。"姜恒本想说如果他在宫里，不妨让他过来。

郑王灵却说道："说来奇怪，自打你离开后，赵起也不见了。"

"啊？"姜恒疑惑地叫出了声。

郑王灵一样疑惑地说："我派人去四下寻找，本以为他是不告而别，结果在浔西找到了他。更奇怪的是，他竟对那段时间的事半点也不记得了，坚称自己离开皇陵之后，便从未到过国都……犹如疯了一般。"

姜恒："……"

郑王灵道："我便不勉强他，没有再传唤他入宫，你若……"

"不必了，"耿曙已大致猜到内情，说道，"天意如此，不可勉强。"

姜恒疑惑之心更甚，怀疑赵起是因为生病发烧忘了什么事，但郑王灵既已将他安顿妥当，便也不再勉强。

榻下礼

"你打算帮他？"耿曙回到房后，解开武袍，单衣已被汗湿透，贴在背上，现出漂亮的脊背线条。

济州实在是太热了，但看这天色，暴雨将至。

姜恒翻了下书卷，环顾四周，答非所问地说道："这是我离开海阁之后第一个正式落脚的地方……奇怪，赵起是怎么回事呢？"

耿曙到得姜恒身边坐下，两人身着单衣，姜恒抬眼看他，耿曙转念一想，决定不再节外生枝。有些事，不知道便当不知道罢，毕竟有的人不想说，总得尊重他。

"汁琮很快就要来了，"耿曙说，"梁国一灭，现在没人能挡住他。"

姜恒答道："是啊，所以你想，帮郑王，也是帮咱们自己。"

耿曙沉默片刻，继而从桌上的竹筒里掏出算筹，排在案上，说："我在想，他能借我多少兵。"

"他一定会问'你要多少兵？'，"姜恒说道，"有兵，就能打败汁琮吗？"

耿曙思考片刻，郑军与雍军有太大的区别，他从未带过郑军，这确实很难说。

"打败他之后，又能怎么样呢？"姜恒说，"帮助郑国灭了雍国吗？"

"恒儿。"耿曙无奈地说道，目光从算筹上移开，注视着姜恒。

"杀了汭琮，再杀汭泷，连汭绫也杀了，如果她拦在路上的话。"姜恒喃喃地说道，"最后，为我夺回王位，掉头灭郑，平定四国，我就成了天子。"

耿曙确实是这么想的，他什么都瞒不过姜恒。

"这么做的话，"姜恒叹了口气，说，"咱们与汭琮又有什么不同呢？"

"你是雍国名正言顺的太子，"耿曙说，"这就是最大的不同。"

"所以为我杀人，就算不得杀人？"姜恒对耿曙说道，"为我杀人，就是合理的？"

"我不是那意思……算了。"耿曙本以为姜恒会赞同自己，他们决定来郑国，为的不就是借助郑王灵的力量让姜恒归朝吗？

"睡罢。"姜恒叹了口气，最后说，"我还得认真想想。"

"汭琮不会认罪！"耿曙说，"你想昭告天下，让他退位吗？简直是妄想！"

姜恒看了耿曙一眼，耿曙便没了脾气。

"我现在不想说这个，"姜恒十分郁闷地说，"再议，可以吗？"

耿曙心想：好罢，反正也是我捅出来的真相。

姜恒躺上榻去，连日奔波，如今又有了容身之所，不必再担心汭琮会随时率军杀来，大举搜寻他们的下落。

耿曙却在榻下屏风后打了个地铺，随即躺下。

"哥？"姜恒起身叫道。

耿曙在屏风后"嗯"了声，姜恒问："你在赌气吗？"

"什么？"耿曙回过神，答道，"没有，我在想事，太热了，怕你睡不好。"

"上来罢。"姜恒说。

"不。"耿曙难得坚持了一次。

"你就是在赌气。"姜恒说。

"我没有！"耿曙有点烦躁地答道，"你能不能听话点？"

姜恒："……"

他们已经很久没有争吵过了，上一次争吵，还是在林胡人的藏身地外。姜恒万万没想到，他们居然会因为这么一件小事起了争执。

姜恒于是答道："好罢。"

耿曙转头看了眼屏风的另一边，沉默了。

过了很久……

"恒儿。"耿曙说。

姜恒困得很，他迷迷糊糊地转过身，问："什么？"

"没什么，睡罢。"耿曙在方才那一刻，再一次感受到了嘴拙的无奈，他有太多的话想说，奈何却说不出口。

夜半时分，惊雷滚滚，郑地终于下起了迟来的暴雨，一场雨解去了干旱，今年的秋收不必再担心了。凉爽的水汽进入房中，耿曙始终睁着双眼。

从姜恒看到大海的那一刻起，耿曙便下了一个决定，在他得不到想要的答案以前，他不能再与姜恒像从前一般亲近了，这样对他们而言不是好事——曾经他不知道，姜恒只是单纯地将他们之间的一切当作兄弟之间的寻常相处来看待。

如今的他们与从前再不一样，耿曙不停地告诉自己，一定要守好规矩。

翌日，姜恒来到郑国朝廷时，还打着呵欠。

朝中有一大半人他都认识，但他与耿曙抵达那一刻，仍引起了不小的骚动。

"姜先生回来了，"赵灵如今已是郑王，端坐王案后，客客气气地说道，"聂将军尚是第一次来到本国，两位请坐。"

"什么聂将军?!"一名老臣马上就认出了耿曙，怒吼道，"他就是害死了天下无数人的刽子手！他叫耿曙！他是耿渊的儿子！"

众臣无论如何都想不到，世间竟有如此不要脸之人，两国血仇比海更深，满手血腥的杀戮者，居然堂而皇之地来到郑国的朝堂上，这简直是对数万阵亡将士的侮辱！

郑王灵没有劝任何人，他知道以姜恒的本领，足够轻松应对。

率先开口的却是耿曙，只听耿曙沉声说道："不错，我就是耿渊的儿子，随母姓，叫聂海。我父十五年前琴鸣天下，杀了四国公卿，我曾是汁

344

琮义子，率领雍军，战胜你们郑军，手上沾满了数万人的鲜血，并攻破了梁国国都安阳……"

接着，耿曙在一张空案后坐下，将手里的黑剑放在案上。

"聂某武艺平平，不及先父，但今日我若想血洗郑国朝堂，诸位也定逃不出正殿大门。"耿曙扫视众人一圈，客气地点头，"不过此次前来我不为杀人，只为救人。当然，各位要杀我报仇，尽管上前动手，我坐着不动，先让你们十招。"

这话一出，殿内反而一片寂静。这朝堂上确实无人奈何得了耿曙，除非郑王灵一声令下，召来弓箭手，乱箭将他射杀在当场，否则谁都拿他没办法。

郑王灵叹了口气，求助似的望向姜恒，示意他说点什么，气氛实在太僵了。

姜恒知道只要他俩出现，郑国大臣们便势必会有此反应，说什么战争不是你死就是我活一类的大道理，又有什么用？道理自然谁都明白，大争之世，郑伐雍，雍伐梁，本无仁慈可谈。

他们站在不同的立场，这才是最大的问题。

"各位大人，这可有好些年不见了。"姜恒反而乐呵呵地说。

众人受耿曙威势所慑，一时不语，却都在盘算找什么话来骂他。姜恒倒是很轻松，郑人对他恨意也不大，哪怕知道他曾在雍国为臣，但毕竟他未曾真正杀过人。

"你来了。"一个稚嫩的声音说道。

姜恒听到这声音，转头，在郑王灵的御座左首第一位，他看见了一个十来岁的小孩儿。

他一直坐在那儿，只是身边坐着两名老臣，将他挡住了。

"梁王？"姜恒马上根据服饰判断出了这位少年的身份。

那孩子正是安阳城破后，被项余放走，逃入郑国的梁王——毕绍。只见毕绍一身王服，哪怕身为亡国之君，亦遵守礼节，朝姜恒先起手。

姜恒随之起手，问道："梁王安好？"

"安好。"毕绍答道，"太史大人，天子安好？"

两人互一行礼，姜恒答道："天子已崩。"

"天下哀哭。"毕绍答道。

殿内沉默片刻，毕绍看了眼耿曙，又看向姜恒，说道："还未来得及感谢姜大人全我王都百姓，不令梁人惨遭铁骑踩躏，给了他们逃离国都、得以活命的机会。"

"王道之师，"姜恒淡淡地说道，"乃是本分。"

伴在梁王毕绍身边的老臣发出一声冷哼，显然对此极为不屑。若非姜恒与耿曙带兵前来，安阳又如何会落入敌手？

姜恒也朝那老臣扬眉冷笑一声。

耿曙却把实话说了出来："我俩若不带兵灭梁，梁国从此便千秋万代、固若金汤了吗？"

闻言众臣又随之大哗，姜恒无奈地一笑，到得一旁坐下，麻烦越来越大了。

"这么说来，"那老臣乃是梁地的大贵族，世代为国君效命，名唤春陵。如今他语气中满是咬牙切齿的恨意，只恨不得将耿曙抽筋剥皮，阴恻恻地说："大梁倒是要感谢聂将军仁德，只夺城不杀伤了。"

姜恒淡然地说道："若梁军昔日入主洛阳之时，亦如此顾念百姓，想来也不会有今天这一幕。"

"岂有此理！"春陵怒吼道，"郑王！我等亡国之臣流落济州，如今更要受此奇耻大辱！还有什么面目去见我先王？！"

郑王灵见势头不好，正要劝说时，春陵已拔出匕首，竟要当场自刎，以性命控诉。但毕绍反应更快，他牢牢握住了匕刃，鲜血迸溅，染红了王袍。

"相国，不可！"毕绍马上说道，"姜太史是来救咱们的！一时冲动，又有何益？！难不成我等一齐自刎，便能报效祖宗了？"

春陵见毕绍满手鲜血，顿时大哭起来，抱紧了小梁王。

郑王灵又叹了口气，一时间众郑臣反而无话可说，毕竟论倒霉，梁王才是真正的倒霉，连他都看开了，郑人还有什么放不下的？

毕绍一手放在春陵背上，轻轻抚摸，以示安慰，两眼却紧紧盯着姜恒。

姜恒心想：若早一点认识毕绍，好好培养，说不定这孩子还真的有资格当天子，只是造化弄人，实在可惜。

殿 前 争

殿内又静了片刻，孙英取来绷带，郑王灵接过，朝毕绍说："梁王，包扎一下罢。"

"我自己来。"毕绍答道，上前以满是鲜血的手接过绷带。

郑王灵叹了口气，说："正如我等所言，姜太史与聂将军此次前来，乃是助我等走出困境。"

"这困境，是他们一手造成的。"又一个人冷冷地说道。

姜恒看了他一眼，认出了那三十来岁的文臣。当年姜恒寄居郑国东宫时，这名文臣就在朝中为官，名叫诸令解，如今看服饰，已是郑国右相了。

此时诸令解朝众人说道："若非姜恒助雍国变法，袭玉璧关，我大郑便不至于有此大败，今日汁琮出关，酷政惨无人道，他才是罪魁祸首！"

"我说，"郑王灵显然动了怒，"往事已成定局！右相！你是铁了心要算旧账？再算下去，于事何补？"

"不是我想算旧账，"诸令解冷冷地说道，"教我如何相信面前这二人？"

"各为其主而已。"姜恒答道，"我就不懂了，这很难理解？右相，我若身为雍臣，食雍国俸禄，却掉头帮着郑人对付雍人，你觉得就能相信？不怕我再一转身，将你们全卖了？"

诸令解登时哑口无言，姜恒又说道："正因我投身郑时，对郑国绝对忠诚；我到了雍国，更是毫无保留地为雍国出力；如今我再来了郑，想必各位大可相信我。"

郑王灵说："不错，姜先生昔日为咱们去刺杀汁琮的义举，大家总是有目共睹的，虽然最后天不如我愿，至少我相信姜先生。"

"朝三暮四，"诸令解又说道，"恕我不能信他们，他们就是雍国的走狗！"

"你认错吗？"左相边均这时出来打了个圆场，说道，"汁琮犹如虎狼，你二人成了虎狼的爪牙，出关启战，这是赤裸裸的侵略！"

姜恒只觉得十分好笑，耿曙却声音沉稳，掷地有声。

"你认错吗？"耿曙反问道，"你郑人挟持天子不成，屠杀洛阳百姓，逼死天子与赵将军！当初的账，我正想找你们好好算一算！"

霎时间所有人再次大哗，郑王灵清了清嗓子，眼前局面已变得无法收拾，事实上他考虑过最坏的情况，却依旧轻视了仇恨的力量。

"你认错吗？"耿曙的声音再一次压住大臣们的呵斥与谩骂声，朝郑王灵喝道，"你轻启战事，强攻落雁！"

"坐视不管，"诸令解怒吼道，"汁琮就不会出关？！汁琮就是个狗娘养的！"

一刹那朝廷中群情激愤，姜恒正想开口说句话，梁王毕绍已包扎好了伤口，轻轻的声音再次传来。

"我认错，"只听毕绍认真地说，"当初洛阳之变，是我之错。"

春陵老泪未干，听得梁王此言，刹那惊慌地说道："王万不可这么说！何错之有？当年您只有五岁！"

姜恒再次与毕绍对视，殿内静了下来，只听毕绍又说道："逼死天子，攻陷洛阳，乃是我之大错。这亦是五国之过，雍国亦然。"

这是姜恒在洛阳事变之后，第一次听到五国之中有国君出来直面当年之过，并承担了责任。

姜恒点了点头，望向郑王灵。

郑王灵释然一笑，说："我也认错，当年之举，乃我之过。"

孙英咳嗽了一声。进攻洛阳时，老郑王仍在，进攻洛阳也是朝中的一致决定，郑国发誓必须抢到天子，绝不能让姬珣落入汁琮手中，郑王灵又有多大能耐，去左右天下大势？

姜恒说："如此……"

耿曙听到两人表态，说道："那么，我也认错，所托非人，是我之错。如今，我与弟弟正是前来弥补自己犯下的错。"

气氛终于缓和下来，与席者俱是饱读诗书之人，恢复理智之后，谁都清楚，如今天下之困局，又怎么能怪在姜恒与耿曙身上？哪怕当初琴鸣天下的那场杀戮为耿渊所为，亦不该让他们来背负这血仇，归根到底，俱是一场悲剧——一场所有人身不由己地被卷入其中的悲剧。

"那么我们现在，"姜恒走到耿曙身边坐下，说，"总算可以好好谈谈将来了。"

"谁的将来？"毕绍又说。

"梁的将来，郑的将来，五国的将来，以及天下的将来。"姜恒说。

耿曙于是不再发话，只沉默地注视着手中之剑。

"你们放出了一头无所不食的饕餮，"诸令解说，"如今大可好好看下，它会做什么了。"

郑王灵朝姜恒说："你们点燃了一场大火，若不及时阻止，它将烧光天下。姜先生，如今我仍然相信，这场火只要倾尽全力，仍可以被扑灭，只是我们将付出更多的代价。"

姜恒想了想，说："还是按老规矩，咱们先听听汁琮做了什么罢。我相信郑王不可能没有任何情报。"

郑王灵便示意左相边均回报情况。姜恒确实秉承了他一贯以来的思路，没有上来便高谈阔论，他们需要了解情报，所有的、关于雍国的情报。

知己知彼，百战不殆，本该如此。

只听边均咳了两声，慢条斯理地说道："汁琮如今已占据了大半个中原，洛阳、安阳、汉中、捷南、嵩县、琴川一带，尽在他的掌握之中。三日前，曾宇率军南下，开始攻打照水城……"

与姜恒想象中的速度差不多，这也是他尚在落雁时，所商讨的南征大计。

接下来，长江会阻住汁琮的脚步，江州易守难攻，汁琮缺水军，不会去啃这块硬骨头，最好的路线就是沿浔水三城，取浔东、浔北、浔阳，入侵越地，再顺长江掉头往东北，绕过崤关，进入郑国。

一城失，城城失，南方四国僵持百年后，只要一地告破，便会迎来连环崩塌。

龙于的军队驻守崤关，此时若抽调军队回援，汁绶便可轻而易举地攻破崤关，届时济州将更危险。

比起战事推进，姜恒更在乎的，反而是被纳入雍国版图的城池中的百姓的现状如何。边均的情报简直让他觉得事情不能再糟了。

雍国开始迁都，目标却非洛阳，而是安阳。落雁城派出了浩大的迁徙队伍，趁夏季进入中原腹地，安阳成了新的王宫，雍国百姓也纷纷迁进了旧时的梁国境内。迁都在任意一国，俱是一件旷日持久、难以落实的大工程。但对汁琮来说，一声令下，倾举国之力迁徙与安顿百姓，实在轻而易举。

截至半个月前，雍国已有四十万人迁进玉璧关内，在安阳以太子泷为首，东宫的门客为基础，组建起了新的国都并推行新制，亦是姜恒当年在落雁城中所规划的。

只有一点不同，汁琮将统治范围内的百姓分为四等：一等为雍民；二等为风戎、林胡、氐三族中随同雍人迁入关内的外族人，唤为"关外民"；三等为嵩县、洛阳等地的天子遗民，称"中原民"；四等则是连年征战后的战俘，有郑、郧、梁人，也有少量代人，乃是"贱民"。

"挺有新意。"姜恒冷冷地说道。

众人听出姜恒在嘲讽，却无人接话。

"一等民内又分公卿、士等贵族，"边均慢条斯理地说道，"一等民大多为官，二等民习武者较多。三等四等，就随他们摆布了，贱民不得务农、经商、做工，只能服苦役，或是当兵，自然，这些兵的待遇，不可与雍正规军同日而语。"

边均等人倒不在乎汁琮的四等人制，毕竟各国虽不似雍这般等级森严，贵族与平民之间却也泾渭分明，回报此议，不过是为了证明汁琮的新朝廷正在按部就班，进一步消化领土。

雍国在如此高效的运转之下，军队得到补员，后勤补给充足，攻破郑国指日可待。

"眼下，"边均说，"汁琮的军队再一次扩大，编入中原流民与战俘之后，已有二十六万之数，这个数字，在他们打下照水之后，将进一步增加。"

姜恒在心里默默计算了一下以中原的土地和雍国的效率，能拉起一支多少人的军队。

边均说："根据我们的推测……"

"五十万。"姜恒已提前回答了这个问题，"雍国征用嵩县粮库后，会最大限度地压缩军饷开支，征集百姓上战场。再给汁琮四个月，他能召集起五十万人为他打仗。其中十万为主力军，即风戎与雍的中坚战力，外加五万氐人。"

"余下的三十五万人，则是新兵，"姜恒朝众人解释道，"只要喂饱他们，就可派到前线。至于最后会死多少人，对汁琮而言并不重要。"

在场所有人都沉默了，一支五十万人的军队，哪怕联合代、郑、郢三国，也只能召集不到二十万人，尚不及汁琮军队的一半之数。

"郑国军队有多少人能调用？"耿曙在那沉默中开口问道。

"四万，"郑王灵说，"必须留一万人驻守崤关。"

诸令解说："汁琮的新军乃仓促间募来，上战场实力不行……"

"郑军的战力亦好不到哪儿去，"耿曙不留情面地嘲讽道，"半斤八两。"

诸令解又要发怒，被郑王灵的眼神制止了，耿曙只不过说了实话。

毕绍说："我有八千御林军，可一并交给聂将军，这是最后追随我的勇士了，还请聂将军善待他们。"

耿曙："我说了要出战？"

姜恒哭笑不得，想了想，朝郑王灵说道："朝熊未送一封信罢，那父子俩虽然设计杀我们，但这种时候……"

"郢王薨了，"郑王灵说，"郢太子也没了，你不知道？"

"什么?!"姜恒震惊了，他这一路上根本未曾打听到多少情报，毕竟大多数时候也都在郑国的国土上。

"怎么死的？"耿曙也是一怔，"父子俩都死了？"

郑王灵说："一夜暴毙，死因不明。毕清以公主身份辅政，如今毕家掌握了大权，万一毕清有了身孕，未来郢国只能扶持毕家后人为国君了。"

郑王灵也不太清楚江州的剧变，毕竟出事时几乎无人在场，只能根据情报，大致了解了郇王与太子应该是同时被毒死了。

除此之外，十万郇军在安阳全军覆没，如今江州只剩两万兵马驻守，郇地这个南方大城如今犹如空城。

"代国若出关，"郑王灵说，"可为我国提供十万兵马的援助，但据说汁泷即将与姬霜成婚，这么看来……"

这还是姜恒当初定下的计策，现在想来，他的计谋简直被汁琮发挥得淋漓尽致，如今要想办法破解，无异于左右互搏，根本赢不了。

该说的话都说完了，郑王灵让人展开地图，一片触目惊心的漆黑映入眼帘。汁雍承"水德"立国，水为玄色，如今大半个中原，已全在汁琮掌控之下。

地图摊在殿中，郑王灵做了个手势，示意有什么办法，就请罢。

姜恒沉默片刻，然后征求意见般地看耿曙，到得此时，耿曙也认真起来了，不再凡事都等姜恒分析，毕竟军事战略乃是他的长项。

外头来了信报，孙英便起身，先行告退。

耿曙看了一会儿中原地图，说："增兵照水城，无论如何都要守住，才能逼停汁琮。"

照水一失，雍军便将以此地为据点，转向东南方，开始攻打浔水三城，从而进入越地，而浔水一带根本没有多少驻军。

姜恒说："让江州配合出兵，两路驰援照水，一定要守好，照水一旦沦陷，郇国的国都也有危险……"

就在此时，孙英再次快步走进。

"坏消息来了，"孙英说，"照水被攻破，汁琮水淹全城，淹死了七万百姓。一万驻守的郇军折损过半，逃回了江州。"

耿曙听到这话时，把木棋扔在地图上，满殿肃静。

"这仗不用打了，"耿曙道，"要么投降，要么逃亡，自己选一条路罢。"

姜恒追了出去，郑王灵一手按着眉心，长叹一声。

赴死策

郑国终于结束了连月的大旱，却迎来了一连七天的暴雨。雨水滂沱，从天而下，济州城开始淹水。王宫建在低地，水流直冲进来，淹没了床榻，案几都漂浮在了水面上。

耿曙捡了几块砖，架高门槛，挡住水流，抬头望向天际，判断这场雨什么时候才能停。

暴雨覆盖了南方大地，却也阻住了汁琮侵略的脚步，至少这几天不用担心他入侵浔水三城。

但雍国不会永远停在中原腹地，该来的总是会来，这几天，流言接二连三地传到济州，汁琮已沿着长江北岸向东，进入越地。城中公卿人心惶惶，都在收拾细软，预备逃亡。

可是又能逃到哪儿去呢？郕国？代国？

济州开始有人提出投降的意见，毕竟公卿士大夫们并不在乎谁当国君，只要家族得以保全，国是可以舍弃的，最重要的一点是——必须舍弃得有价值。

"我听见有人在说，"耿曙练剑回来，朝姜恒说道，"想将赵灵献给汁琮，换取郑人自治。"

耿曙在王宫花园内练剑，其时雨仍下个不停，花园外有两名士大夫交谈，以为雨中无人能听见，但耿曙耳力敏捷，听得清清楚楚。

姜恒哭笑不得地说道："那么咱们再跑时，说不定得多捎上一个人。"

姜恒花了三天时间为郑王灵解决了政务上的难题，郑国无法像雍国一般伤筋动骨地变法，尤其在这个节骨眼上，否则国内必将爆发叛乱。他只在力所能及的范围内做了重新规划，令国内局势暂时稳定下来。

然而只要战火一来，再次筑起的平衡，就要面临全盘崩溃。

正值此刻，一名少女笑盈盈地到了两人寝殿外。

"姜先生。"那少女笑道。

"啊！是你！"姜恒马上笑了起来，说，"流花！你来了，快请！"

耿曙打量流花一眼，朝姜恒扬眉，意思是：你们认识？姜恒得见故人，仍旧开心，只可惜赵起不在眼前。

"当年她陪伴了我很长一段时间。"姜恒把她介绍给兄长。

耿曙露出疑惑的眼神。

"不，"姜恒马上知道耿曙想歪了，说，"不是你想的那样。"

流花只笑道："王陛下有请两位大人。"

姜恒猜测应当是前线又来了消息，便与耿曙前去拜会郑王灵。雨渐渐停了，正殿内今天只有赵灵与小梁王毕绍，以及一个七岁的男孩儿和一个十四岁的小姑娘。

毕绍正在与两个孩子聊天，见姜恒与耿曙进来，郑王灵便朝孩子们说道："快见过姜大人，聂将军。"

"先生！"赵慧已经长大了，今年十四岁。

"有勤练武吗？"姜恒笑道。

赵慧不好意思地笑了笑，正要起身，郑王灵却说道："不必班门弄斧了，也不看看是谁？"

赵慧看耿曙，知道他就是那个击败了李宏的"天下第一"，她对耿曙的兴趣远在姜恒之上，奈何在父亲面前不敢放肆。

赵慧王族礼法学得很好，颇有英气，赵聪虽只有七岁，却亦是聪明伶俐的模样。

姜恒与赵聪拉了拉手，郑王灵叹道："若有机会，只想让赵聪也拜入你门下。只可惜时间不多。"

姜恒说："各有机缘，强求不来，我看他这样就挺好。"

"当年若不是你说，"郑王灵道，"我是真的不想慧儿习武。慧儿，这段时日，姜先生、聂先生都很忙，不能去打扰他们，知道吗？"

赵慧明显有一肚子话想说，却不得不答道："知道了。"

"没事的时候，"姜恒笑道，"可以让聂海指点你几招。"

"好了，"郑王灵朝儿子与女儿说，"你俩先下去罢。"

"汁琮攻破了浔阳，"郑王灵开门见山说道，"曾宇占领了浔东。眼下浔水一带集结了十三万兵马。汁绫三天前陈兵崤关下，只待龙将军抽军南下救援越地，便要强攻崤关。"

四人一时都没有说话，郑王灵想了想，又说道："今日车擂将军带走了最后的四万人，前往浔水三城阻击汁琮。"

　　毕绍虽只有十二岁，却已有了国君的模样，毕绍说道："雍人没有杀害浔东的百姓，只在城中大举搜查，我猜他们在找你。"

　　姜恒点了点头。郑王灵显然在他们来前与毕绍商量了不少事，望向姜恒的眼神带着少许疑惑，却没有对此发问。

　　雨声渐小，耿曙走到廊下，望向天空。连续七天的大雨也该停了，接下来，没有雨势的阻拦，汁琮将全面占领越地。

　　终于，郑王灵问道："聂将军，我们有多少胜算？哪怕你说有一分也好。"

　　姜恒望向耿曙，耿曙始终没有说话。

　　毕绍与郑王灵对视，二人都沉默不语。

　　郑王灵说道："我还记得，当年姜先生说过，刺杀汁琮是为了天下千千万万的孩子不会再像你们曾经一般，天人永隔。"

　　姜恒轻轻地说道："王陛下还记得。"

　　"记得，"郑王灵说，"我一直记得。"

　　毕绍说："就不能再刺杀汁琮一次吗？"

　　"你说过？"耿曙忽问道。

　　姜恒有点意外，望向耿曙点了点头。

　　耿曙似有所动，郑王灵重申："聂将军，若我将全国的兵马尽数交给你指挥，我们有几分胜算？"

　　耿曙沉吟不语，郑王灵又说道："但凡有五分胜算，我便愿意试试。自然，若实在打不了，死战就没有意义了，不若我投降献国，保全百姓为上策。"

　　姜恒听到这话，便知道郑王灵心里早已一清二楚，如今国内的舆论一定是让他不要再撑下去了，投降当个亡国之君，总比死战不降令百姓生灵涂炭的好。

　　"我若说有五分胜算，却得你付出更大的代价，"耿曙转头问，"你愿意吗？"

郑王灵笑道："有什么代价是我不愿付出的？你且说说看。"

"你的人头。"耿曙答道。

殿内刹那肃静，就连姜恒也没想到耿曙会这么说。

"拿我的去罢，"片刻后，毕绍打破了沉默，"我其实不是毕家之人，不过是春相与重将军找来冒充的毕氏之后……"

"你的脑袋没有用，"耿曙不客气地说，"你与汁琮没有落雁之仇。"

"可以，"郑王灵笑道，"只要汁琮死，我什么都可以做。"

姜恒："……"

姜恒心想你不是在寻他开心罢？他疑惑地望向耿曙，耿曙却很有自信，朝姜恒点头。

"这……"姜恒沉吟片刻，说，"没有更好的办法了吗？"

"想好就不能后悔了。"耿曙朝郑王灵说。

"自然不后悔。"郑王灵道，"你需要什么？"

"郑国所有的兵力都必须交给我，"耿曙说，"即便如此，胜算也只有五分，好好考虑清楚。"

"不用再考虑了，梁王，我把我的孩子们托付给你了。"郑王灵朝毕绍说。

毕绍点了点头，说："我会把他们视同手足般对待。"

姜恒坐了下来，耿曙说道："让人将所有的兵力布置送来，我就在这里看。"

郑王灵吩咐人送来了军册，耿曙翻开案本，开始逐行检视、阅读郑国的军队情况。

席间三人一声不吭，耿曙抬眼一瞥姜恒，说："恒儿，你们说你们的，不用管我。"

姜恒心想："你的提议实在太令人震撼了，而且短短一念间，郑王灵便下了这么重要的决定，气氛顿时变得犹如赴死前夕一般肃穆，我们还能说什么？"

但看今天所谈，郑王灵还特地让儿女见了姜恒一面，多半又要将他们送走了。

"你多大了？"姜恒想来想去，只能设法化解尴尬，朝毕绍问。

"十二岁，"小梁王说，"明年就十三岁了。"

郑王灵坐着喝茶，倒是轻描淡写地说："梁王的生母是郑人。"

毕绍说："她是宫内的侍女。"

姜恒忽然想起另一事，笑道："我见到流花了。"

郑王灵笑道："这些日子她一直在宫中，我本想再过些日子，将你们与梁王送走，让她跟在你们身旁，也算给你们留一点念想。姜恒，你还没娶妻罢？我记得你没有。"

"呃……"姜恒正想再推辞时，耿曙却从纸堆中抬起头，问道："恒儿，你喜欢她吗？"

"这是在干吗？怎么突然谈论起我的人生大事来了？"姜恒心想，顿时哭笑不得，气氛终于变得活络起来。

"姜太史都快二十岁了，"毕绍说，"还未有家眷？若安阳未破，我明年就要成婚了。"

"你太小了，"郑王灵朝毕绍道，"什么都不知道，你还没到成婚的年纪。"

毕绍皱眉道："我知道的！"

毕绍在这个时候倒是变得像个小孩儿了，姜恒只觉得好笑，想问毕绍的未婚妻在何处，却突然想到安阳城已破，万一此人已葬身城中，则又是雍国的一桩罪孽，便不敢多问。

"梁国也朝代国提出了联姻之意，"郑王灵朝姜恒说，"李霄有一女，年方十四。不过眼下看来，不大可能了。"

姜恒点了点头，耿曙又翻过一页，说："恒儿，你若喜欢流花，大可以娶她。"

郑王灵说："不，姜先生自当有良配，只是你们二人奔波日久，身边无人伺候……"

"出身没有关系。"耿曙答道。

"哥。"姜恒哭笑不得地叫道。

"你不喜欢？"耿曙竟当着郑王与梁王的面要姜恒表态。姜恒当真大窘，说道："济州城不会破，不必如此。"

郑王灵说："你若愿意，我麾下侍卫虽不多，却也都是百里挑一的模样，就像赵起一般，稍后你选几个，好好地待他们也就是了。"

"王陛下！"姜恒终于忍无可忍了，"你们为什么就这么关心我的终身大事？"

毕绍与郑王灵同时大笑起来，姜恒满脸通红。越人古来便好男风，越国亡国后，越地被并入郑、郓二国，于是民间男子以契相守已是司空见惯，郑王宠幸龙于，上行下效。郑王灵虽已成婚，但自幼被龙于所教，龙于于他如母，自然不觉得奇怪。

姜恒每次谈及此事时，脸皮都很薄，便让郑王灵总忍不住想揶揄他。

毕绍问："姜大人是越人吗？"

"他们的父亲是耿渊，你忘了？"郑王灵又朝毕绍说。

毕绍点了点头，便不再问下去了。提起耿渊，大家都只觉得是自讨没趣。

七 夕 节

姜恒仍有点担心地观察着耿曙的神色，耿曙所谓的计策，俱是根据郑、雍二国的兵力做出的初步判断，要制订完整的计划，还须缜密分析。这是生死攸关的一战，容不得半点疏忽。

毕绍又说道："两年前，我常听郑王提起你。"

姜恒淡淡地说道："想来没有什么好话。"

郑王灵打趣道："你又知道没有好话？"

毕绍说："中原有个传闻，说是得到了姜大人便可以得天下。"

姜恒哭笑不得地说："那是因为，我身上带着金玺。"

金玺从姬珣手中到姜恒手中，归根到底，正因洛阳那场大火。说来说去，势必又要回到诸侯弑天子一战上，翻旧案实属自找没趣，必须打住。

姜恒对此实在很头痛，他们无论扯什么话题，内容的深处都在暗流汹涌，非常让人不愉快。

毕绍对姜恒仿佛很好奇，又问："你曾经在海阁学艺吗？"

姜恒点了点头，忽然想起那个从未出现的神秘客，既然不是孙英，那么又会是谁呢？但这个念头在他的心里转瞬即逝，只因毕绍又问："我对海阁一直很好奇。"

郑王灵说："龙于将军在许多年前见过鬼先生一面，得他指点数招，才有今日武艺。"

毕绍问道："那么若多修炼几年，不就天下第一了？"

姜恒笑道："海阁的目标，或者说理想罢，其实不在于武艺，何况天外有天，人外有人，海阁武功虽精妙，又怎么能说'天下第一'四字呢？"

这点姜恒倒是一直相信，只因耿曙从未得海阁所授，如今亦以一己之力窥得武道的巅峰之境，可见千百年来，世上武学从来就不曾有绝对的权威。

"那么，目标又是什么呢？"毕绍又问。

"消弭大争之世，"姜恒答道，"让天下重归一段时间的升平。然而天下合久必分，分久必合，谁也无法保证这升平将持续几千年，能持续四五百年就很不错了。"

毕绍点了点头，姜恒忽然想起，距离自己下山那年，许多雄心壮志确实已如隔世，理想虽未曾被真正磨灭，自己所认识的现实却有了极大的不同。

如果汁琮最终取得了全盘胜利，或许也算是一种结束罢，哪怕与自己最初的计划天差地别，但神州依旧能完成统一。

郑王灵朝毕绍说："姜先生第一次来济州的话，我都记得。"

姜恒笑道："那是不知天高地厚的话，如今都抛到脑后去了。"

耿曙说："是因为遇见了我，全是因为我。"

耿曙合上兵册，拿了支笔，对照器械册，开始计算郑军之器。

"不是。"姜恒笑道。

"是的，"耿曙说，"因为我，姜恒才投身雍国，扶起这个心腹大患。若当初没有我，如今你早就是天子了，赵灵。"

姜恒说："算你的账，别说了。"

耿曙那话却是事实，设若当初没有他，姜恒会留在郑国，那时的郑虽不如雍铁血而强盛，却亦是未来可期，只需三年时间，姜恒就会帮郑国扫除国内障碍，再联合梁国，定能称霸中原。

"要是没有你，"姜恒说，"我早就死在玉璧关了。"

"造化弄人。"郑王灵最后说道，"一切都是命中注定的，是你们的命数，也是中原的命数，唯此而已。"

姜恒点了点头，不禁唏嘘，朝郑王灵说道："你说我一个文人，原本抱着让天下止战的目的，也不曾去蓄意害过谁，怎么到得最后就成了五国人人讨之的恶贼了呢？"

毕绍说道："这个道理我知道。古往今来，大抵如此。唯庸者无咎无誉，既然肩负这责任，你也没有办法。"

姜恒没想到自己被一个十二岁的小孩儿给安慰了，点了点头。这时，耿曙翻完了所有文书与军报，抱着胳膊沉吟片刻，说："有初步的战术了，但我需要一个陷阱。"

这话却是对姜恒说的，耿曙转头看着他，说："我要将汴琮引诱进来，留出最佳的时机。"

"所以说来说去，"姜恒哭笑不得地说道，"最后还是要刺杀他吗？"

"不全是。"耿曙答道，"你能给我制造一个单独与汴琮见面的机会吗？"

姜恒听耿曙所言，知道他已下定决心要与汴琮不死不休了，亲手杀死义父的罪名一定会在天下掀起轩然大波，但他也知道，耿曙不在乎。

耿曙只要下了决定，就会比自己更坚决。

姜恒看了眼郑王灵，想了想，又看耿曙，说："如果说，王陛下将我处死，你再杀了郑王为我复仇，然后带着郑王的头颅复投雍国，汴琮会相信吗？"

郑王灵说："我为什么要杀你？这不合理。"

姜恒道："咱们本来也有仇。"

毕绍听这两人轻描淡写地讨论着如何杀对方的话，简直不寒而栗，他们彼此都丝毫不将自己的性命放在心上。

郑王灵说："可以，我想汴琮见到我的脑袋的时候，说不定也不太怀疑……只可惜我不能亲眼看着汁琮死了。"

"不妥,"耿曙说,"这么一来,我就必须离开你了。"

姜恒答道:"我可以藏起来,时间不会太长,只要你能全身而退。你能平安离开的罢?"

他必须再三确认这件事,毕竟这次去执行刺杀任务的人是耿曙。

"我再想想罢。"耿曙十分犹豫。

毕绍说道:"说出来大家一起想,聂将军,这里只有咱们四人。"

于是众人开始商量,姜恒听了个开头,便心想:"耿曙的胆子实在是太大了。"姜恒听得满背冷汗,郑王灵与毕绍亦听得瞠目结舌。

"不行不行。"姜恒只觉得实在太冒险了。耿曙要提着郑王灵的人头到万军之中刺杀汁琮!他武艺再强,依旧是肉身,乱箭之下,稍有不慎就会死在当场!

郑王灵说:"汁琮死在你的手里,你们也势必成为雍国的死敌。到时候谁来收拾烂摊子?"

耿曙:"与现在有区别?"

毕绍说:"我以为淼……聂将军届时回国,只有这样,才能止战。"

郑王灵与毕绍抱着一样的想法,耿曙在雍国声望极高,更关键的是,汁琮从未对外宣扬耿曙有背叛之心,仍以英雄之礼将"汁淼"下葬。假设汁琮始终不改口,在他死后,耿曙便可回到国内接管剩余的大军,影响朝廷,让雍国停下侵略的脚步。

否则哪怕汁琮死去,雍军还会卷土重来。

姜恒在殿内踱步,片刻后说:"设若汁琮死了,你能统率雍国军队吗?"

"我不知道。"耿曙淡淡地说道,"你希望我这么做?"

姜恒与耿曙注视着彼此,讨论回到了最初的问题上,但他们没有让郑王灵与毕绍知道。

"修改一下计划,"姜恒说,"也许我们还有机会。"

耿曙示意姜恒说就是,姜恒的计划却更危险,郑王灵听过后反而说道:"可以,我能接受。"

毕绍看了眼郑王灵,郑王灵点头以示安慰,说:"就按你说的办罢。"

天色过午，雨不知不觉已停了。

殿内静谧，末了，郑王灵说："那么，恕我这些天里要好好享受一下死前的时光了。"

姜恒："想做什么就做什么罢，时间不多，别再操心朝廷的事了。"

"我们能将郑国与梁国交给你俩吗？"郑王灵认真地说，"姜恒，你不会辜负我的，对罢？"

"我尽力而为罢。"姜恒低声说道，"当年天子也将天下托付给我，说来惭愧，人力有穷时。"

毕绍说："但你始终在努力，这就够了。"

郑王灵笑了笑，说："我得好好为自己活一回，这么多年，我实在是受够了。"

姜恒："……"

汁琮率军杀到郑国，最慢不过三个月，快则二十天。这么说来，郑王灵已做好了为国牺牲的决定，他必须先安排好后事，包括郑国的未来。

"今天是七夕，"郑王灵朝耿曙说道，"我让人带二位到城中逛逛罢。"

午后，耿曙刚坐下，赵慧便兴冲冲地来了。

姜恒朝耿曙说："这是我徒弟。"

"那就切磋几下罢。"耿曙懒懒地起身，正好想活动一下筋骨，便吩咐道，"你叫赵慧，是罢？去替我拿根树枝来。"

赵慧的内心既充满兴奋又充满警惕，毕竟耿曙的名声实在太响。一场切磋后，结果是注定的，她根本挨不到耿曙身前，无论怎么靠近，结果都是被一根树枝点中喉头。

"不打了，"赵慧说，"我苦练五年，还不敌你一招！你手里要是剑，我早就死啦！"

"我说过什么？"姜恒笑道，"习武是为了争强好胜地去杀人吗？"

赵慧不说话了，仿佛有点赌气。

耿曙却忽然有点疑惑地问："你的功夫是谁教的？"

赵慧看看姜恒，又看耿曙，迟疑片刻后，说："是龙将军。"

"龙于吗？"耿曙说，"看不出来。"

"看不出来他这么没用吗？"赵慧反问。

"看不出来，他的武功居然还可以。"耿曙说道。

姜恒有点惊讶，从耿曙嘴里说出"还可以"，当真是极高的评价了。

"我授你一套剑法，"耿曙说，"你一定想学。"

"你教我什么我都想学。"赵慧又黯然地说道，"可是我明天就回越地去啦。"

"我写下来给你。"耿曙回到房中，在案前坐下，姜恒便将笔递给他，耿曙在砚上蘸了墨，写下武功心诀。

"你还记得？"姜恒轻声问。

耿曙点头，赵慧在一旁好奇地问："这是什么？"

"天月剑诀。"耿曙说，"我没有授你碎玉心法，因为也没有人教过我。你按照剑诀尽量练就是，不练碎玉心法，只练剑诀是不能成为绝世高手的，但你也不必当刺客，学着玩就是了。"

赵慧顿时大喜，接过剑诀，如获至宝，朝两人道谢。姜恒却明白，耿曙不知道他们未来命运如何，不想这武艺就此失传，这才择人授予。

至于黑剑的心法与山河剑式，前者是耿家所有，他可随意处置，失传了也算不上可惜；后者则是他自创的，更无所谓了。

"保护好你弟弟，"姜恒说，"有缘我们再会。"

赵慧已十四岁了，多少知道他们当下面临的险境，此时噙着泪朝两人道别。赵慧离开后，姜恒想到她是他这辈子唯一的徒弟，竟十分唏嘘，他既没有授予她文韬，更未教她武略，甚至每一次相聚都如此短暂，一身才学，后继无人。

"都是过眼云烟，"耿曙朝姜恒说道，"不必太在乎。"

"也是。"姜恒点了点头，说，"走，咱们出去过节罢。"

连续数日的大雨之后，济州城终于凉快了下来，黄昏的晚霞如火，耿曙与姜恒换上了越服，走出宫去。

"两位公子都是越人。"流花在前带路，笑道。

"嗯。"耿曙想起年初在郢宫时，熊耒还试探着问过他们，是否有光复越国之心，没想到时过境迁，姜恒的身份已有所改变。

有流花在，姜恒不便讨论太多战事，索性决定今天就好好歇息下，朝耿曙说道："上一次来济州，我还没好好玩过。"

耿曙问："你喜欢这儿吗？"

七夕夜星河如瀑，流花将二人带到集市前，便安静地站在姜恒身后。城中虽笼罩着山雨欲来的压抑与紧张，但连日暴雨后，百姓总算有了出门的机会，集市中仍旧喧哗热闹。

集市上挂满了七夕夜的星灯，星灯以竹纸糊就，呈大大小小的球形，犹如一个个小光点，在微风中，在长街与济水桥的两侧载浮载沉。

"哪儿都喜欢，"姜恒看了远方一眼，再看耿曙，笑道，"只要与你在一起，在哪儿都是很好的。"

耿曙倚在桥栏上朝水中望去。

流花脸上带着淡淡的笑容端详着二人，她今天也穿得很美，郑王灵特地让她换上越女的服饰，跟在姜恒身边为他当向导。姜恒本想单独与耿曙待着，但流花既然来了就带着她玩罢，让她现在回宫去，也是孤零零的一人。

两男一女，那场面总感觉有点奇怪，姜恒只得没话找话来说，不想冷落了她。

"你什么时候来济州的？"姜恒问，"在这儿出生的吗？"

"好些年了，"流花说，"自打懂事开始，就在济州城，八岁进的宫。"

姜恒朝耿曙说："流花的琴弹得很好的。"

"嗯。"耿曙漫不经心地答道，视线却落在桥下岸边的一名少年身上。那少年于岸边徘徊，像是在等人。

姜恒知道有外人在，耿曙便不太爱说话了，又朝流花说："我哥向来是这样，不爱说话。"

"我没有不爱说话，"耿曙说，"我朝你说的话还少了？天天说。"

流花笑了起来，说："聂将军只是不习惯与生人相处。"

"你在看什么？"姜恒与流花闲聊多了，又怕令耿曙无趣，伸出手想拉他。耿曙却反过来拉着他的手，让他把手按在桥栏上。

"看那孩子。"耿曙说。

"他想寻短见吗？"姜恒看了眼在岸边徘徊的少年，总觉得他的身影透露着一股焦急和不安。

"不，"耿曙说，"他在等人。"

耿曙一眼就看出来了，那少年身穿越服，不知为何，他总对越人有种与生俱来的亲切感。三人被桥下之人吸引了注意力，不久后，另一个人影出现了，是名成年男子。

"果然是在等人，"姜恒笑道，"你怎么知道？"

"等人的时候就这样，"耿曙说，"会有许多小心思。"

接着，那成年男子与少年在桥下相遇了，那男子一把将少年搂进了怀里。

姜恒："……"

姜恒忽觉好笑，没有多看，耿曙却说道："那不是孙英吗？"

"啊？"姜恒定神一看，还真的是孙英！

孙英拉着那少年的手，从桥下离开，还朝高处吹了声口哨。

"姜大人！左拥右抱，快活得很啊！"

姜恒："……"

济 水 舟

"孙先生总喜欢胡说八道，"流花哭笑不得地说道，"受不了他，公子请务必不要放在心上。"

姜恒尚未明白孙英何意，听到这称呼，却笑道："好久没有人唤我'公子'了。"

耿曙在一旁安静地听着两人的对话，注视着济水倒影里的星空。

"耿家是越地的公侯，"流花说，"不叫公子叫什么？"

姜恒伤感地笑道："什么公子？不过是一个没爹没娘的孩子罢了。"

耿曙忽然转身，朝姜恒说道："我去集市上逛逛。"

姜恒朝流花说："走罢？"

耿曙却说道："你们留在桥上，集市人多，我马上回。"

姜恒知道耿曙怕又有刺客来刺杀，便不再坚持。只见耿曙下了济水桥，走进集市，在头顶的缤纷星灯照耀之下，于一个小摊前驻足。

小摊上有许多饰品，不少情侣正在摊前挑挑拣拣。耿曙低头看看面前的饰品，不时抬头看看远处的济水桥上，姜恒正与流花闲聊，两人远远地又笑了起来。

孙英恰好又来了，牵着那少年，又朝耿曙吹了声口哨。

耿曙回过神，一瞥孙英，孙英提醒他看集市另一边，暗处出现了一个奇怪的身影。

孙英扬眉，指指背后，再指指耿曙，意思是：你怎么没带剑出门，太托大了。

耿曙没有回答，在摊上选了一枚镶金的玉簪，转身回到桥上。

"恒儿。"耿曙站在桥边朝姜恒招手。姜恒正与流花谈及这半年里的事，包括赵起怎么突然失去了所有记忆，被耿曙打断后，姜恒便朝他走来。

耿曙把玉簪递给姜恒，看向流花，说："给你，恒儿，送给她罢。"

姜恒震惊了，回头看看流花，再看耿曙，忽然有点失落，却勉强一笑说道："你喜欢她吗？我以为你……"

"不。"耿曙说，"我是说，你送给她。"

"啊？"姜恒霎时就傻了，说，"为……为什么？"

"去罢，"耿曙说，"你已经到了该成婚的年纪了，就从来没对女孩儿动过心思吗？"

"不不不，"姜恒回头看了流花一眼，忙朝耿曙说道，"你在说什么？哥！你别捉弄我。"

"没有捉弄你。"耿曙说道，"我看你与她在一处，你也挺高兴的，去罢，你没明白？"

姜恒心想耿曙真是疯了，忙把玉簪塞回耿曙手里，耿曙却不解，认真地看着姜恒的双眼，坚持说道："恒儿。"

姜恒与耿曙对视，明白了他未曾说出口的心意，当即笑了起来，摆摆手，回到桥栏前朝流花说了几句话，流花理解地点了点头，与姜恒一同朝耿曙望来。

巧笑倩兮，美目盼兮。

流花转身下了桥，独自回宫去了。姜恒随手将玉簪收了起来，来到耿曙身边，朝他一笑。

"多少钱买的？"姜恒朝耿曙问。

"不知道。"耿曙眉头微拧，问，"她怎么走了？"

姜恒说："她忽然想起有事，先回宫去了。"

"追上去啊！"耿曙固执地说。

姜恒打量着耿曙的脸色，心情一时十分复杂。

"你还知道买东西送人，"姜恒带着醉人的笑容说，"下回我穿女装时正好用上。"

耿曙："……"

姜恒背靠桥栏，仰望星河，耿曙感到莫名其妙，问："看什么？"

"星星。"姜恒朝耿曙说，"咱们小时候在夏天的晚上不就经常躺在屋顶上看星星吗？"

耿曙说："我看你与她重逢时很高兴，以为在郑宫时，你俩就已经……已经……"说着，耿曙脸上露出尴尬的神色。

"怎么可能？"姜恒大笑起来，说，"我若喜欢谁，会告诉你的。"

耿曙只得点头，说："好罢。"

姜恒看着耿曙，又说道："不过你说得对，哥，你也得……"

"你知道吗，恒儿，"耿曙转头，打断了姜恒的话，不让他将后半句说出口，"有一件事，我在心里想了很久。"

"什么？"姜恒问道。

耿曙沉默不语，数息后，他突然做了个动作，不由分说地抓住姜恒的手腕，将他野蛮地拉进了自己怀中。

耿曙那动作突如其来，姜恒尚未回过神，耿曙便道："当心！刺客！"

眨眼间，一道黑影从桥下翻出，姜恒被耿曙一搂，侧身避过黑影。那黑影身材瘦长，做猎户打扮，一手持匕，朝姜恒挥来的瞬间，耿曙后仰，姜恒头发扬起，匕首所到处，几缕发丝飘落。

耿曙今天没有带黑剑，仓促间未曾还手，转身翻出桥栏，两人再避猎户一招，"哗啦"一声，坠入水中。

集市上有人听见水声，赶紧过来查看，喊道："有人跳桥殉情啦！"

"哥！"姜恒顿时被水淹没，耿曙动作却极其敏捷，下水后翻身，带着姜恒到水面，吸了一口气，再沉入水中。

两人被水流冲往下游，灯影绰约，只见猎户收起匕首，沿着河岸奔来，弯弓搭箭，指向水中。济水下游处横满了小船，俱是渔家所用，猎户听见不远处传来出水声响，便跃上舢板，从舢板跳到船上，再沿着搭在一起的小船一路跑过去，追踪二人的下落。

姜恒爬上船，浑身湿淋淋的，耿曙却让他别吭声，留在船上。

"在这儿等着。"耿曙凑到姜恒耳畔，以极小的声音说道。

姜恒点了点头，夏夜落水，全身湿透倒不如何冷。只见耿曙一转身，潜入夜色。

猎户耳朵微动，沿着在水上载浮载沉的小船搭起的"桥"缓慢走来，悄无声息。

下一刻，背后无声无息地被按上了一掌，那一掌来势极慢，只带起少许风，但掌心与猎户背脊接触时，那猎户便知大事不好，蓦然闪避。

"慢了。"耿曙冷冷地说道，掌劲直到按上敌人背脊时才以柔劲一吐，猎户顿时两眼一黑，鲜血呕出，五脏六腑被震成重伤，朝前迈出一步，勉力转身，掏出匕首，要与耿曙同归于尽。

然而耿曙却左手一拂，拍在他的头顶上，这第二掌刚猛霸道，霎时将那人的天灵盖震得粉碎。

猎户死前甚至说不出半句话，便软倒下去，"哗"一声沉入水中。

姜恒听见水声，在一艘小船上站了起来，却见耿曙长身而立，玉树临风，在漫天星光之下稍稍活动手腕，缓慢地朝他走来。

"没事了。"耿曙一身越人武服湿透，贴在身上，现出男子漂亮的胸腹、背脊的轮廓。

姜恒问："上回的杀手吗？"

"嗯。"耿曙说道，"现在剩最后一个，今夜他们不会再来了，咱们回宫去？"

在耿曙眼里，这人突然到来，骤然而死，甚至比不上一只转瞬而过的飞鸟。

"没事就好。"姜恒坐在船头拧衣服上的水，朝耿曙笑着，又有点可惜地说，"那就……回去罢。"

耿曙在星光下低头看姜恒，心生一念，说："不想回去？那带你划船出去玩罢。"

"好好。"姜恒马上答道。

耿曙解开缆绳，拿起篙，在岸边一点，小船载着二人，再度漂入济州城。

耿曙站在船尾，姜恒坐在船头。黑夜里也没人看，姜恒便解开外服，晾在一旁，只穿单衣衬裤坐在船头，看着两岸璀璨的灯火。耿曙划了一会儿船，到岸边买了酒食，将船撑到上游处，船随着河水慢慢地顺流而下。

沿途他们经过济州的教坊，经过五光十色的酒肆，一切如在梦中。

"喝酒吗？"耿曙也一身白衣坐在船上，朝姜恒晃了晃手里的酒。

"不是不让我多喝？"姜恒笑道，"我给你斟罢。"

"我来。"耿曙说道，自己提壶，斟了两杯，递了一杯给姜恒，说："干了，弟弟。"

姜恒已经很久没有听见耿曙叫他"弟弟"了，一直以来，耿曙都叫他"恒儿"，听到这称呼时，姜恒还感觉挺奇怪的。

姜恒笑着喝了口酒，说："桃花酿，越酒。"

"我说，"耿曙一饮而尽，又开始斟酒，认真地说道，"有一件事，我在心里想了很久，很久。"

"什么？"姜恒感觉莫名其妙，问道，"什么事？"

方才桥上的话，被那刺客一打岔，姜恒已忘光了。耿曙说："刚才桥上就想说的……算了，喝酒罢。"

"你说啊！"姜恒笑道，"什么事这么庄重？"

"算了。"耿曙叹了口气，说，"喝酒，来，恒儿，咱们很久没有一起喝酒了，我还记得那天你喝醉了，在雪夜里唱的歌，你还记得不？"

耿曙斟上第二杯。

"什么歌？"姜恒茫然地问道。

"你怎么老忘事？"耿曙实在忍无可忍了。

"哦！"姜恒想起来了，说，"天地与我并生，万物与我为一——"

那天耿曙远在城墙上，居然听见了。

"等等。"耿曙说，继而在船头飞身一跃，单足一点，上了岸边小楼，楼内传来隐隐约约的琴声。不一会儿，里头传来惊呼声，接着耿曙一手持琴出现在小楼上，随手玩了个旋，又跃回船上。

"哎，"姜恒哭笑不得地推他，"你怎么抢人东西？"

"我留钱了。"耿曙说，"再过几天，我就要为这座城去打仗，保护这里所有的百姓，朝他们买个琴怎么了？"

姜恒有时对耿曙这野蛮的、说一不二的性子实在是没办法，这么多年了，他心里还住着那个野人少年，从未改变。

"你唱，"耿曙把琴搁在膝头，注视着姜恒的双眼，说，"我奏琴给你听。我是耿渊的儿子，就像你会使剑一般，我也会弹琴，想听什么你就唱。"

姜恒抱膝，笑意盈盈地唱道："桃之夭夭，灼灼其华……"

"之子于归，宜其室家……"

耿曙拨动琴弦，小船慢慢地滑过星河，四周泛着一场缤纷缭乱的梦，琴弦在济水上洒下弹动的音符，犹如千万水珠落在河面上化为细细密密的一道轨迹，融入了河里的漫天繁星。

"蒹葭苍苍，白露为霜。所谓伊人，在水一方……"

随着耿曙一扫琴弦，水中星河内的浩瀚群星仿佛刹那间跳动起来，随着小船漂向下游，汇为千万缕柔和的光轨。

"星河如覆，山川凝露。"姜恒又轻轻地唱道，"伴此良人，有斯柏木……"

耿曙不再低头，而是注视着姜恒的侧脸，左手按弦，右手连弹，叮叮咚咚的琴声从他们身畔散开，落入水里，激起一圈又一圈的涟漪。

"还唱什么？你说罢？"姜恒眼里倒映着两岸灯影，在这艘船上，他们隔绝了天地，只有彼此。

"我想唱首歌给你听。"耿曙说。

"那我来弹？"姜恒要接琴，耿曙却说道："你坐着。"

琴声沉寂下去，在那万籁俱寂之中，"噔"的一声，琴发出了一声颤音。

"今夕何夕兮——搴洲中流。"耿曙以他低沉的声线缓缓唱道，"今日何日兮，得与王子同舟——"

二人坐在小船上，耿曙奏琴起唱时，始终看着姜恒在那光影中的清秀脸庞与漂亮的双目。

"蒙羞被好兮，不訾诟耻。"姜恒笑着与他一同唱道。

"心几烦而不绝兮，得知王子。"耿曙嘴唇微动，似在朝姜恒倾诉。

那一刻，姜恒从耿曙的表情里仿佛感觉到了什么。

"山有木兮……木有枝。"耿曙低声唱道，"山有木兮……"

"木有枝……"

琴声归寂，世间一片静谧。

耿曙放下琴，姜恒没有说话，他避开了耿曙的目光，望向水里的漫天星辰。

接着，耿曙斟了第三杯酒，递到姜恒手里，说："来，喝酒。这就是刚才在桥上我想对你说的。"

姜恒忽然有点不知所措，一刹那他懂了，但随之而来的，则是比那天知道自己身世时，更为猛烈的冲击。

"我只说一次，恒儿。"耿曙决定不再回避自己的内心，拿着酒杯，认认真真地说道，"恒儿，我的恒儿。"

"哥，"姜恒很慌张，说，"别说了，我……我懂了……"

"让我说，"耿曙说道，"就这一次。"

姜恒不得不转头注视耿曙的双眼，耿曙眼里带着少许伤感，笑道："别回答我，什么都别说。我知道你一时接受不了，从今往后，你将我当什么都行。你当我还是你哥，我便永远像待弟弟一般待你，像从前那般待你，我心里只有你一个人，从前是，现在是，往后也一定是。"

"你若愿意……愿意答应我，"耿曙说，"我为你当什么都行，为你死我也愿意。恒儿，我知道我贪得无厌，我有了这么多，却不知足，还想要更多。"

姜恒起初如坐针毡，他从未想过会是这样，可当他看见耿曙眼里的温柔时，又丝毫不觉得这令他难受。

"你可以慢慢想，"耿曙说，"想多久都不打紧，愿意不愿意，我都会永远在你身旁。如果你不愿意，千万别勉强，你得有自己的家，有自己的妻儿，只要你过得快乐，过得自由自在，我都行……嗯，我都可以。我愿意等，也愿意随时放手。"

"恒儿，来，干了这杯。"

接着，耿曙一饮而尽，姜恒拿着那杯酒，看着耿曙，久久说不出话来。小船在漫天光影中漂过济水。

今夕何夕兮，搴洲中流。

今日何日兮，得与王子同舟。

山有林木，水有荷华。

山川凝夜露，星河尽倾覆，洒向人间。

"我……"姜恒乱了方寸，心脏狂跳，"让我想想，哥。"

耿曙如释重负地点了点头，他知道自己已不必再多说。

——卷六·霓裳中序·完——

· 卷七 ·

阳关三叠

桃之夭夭，灼灼其华。

之子于归，宜其室家。

东 来 尸

"让我……让我想想。"姜恒心绪大乱，已不知该如何面对耿曙。

"我懂。"耿曙认真地说道，连他自己也经历了很久的一番纠结，何况姜恒？自然不能要求他只用这短短一杯酒的时间便给自己答案。

"我不催你，"耿曙又说，"今夜过后，我不会再提此事，你甚至可以将它忘了，当作我什么也没说过……什么都是我心甘情愿的，只是我实在想说，说出来我就好多了。"

姜恒很难为情，他甚至不敢看耿曙的双眼，只能望向河中。

这时，河里出现了一个黑影，姜恒被岔开了心神，说："那是什么？"

耿曙忽然警惕，示意姜恒到自己身后。他盯着那黑影，黑影却随着水流漂到近前，并非潜伏在河中的刺客。

黑影漂到近前，是一具尸体。姜恒虽见过无数尸体，却依旧觉得那场面有点瘆人。星夜中寂静美好，却又有更多的尸体陆陆续续地漂来。

"死人！"姜恒起身，一时再顾不上耿曙之言，"好多死人！"

浩浩荡荡的尸体群，沿着济水一路东来，顺流漂往下游。

姜恒转头看着河流，起先是一具，其后是三具、五具……死去的百姓面朝下，淹没在水中，越来越多。

"哥。"姜恒说。

耿曙转头望向水中，只见济水内已漂满了尸体，在河道口处逐渐堆积起来。两岸的郑国百姓也发现了，引起了不小规模的骚动。

成千上万的尸身顺流而下漂进了济州城内，一时间市集上的百姓或拥到济水桥上，或站在岸边，喧哗渐止，灯火与星光照亮了眼前这一幕。

孙英牵着那少年的手，来到桥上，朝下看了一眼，并朝耿曙二人吹了声口哨。

耿曙将船撑到岸边，两人匆忙下船。只见河中的尸体越来越多，堆满了济水，这场面引起了全城轰动，一时间更多的人拥来，有人将尸体打捞上岸，郑军则开始大声呵斥驱散人群。

"是从禹南过来的尸体，"耿曙朝姜恒说，"禹南的城外河道连通济水上游。"

连日暴雨，黄河、长江俱在数日内开始泛滥，死去的百姓被扔进河中，又因水位高涨，近两万尸体被冲进济水，沿着河道进入郑地。

耿曙熟悉中原地形，对河流走向了如指掌。

果然第二天，郑王灵派人调查后昭告众臣，尸体确实是从禹南顺流而下的，禹南大批尸体的出现，意味着汁琮已经逼近浔水三城。

发生了这样的事，城中顿时人心惶惶，城内开始有人逃亡。

"要走的人拦不住，"郑王灵淡淡地说道，"就这样罢。"

说着，郑王灵起身，竟对此毫不关心，转身走了。

余满殿文武官员面面相觑，孙英带来了信报："禹南全城人宁死不降，遭汁琮屠城，男女老少，共死一万四千七百户。"

"雍国在禹南集结了二十五万人的军队。"孙英在殿内坐下，认真地说道。

殿内鸦雀无声，姜恒说："汁琮屠城之举是为震慑，是想告诉禹南人，他说屠城，就是真的屠城，不降，则死。接下来浔水三城，他会先发劝降令以节省兵力。各位可以想想如何应对。"

一众人等脸色发白，今日与会者神色俱不自然，稍早时姜恒前来正殿的路上，还听说了公卿家已开始收拾细软逃离济州，前往夷州等地。

这群士大夫家主想必已做好了留在济州等死的打算，只要家族后继有人，个人的生死显然不在他们担忧的范围之内。只是土地一失，他们又能撑多久？

边均清了清嗓子，说："雍人南下，如今已势不可当，以硬碰硬，死战不退，终究是苦了百姓。这一路上，汁琮甚至没有给任何人谈判的机会，只不知他们想要什么。"

官员们无人应声，姜恒只扫了一眼，便知他们都各怀心思。

诸令解冷冷地说道："依左相之见，汴琮想要什么？我们能拿什么去换？王室的人头，还是南方的城镇？"

边均说："忍一时之辱，韬光养晦，等待东山再起之日，亦不失为一个办法……"

"抱薪救火，"诸令解说道，"薪不尽，火不灭。左相莫非真以为，割地予雍，便能止住他东来的步伐了?!"

边均早就料到会遭到反驳，但这话也是所有官员心中所想之事，他不过是将这话提前说出来而已。

"两位如今有何高见？"诸令解又朝姜恒与耿曙问道。

姜恒尚未发话，耿曙却说道："与你说没有用，须得等能说话的人回来。"

今日朝中本就怒火滔天，大家只想找个替罪羊，郑王灵离席，耿曙在此刻开口，正成了被迁怒的对象，诸人开始七嘴八舌地大骂耿曙，也不必再顾及国君的面子。

耿曙不为所动，他看了眼姜恒。姜恒经历昨夜一事后，突然感觉耿曙有点陌生，从前他无论做什么，看在姜恒眼里，都已成了习惯。

他还挺镇定……姜恒心想，从前在雍都时，耿曙面对雍臣，似乎也是这种无动于衷的神态，仿佛无论别人说什么，他都不在乎，只是自己没注意到罢了。

他在想什么呢？姜恒忽然有点疑惑，发现自己也不是那么了解耿曙。

但他岿然不动的气势，令姜恒觉得他很沉稳，很可靠。

就在此刻，通传声打断了姜恒的遐想。

"龙于将军到——"外头侍卫通传道。

龙于入内时，大骂声顿时随之一停，这名上将军在郑国依然有很高的威望，谁也没想到，他会在此刻赶来。

龙于依旧十分俊美，只是易见其憔悴，数年前姜恒与其见过一面，虽觉龙于眉目间带着淡淡的哀愁，终究是有精神的。如今他也为郑王戴了孝，只穿一袭束身黑袍，犹如鬼魅一般在殿内长身而立，让姜恒想到了三个字：未亡人。

"来了。"龙于朝姜恒与耿曙说。

姜恒点了点头。

龙于说："我从崤关抽调回两万兵马，连同车擂带去浔水三城的四万人，外加梁军最后的八千御林军，共有六万八千人。王陛下让我倾尽全力协助二位，击退汁琮来犯，守卫王都。"

这话一出，殿内无人再非议。

"很好。"耿曙终于等到了他要的，说道，"集合兵马，尽快出发，驰援浔东。"

"好的。"龙于点了点头，又朝众臣道，"后勤与补给，就麻烦各位大人了。"

落雁之战中车倥身死，其弟车擂领军。如今龙于已成大郑资历最老的上将军。是日城中开始调遣兵马，姜恒开始整合后勤力量，为耿曙确保他的军队不会遭到断粮与补给问题。

"咱俩一起出战吗？"姜恒朝耿曙问道。

耿曙与龙于正在看兵册，要将士兵重新编队，午后要去检阅军队，从明日起，他们就要与士兵们同吃同住，熟悉作战风格。

"你想去吗？"耿曙问。

姜恒沉默片刻，最后点了点头。

耿曙说："那就一起。"

那夜之后，耿曙仿佛变了个人，夜里已不再与姜恒同榻而睡，凡事也不再替他做决定。他开始习惯只做好自己的事，而关于姜恒的事，则留给他自己去抉择，哪怕姜恒还面临着被刺杀的危险，耿曙也不再勉强他了。

龙于说："战场局势瞬息万变，我建议姜大人随行，也好参详。"

姜恒点了点头，说道："但我哥眼下还不可露面，我得为他易个容。"

被追封为英杰的雍国王子未死，还率领敌人与雍军打仗，此事事关重大，不可贸然让人知晓，毕竟耿曙还有更重要的事去做——当他堂而皇之地露面的一刻，必须是汁琮的死期。

龙于猜到耿曙想做什么，却没有追问。

"我去看看赵灵罢，"姜恒说，"明天就要出兵了。"

耿曙点点头，与龙于依旧忙碌着。姜恒便离开书房，来到郑王灵的寝殿前。

他听见了郑王灵温和的谈话声，敲门进去，只见他正在一名侍卫的陪伴下读书。

"你来了。"郑王灵笑道，"这是赵炯。赵炯，这是姜大人。"

姜恒："……"

那名唤赵炯的侍卫看模样，只比郑王灵小了些许，容貌亦过而立之年，不显如何俊秀，相貌只能算平平而已，气质倒是很好的。

"他是我远房堂弟。"郑王灵要起身，姜恒却示意他不必起来了。

"我来辞行，"姜恒说，"明天，我们将一起到浔水去。"

郑王灵点点头，说："我是跟你们一起，还是留在济州？"

"看情况罢，"姜恒说，"先留下，如果有机会，我就派人送信，让你过去。"

郑王灵点了点头，姜恒心里好奇，不由得多看了那名唤赵炯的侍卫两眼。

"不用指望他了，"郑王灵笑道，"他不会打仗，只能跟在我身边。"

姜恒笑了起来，郑王灵又说："待我死后，赵炯会陪我一起去，届时麻烦你，如果有机会，就将他葬在我附近。"

"好的。"姜恒点头答道。

"谢谢您，姜大人。"赵炯终于开口说道。

姜恒见两人自得其乐，心想：这也许是郑王灵此生最自在的时光了罢。在这段时日里，他不再是郑的国君，不再是孩子的父亲，不再需要为谁而活，去扮演另一个角色，而是真正地活成了他自己。

他不再打扰赵灵，闲聊几句后便告退了。

姜恒回到卧房后，龙于与耿曙已出宫检阅军队，夜间回来则继续商讨战术与对策，其中大多是有关守城的问题。姜恒没有打扰他们。直到深夜时，龙于才告辞离开。

耿曙活动一下肩背，叹了口气，姜恒便过来，调好胶为他易容。

"你怎么好像一整天都无事可做？"耿曙看着镜子里的自己，问道。

姜恒嘴角上翘，轻轻地说道："凡事不是有你吗？来，头抬高点。"

耿曙说："因为我说的话，让你集中不了心神吗？"

"别开口。"姜恒低声说道。

他轻柔的手指按在耿曙的脸上，指间捏着胶，为他重新捏了脸上的轮廓。耿曙的脸颊有点发烫，脖颈泛起淡淡的红色。

曾经比这更亲昵的举动，在他们成长的那些年里亦没少做过，但只有今天，姜恒看着耿曙时，心不禁怦怦地跳了起来。

耿曙的性格刚强无比，越人宁为玉碎不为瓦全的脾性在他身上简直发挥得淋漓尽致，但他的唇像他的心一般柔软，他将所有的温柔都留给了姜恒。

"你该想点别的，"耿曙待嘴角处被塑容后，说，"还有许多事等着你去做。"

姜恒确实心神不宁，这导致他处理郑国之危时已经无法准确判断局势，心里总是翻来覆去在想这件事。

"想什么？"姜恒低声说，"脸抬起来。"

"侥幸得手的话，"耿曙说，"接下来怎么办？你一统天下的大业，还做不做了？"

姜恒答道："你觉得汴琮死后，梁国便将复国，天下将再次陷入四分五裂的割据之势，是罢？"

耿曙："否则呢？帮郑国击退雍国，再反过头来，坐上汴琮之位，亲自打下郑？"

姜恒笑道："没有意义。"

"嗯。"耿曙说。

这仿佛成了一道无解的题，姜恒却说："我确实想过，这些年里，天下五国咱们都去遍了，洛阳天子王宫中的政务文书，我比任何一国的国君都更清楚。"

"嗯。"耿曙说。

"五国的情况，我也大体了解。"姜恒说，"不过你说得对，我会认真地想清楚。好了。"

耿曙看了眼镜中的自己，如今的他已成为一名不起眼的男人，除却眼神之外，很难有人能认出他就是汁淼了。

"这又是谁？"耿曙说。

"赵起，"姜恒说，"按记忆做的脸，姑且先用这个身份罢。"

"我不是想让你拿出一个解决的办法，"耿曙径自到一旁去铺床，说，"你总要面临这件事的，恒儿。"

"我知道。"姜恒很清楚耿曙是在提醒他，不能因为儿女情长而乱了方寸。可所谓儿女情长，不正是耿曙抛给他的难题吗？有时他甚至想揍耿曙一顿。

两兄弟一个在榻上，一个在屏风外，依旧睡下。耿曙守着他应有的礼节，这是对姜恒的尊重，而姜恒也心知肚明，不能辜负了耿曙的尊重。

神秘客

翌日大军准时开拔，甚至没有人来送行，龙于仿佛早就习惯了无人送行。他与耿曙率领军队，天不亮便离开济州城，南下前往浔水。

许多年前，姜恒无论如何也想不到，他有一天竟要在自己的故乡开战。

浔东、浔阳与浔北三城呈掎角之势，浔东城乃是与郓国接壤的重镇，城中居民已被撤往济州，如今浔东已成空城。

城外是二十五万人的雍军，营帐在城外一字排开，密密麻麻，漫山遍野。

海东青正在高处盘旋——是另一只海东青。

"那是黑爪，"姜恒注视着远方的小黑点，"孟和来了，不然就是他哥哥朝洛文。"

更可能的是两个一起来的。风羽在他们逃离安阳时，便被耿曙遣回，因为它的所在，极有可能令两人暴露行踪。

此时耿曙与姜恒站在姜家的房顶上，耿曙说："平陆处易，而右背高，前死后生，此处平陆之军也。"

"你居然还记得?"姜恒笑道。

"当然。"耿曙随口说道,"汁琮太托大了。"

"还有一句话叫'一力降十会',他有二十五万大军,自然有托大的倚仗。"姜恒答道,"接下来,想必是朝洛文打前锋。"

"但他还没到降十会的地步,如果被放火烧营,他们将面临很大的麻烦,"耿曙说,"夏末秋初,吹的又是北风。"

"他们不可能不知道。"姜恒这几天里,智计倒是回来了,"唯一的原因就是,他们不怕被放火烧,因为最迟今夜,他们就会下城。"

二十五万人犹如蝗虫过境,所过之地当真寸草不生,但凡小一点的城镇,这人海涌上来,其威力俱是无可比拟的,光是用人推也能推倒小城镇的城墙。汁琮向来相信只要手头有绝对的力量,足可碾轧所有的对手,什么计策,什么谋略,只要人足够多,都发挥不了作用。

如今在他眼里,侵占浔东压根连战争都算不上。

城内,姜家大宅成了郑国的临时据点,信报飞快进出,耿曙将所有士兵调派到城墙上。

"我可以相信你。"耿曙朝龙于说。

龙于穿戴铠甲,朝耿曙说:"放心罢,我的武功虽不及五大刺客,寻常杀手亦近不得我的身,我会保护好姜恒。"

耿曙便朝姜恒说:"我这就走了。"

姜恒说:"去罢,好好打仗。"

耿曙调遣四千兵马,暂时离开浔东,没入了城外的夜色中。

姜恒心中忐忑不安,他猜测最迟今夜,汁琮一定会来攻城,而另一名武将车捭,正准备率军死守城墙。

如果汁琮不来呢?姜恒怕就怕自己猜错了,设若汁琮今夜不袭城,他们的大军一定防守森严,前去偷营的耿曙极有可能有去无回,哪怕全身而退,这四千人也势必全军覆没。

龙于始终坐在姜家宅邸的正厅内发呆。

"咱们得找点什么事来做,"龙于朝姜恒说,"到入夜还有一阵呢,有琴吗?你爹当年琴艺冠绝天下,想必你也弹得很好。"

姜恒从扎营地图中抬起头，摊手说："没有，谁来征战还带着琴？"

"那当真是可惜了。"龙于说，"我吹笛子予你听罢。"

"这倒可以。"姜恒欣然说道。

龙于便吹起了笛子，曲子婉转动人，带着少许哀伤之意，复又高转，犹如漫天桃花洒落。姜恒收起军报，一切已成定局，就看结果如何了。

只要能在这里拖住汁琮的主力部队，接下来的战局，便全在他的控制之中。

曲声停，姜恒忽然说道："我记得世上，传闻有五大刺客。"

"嗯。"龙于低头擦拭笛子，说，"耿渊、项州、罗宣、界圭、神秘客。"

"最后一人究竟是谁？"姜恒问。

龙于说："若被知道了是谁，就算不上神秘了，又怎么能叫'神秘客'呢？"

"龙将军是越人吗？"姜恒改口说道。

"是。"龙于忽然笑道，"姜大人不会以为神秘客就是我罢？"

姜恒没有说话，这名最后的大刺客已令他疑惑很久了，大争之世，似乎只有他鲜少出手，但一定是杀过人的，否则没有出过手的人，又如何会名列五大刺客中呢？

龙于说："咱们越人虽已亡国，却已成为天下的习武世家。"

"嗯。"姜恒说，"五国之中，不少将领、侍卫，甚至国之大将，俱有越人。"

"你是唯一一个因习文而名满天下的越人。"龙于说。

"名满天下，还早得很罢。"姜恒说。

"但你骨子里仍是武人。"龙于笑道，"这么说来，我倒怀疑姜大人才是那名神秘客。"

姜恒明白龙于言下之意，兴许天下根本就没有这个人，或者说，神秘客可以是每一个在家国倾覆之际，挺身而出之人。

如此说来，他便不再疑惑了。

"可以先睡会儿，"龙于说，"我倒希望他们今夜不要来。"

"好罢。"于是姜恒在客厅内和衣而卧，靠在案几一侧，小憩片刻。短短一个时辰，夜色已笼罩了浔东，他竟在梦里再一次见到了母亲。

“娘？”姜恒惊讶地叫道。

昭夫人从厅外走入，坐到姜恒身畔，没有说话，只微笑着搂住了他，抚摸他的头发。

而厅堂正中，坐着以黑布蒙眼的耿渊。

“你该回去了，恒儿。”耿渊一手按琴，朝姜恒说道，“回去罢，我的孩子，回到你真正的家。”

昭夫人将姜恒半抱在怀里，低头看着他，姜恒眼泪淌了下来，抓住她的衣袖不放，但下一刻，屋顶轰然垮塌，带着无数烈火流星，从天而降。

姜恒刹那惊醒了，听见攻城的呐喊与厮杀声。

“什么时候了？”姜恒马上问道。

“子时。”龙于匆匆从厅堂外进来，说道，“你料对了，他们来攻城了，跟我走！”

姜恒换上铠甲，与龙于各上战马驰往城墙。飞火流星射入城中，无数宅邸正在火焰里燃烧，士兵拥上城墙，手持火油朝下倾倒。

第一拨攻城的军队来了十万人，督战的队伍穿梭其中，姜恒快步蹬上城墙，看见翱翔于远方的海东青。突然一个身影冲上城墙，龙于马上弯弓搭箭。

“自己人！”姜恒马上认出了那个身影，赶紧制止了龙于。

界圭登上城墙，喊道：“你怎么还在这儿?!”

已有雍军冲上城头，他们穿着雍人的铠甲，却是汁琮从中原临时招募来的新军。他们充当死士队伍，在自己人的箭矢之下死战不退，冲上城墙。

“汁琮来了吗？”姜恒如今最怕的就是自己的判断失误。

“我不知道！”界圭说，“太后让我来找你们！”

界圭抽剑，守在了姜恒身边，姜恒朝龙于一点头，龙于便知姜恒安全无虞，径自前去领军鏖战，城墙上、城墙下尸体堆成了小山。姜恒来不及朝界圭解释，飞奔过城头，射出一枚燃烧的箭矢，箭矢飞往天际。

城中占据了屋顶的所有士兵纷纷射出火箭，第一拨箭雨覆盖了城外。紧接着，浔东城门打开，龙于率军杀出。

龙于年少成名，一战击退郓国十万大军，如今年过四旬，正当盛年，汁琮的部队确实遭遇了劲敌。

"你哥呢?!"界圭持剑跟在姜恒身后,为他斩杀翻上城墙、朝他扑来的敌军。

就在这一刻,雍军突然鸣金收兵。

"在那儿呢。"姜恒示意界圭朝远处看。

雍军后阵突然燃起了大火,火借风势,朝着平地上的营帐席卷而去。城门口的威胁暂时退了,龙于率军成功压住了战线,把战线推到了城墙下一里开外。

"够朝洛文受的了。"界圭说,"没想到居然是你俩在带兵,这仗输得不冤。"

"你……"姜恒在这一刻终于明白了过往的许多事。

界圭微笑着神秘兮兮地做了个手势,他丑陋且满是伤痕的脸,在这温暖的笑意面前,竟显得无比英俊。

他示意"嘘",不必再多说了。

姜恒会心一笑,界圭忽然说:"可以让我抱抱你吗?"

姜恒安静地站着,界圭抬起手,轻轻地把他朝自己揽了一下。

"怪难为情的。"界圭又自言自语道,"算了。"

彼此都有点尴尬,气氛再次陷入了沉默中。

姜恒有许多话想朝他说,然而那个"谢"字实在太轻,甚至是对他的侮辱。

界圭在这暗夜里静静地看着姜恒。

"我爹他……"最后,姜恒说,"如果我是他,我会好好待你。"

界圭别过脸去,攻城的火光映在他的侧脸上,他淡淡地说道:"不打紧,我心甘情愿,他原本待我就很好,只是我们注定走不到一起罢了。"

"当年……"姜恒又轻轻地说。

"我只有一件事想不明白,"界圭说,"太后也想不明白,你说,你爹是死在他的手上吗?"

姜恒蓦然一凛,他只想朝界圭表达谢意,没想到,这件事却困扰了他许多年,旧事重提,令他们的对话也变得沉重起来。

"你没有证据。"姜恒说,"太后也没有,汁琮哪怕有弑兄的念头,但只要没有证据,就不能给他定罪。何况在那个时候,若再杀了他,雍国、汁家就全完了,兴许我爹真的是病死的呢?毕竟杀我爹与杀我一个继承人,原本是两桩事。"

"我没有。"界圭认真地答道,出神地说,"否则我管他什么雍国江山,什么血脉承续,十九年前,我便拔剑捅了他,再抹了自己的脖子,落得干干净净。"

姜恒说:"你没有错,不要怪罪自己。"

"也是。"界圭勉强一笑,摸了摸自己的头,像是想伸手来摸姜恒的下巴逗他玩,却终究忍住了,又自言自语道:"尚好,你还活着。我曾经不怎么喜欢你,最开始我没有为了你去杀汁琮的理由,这话,你听了不要怪我。"

姜恒笑道:"我知道。"

界圭在一开始当然对他喜欢不起来,他是姜晴的孩儿,对界圭而言,姜恒的存在意味着他失去了汁琅。汁琮想杀姜恒,构不成界圭为之拼个你死我活的理由。

片刻后,界圭缓缓地说道:"但现在不一样了,你很像你爹,他若想再来杀你,就怪不得我也要对他动手了。也许不会太快,刺客想杀人也要等待时机,你懂的,但我答应你,你若死了,我一定会为你报仇。"

姜恒笑了起来,说:"还没到那一步呢。"

雍军第一拨进攻无功而返,大军如潮水般退去,短短三个时辰,城墙下至少死了两万人,而真正的主力还迟迟未出动。

耿曙脸庞被熏得漆黑,回来了。姜恒马上给他换掉易容面具,除去伪装时,耿曙英俊的容貌再次显现。

耿曙看见界圭时丝毫不觉得奇怪,问:"主力部队都是什么人?"

"风戎人。"界圭说道,"太子泷有麻烦了,你们最好想想办法。"

耿曙与姜恒对视一眼。姜恒首先细问了界圭,得知南征的主力部队俱是风戎人,由朝洛文与孟和带队,陆冀亲自督军,而曾宇所率的亲军尚在照水。

这与他所推测的完全符合。

"汁琮呢？"姜恒问道。

"我不知道，"界圭说，"我直接来了浔东。"

"我没见着他。"耿曙说，"我几乎就要抵达大营了，他没有出战，王帐多半是空的。恒儿，你也许猜对了。"

姜恒沉吟良久，他清楚地知道，眼下是最关键的时刻，设若这一步棋走偏，接下来就是几个国家的连续失陷。

所有人都在等他下决定，界圭眯起眼，充满怀疑。

"你想做什么？"界圭道。

姜恒朝耿曙说道："按原计划。"

耿曙点头，朝龙于说："接下来，不管国都发生什么，龙将军都绝不能离开浔东。"

"知道了，"龙于说，"我会在这里战到最后一刻。"

接着，耿曙朝界圭说道："你跟我们来，汁泷的事路上说。"

姜恒、耿曙与界圭离开大宅，姜恒回头看了龙于一眼，龙于点了点头："去罢，武运昌隆，聂将军，姜大人。"

城外，雍军刚退，北门便开了小门，耿曙交卸了兵权，与姜恒、界圭三骑北上。

"雍宫内发生了什么？"姜恒问。

"东宫反对雍王的南征之计，汁泷想按原定计划召开五国联会。"界圭说，"结果提出意见的门客被汁琮杀了！汁泷被勒令闭门思过，软禁在东宫，汁琮就像疯了一般。"

耿曙说道："他一直是个疯子，又不是现在才疯的，你不知道？"

界圭又说道："但汁泷仍在通过门客秘密下令，他知道你们还活着，托我带来一句话：你们在开战，他也在，他让你们不要担心，他会尽力在朝中周旋。"

梁国的百姓没有遭到劫掠，汁泷已尽力了，他在确保中原不再发生大乱，重现人吃人的炼狱，他通知周游，秘密带着粮食离开安阳，赈济逃难的百姓。

"管魏呢？"姜恒问道。

"管相留在落雁，已经告老了，如今在陪太后，"界圭说道，"他没有跟随迁都。我是从落雁一路过来的，就怕你俩还在城内。"

海东青飞来，姜恒笑了起来，耿曙仰头吹了声口哨，海东青便落在他的肩上。

"风羽！"姜恒道，"你回来了！"

天边已露出鱼肚白，三人抵达浔北城外，在通往郑国王都的官道上，撞见了一个郑军的信使，信使稍一停留，怔了一怔，便与他们擦身而过。

"发生了什么事?!"耿曙驻马，远远地喊道。

"十万火急——！"信使远远地答道，"崤关沦陷了！王都让龙将军马上回援——！"

卜 运 签

守备空虚的崤关遭遇了大火，犹如宋邹火烧玉璧关的那场战役，一夜之间，崤关彻底沦陷。关门一破，顿时雍国真正的主力军在汁绫的率领之下冲进了关内，并急行军朝济州不断逼近。

二十五万大军在浔东拖住了郑国的主力，如今济州城内的兵员只有不到一万人，郑国即将面临亡国的命运。

而姜恒的计策正是将计就计，他要把汁琮的主力军诱进郑国腹地，开一个口子，将他们拉到济州城前，在兵力得以有效分散后，予以决战。

"汁琮若不在这支队伍里呢？"界圭说。

"他一定在，"耿曙说，"夺下郑国王城的一刻，他绝不会缺席。"

没有人比耿曙更了解汁琮，在这场灭国之战里，汁琮不会假手他人，他必须亲自攻破郑国的王都，走上宫殿前的台阶，享受他人生中至为志得意满的一刻。

抵达济州时，他们看见雍国的兵马正在城外扎营，汁琮派出攻打浔水的兵不过是要拖住龙于，他率领五万雍军轻骑上阵，越过崤关，直扑济州。

现在这五万人，正在用曾经赵灵攻陷落雁的方法，有条不紊地挖着隧道，他们要让城墙一刹那崩塌，来朝郑人宣告他们的复仇。

汁琮亲至，在城外五万大军阵前，朝郑王灵说道："把姜恒那叛贼给我交出来！我知道他就在城内！赵灵！你再从城墙上跳下来！我便饶你全城百姓的性命！"

姜恒与耿曙已匆匆进城，孙英在东城门接应，带着他们上了城楼，藏身角楼后。

九千多名兵员稀稀疏疏地排布在城墙上。

郑王灵率领群臣，面对城外战场上汁琮的挑衅不为所动，反而笑了起来。

"时局逆转，"郑王灵说，"今日轮到你来叫阵了，雍王。"

汁琮手里玩着烈光剑，眺望城头，曾宇、汁绫护佑其身畔，雍国每一名将士，都对郑人有着刻骨深仇，城墙一破，屠城在所难免。

"你那假父，已被我大军拖在浔水，"汁琮说，"他不会来救你了！越地沦陷指日可待，如今你还有什么话说？"

"亡国之战，不死不休！"郑王灵说道，"雍王，不必再废话了！来攻城罢！血债血偿！"

汁琮冷笑一声，早知郑王灵不会献城投降，回身下令。骑兵拥来，竟在连日急行军后，尚不及休憩片刻，一口水未喝就开始攻城！

刹那间济州成了战场，济州受封四百余年，为昔时郑侯发家之地，河外平原土壤稀松，适宜种植，地基却绝不似西川、落雁般坚固。汁琮用了新的办法，在上游堵截了济水，意图通过河水泛滥来推动滚木，继而在大水撤去后，让士兵脚踏滚木，登上城楼。

"交给你了。"郑王灵匆匆下了城墙，临别时一瞥耿曙。

耿曙点头，姜恒与界圭远望洪水呼啸而来，滚木重重，堆在城墙下。

"能守住几天？"界圭问道。

"最迟三天，"耿曙说，"城墙必破，咱们以巷战为主，拖住他们的主力。"

界圭沉默不语，片刻后问道："你们想做什么？"

"界圭。"姜恒忽然说道。

界圭将目光转向姜恒，姜恒下了城墙，耿曙没有跟随，而是开始排兵布阵，在城墙高处安排守军，将七千人撤回城内，占据各个战略要地。

姜恒站在济州桥上，正街已空无一人。

姜恒说："我想好了。"

姜恒转身，于桥中央面朝界圭，说："界圭，我决定恢复太子炆的身份，从这一刻起，于你而言，我将是汁炆。"

界圭笑了笑，点了点头。

"我以汁炆的名义，恳请你协助我。"姜恒说，"昔年你为我父亲付出了一切，他死在汁琮手中，如今我欲为他报当年之仇，诛除国贼汁琮。"

"我向您效忠，太子炆殿下。"随即，界圭垂着他废掉的左手，右手按在胸膛前，于济州桥上单膝跪地。

"请起。"姜恒沉声道，"你的忠诚，我将永世不忘。"

界圭在那昏暗的天色下，犹如雕塑。姜恒伸出手按在界圭肩上，躬身握住他的右手，拉着他站起。

"我们走罢，"姜恒说，"成败尽在此一刻。"

郑王灵在此生的最后两天里，哪里也没有去，让侍卫拦住了所有的消息，深居宫中。

"什么天理伦常，"郑王灵朝赵炯笑道，"如今都可以滚一边去了。"

赵炯没有说话，只专心地看着郑王灵，他雪白的肌肤与身材线条十分匀称，就像雪一般。

"今天穿什么？"赵炯说，"王服吗？"

"不。"郑王灵说，"穿那件麻布袍子。记得咱们小时候第一次见面，我也穿的是麻布袍。"

于是赵炯拿来一袭麻布长袍，为郑王灵束住，郑王灵未穿里衣，身材在布袍下若隐若现。

两人就像雕塑般在廊下天光的照耀中，久久地看着彼此，直到远方的杀戮声越来越近，"破城了——"的呼喊声传到宫外。

"王陛下，"姜恒走进庭院，说，"时候到了。"

郑王灵放开赵炯的手，说："那么，我先走了。"

赵炯点了点头，郑王灵没有再回头，跟随姜恒离开了宫殿。

姜恒迈出庭院时，听见一声轻响，那是匕首刺穿血肉的声音，是铁刃割开骨骼的声音，这声音，他听见过无数次。在他们的背后，赵炯用匕首刺穿了自己的心脏。

郑宫之中已是一片混乱，王宫正门前尸横遍地，汴琮的军队不断拥入国都，却在各街上遭受了郑军的伏击。

"王陛下！"大臣们恐慌地跑来，喊道，"快走！快离开这儿！雍军入城了！"

郑王灵却充耳不闻，褪去王服的他，如今只穿着一身麻布袍，腰畔甚至没有佩剑，泰然自若地看着他的国家、他的臣民们。

远方，济州城内燃起大火，雍军在这火海中开出一条通路，不断逼近王宫。

"开始罢。"姜恒低声说。

郑王灵没有说话，转身走到宗庙前，拾级而上。耿曙满脸是血，一身铠甲前来，在宗庙前与他们会合。

界圭也来了，四人登上台阶，进入郑国的宗庙。

郑王灵今日沐浴焚香后，身上血迹不染，面朝列祖列宗的牌位，依次点上灯。

"三位，陪我喝杯酒罢。"郑王灵又斟了酒，分给三人。

界圭看了姜恒一眼，姜恒示意喝就是了，于是三人各自喝了。

耿曙鏖战后有些脱力，手还有点发抖，朝姜恒点了点头。姜恒知道他需要休息，稍后姜恒将躺在血泊里，被耿曙抱在怀中，一旁则是郑王灵的人头。

只待汴琮接近，耿曙便将发起决胜一击。

姜恒暂时让他坐在郑国的护国神兽——青龙像的后面。

"我去房顶埋伏。"界圭说道。

姜恒陪伴在郑王灵身边，郑王灵说道："说来也奇怪，姜恒，与你相识的第一天，我就有这个念头。"

"什么念头？"姜恒想起的却是曾经在洛阳时，陪伴姬珣与赵竭赴死的那天。

"这一生，走到最后，"郑王灵说，"陪伴在我身边的人，说不定会是你。如今我的预感竟成了现实。"

"你还没死呢。"耿曙说。

郑王灵一笑，和衣跪坐在雕像前，宗庙下传来呼喊之声。

"姜恒，"郑王灵又朝姜恒说，"你想知道天下未来的气数吗？"

姜恒问道："你要卜卦？"

郑王灵拿起一旁装满了竹签的签筒，说道："身为国君，就让我为神州的气运卜一卦罢，也不知道准不准。"

耿曙仍在雕像后调息，姜恒抽出匕首，说："卜罢，我也很想知道。"

但就在此刻，姜恒突然感觉到了一阵麻意，从舌头到手臂，再飞快地传到了全身。

我不能动了……姜恒甚至无法开口，第一个念头是：那杯酒。

郑王灵转头，朝姜恒笑了笑。

济州城大火开始蔓延，那火焰沿着城东、城南飞卷。汁琮五万铁骑散入城内，杀出了一条血路，秋日枫叶如血，正街上据守的郑军很快就被荡平了。

"报——"信报奔马前来，"王宫前道路已清出，曾将军夺取了宫城！"

"汁绫！"汁琮朝不远处喊道。

汁绫率军前来，汁琮说："你那边怎么样了？"

"城西已经控制住了！"汁绫喊道，"但火势太大，不少将士被困在火海里！正在想办法出来！别再杀了！王兄！"

汁琮冷笑一声，曾宇赶来，喊道："王陛下！大臣都在宫内！"

汁琮道："赵灵呢？"

曾宇说："他往宗庙逃了！御林军还有八百人，守在宗庙前！"

"曾宇去帮公主灭火！"汁琮说，"我还有话，得好好与赵灵聊聊！"

汁琮调遣三千兵马，沿着士兵从火海中清出的最后一条道路，向郑国高建于山上的宗庙奔去，两侧的烈焰与浓烟仿佛一场盛大的举国之祭。

"车轮斩，"汴琮最后朝曾宇吩咐道，"斩草除根，一个不留。"

曾宇叹了口气，勉强点头，吩咐将士去准备车轮。接下来，郑国将迎来真正的亡国灭种——所有高过车轮的成年男子都将被斩首。

宗庙前集结了最后的八百御林军，汴琮只用了一轮冲锋外加箭雨，便令这八百人尸横就地，鲜血沿着台阶淌下。雍军纷纷抢上台阶，登往宗庙。

汴琮尚不下马，策马沿着台阶而上，到得宗庙外广场上的八个巨鼎面前，才翻身下来，信手一弹天子分发的青铜鼎，又望向宗庙高处悬挂的大钟。

"把鼎运回安阳。"汴琮吩咐道，"赵灵呢？"

"在里头！"亲卫喊道。

雍军包围了宗庙四周的要地，手持强弩，一瞬间拥入庙宇正堂，散开，以强弩指向中央。

"果然都在这儿呢。"汴琮身着铠甲，全身上下乃是精钢打造的王胄，但闻铠甲声响，汴琮已信步走进郑国宗庙。

"哗啦"声响，郑王灵正摇动着手里的签筒。

姜恒唇、舌的麻痹之感缓缓退去，但已经太晚了，他没想到郑王灵竟在那杯酒中下了麻药！

汴琮只看了姜恒一眼，见他缓缓地掏出匕首，便知姜恒本意是自尽了事，毕竟以姜恒的武艺，自己又有了防备，想杀自己比登天还难。

数千把强弩同时朝向姜恒与郑王灵。

"雍王终于来了，"郑王灵轻轻地说道，"等你很久了。"

汴琮在距离郑王灵近十步处停下脚步，他感觉到青龙雕像的背后也许还有人，凡事小心一点总是好的。

在这个距离下，他有铠甲护身，哪怕对方抽剑扑上来，也奈何不得自己，更何况郑王灵一袭布衣，身上并无武器。

"在做什么？"汴琮语带嘲讽之意，"求你的祖宗庇佑？"

"占卜天下的气数，"郑王灵说道，"占卜神州的气运。传说国君将死之前，卜卦是最灵验的，雍王是着急杀我，还是想看看结果？"

汴琮将烈光剑挂在身前，身形犹如一座巍峨的山峦，铠甲在宗庙顶部的天窗投下的秋日中反射着光泽，此时的汁琮犹如一名武神。

"看看无妨。"汁琮脸上浮起笑意。

"哗啦……哗啦……哗啦"三声，郑王灵摇了最后三下。

姜恒已能动了，原本他的计划乃是刺死郑王灵后佯装自尽假死，再由耿曙出面，提着郑王灵的头骤然刺杀汁琮，吸引亲卫的注意力，界圭最后从旁出现，一剑刺死汁琮。

但他们现在因为那杯酒，都错过了最好的时机。

耿曙短短片刻无法动弹，就在汁琮走进宗庙前的最后一刻，他比姜恒更快地恢复过来——但他没有贸然动手，而是握紧了黑剑并计算着距离。

他不知道郑王灵为何朝他们下毒，那已不重要了，机会转瞬即逝，如今还可以补救，只要汁琮再上前两步，耿曙就有成功的把握。

奈何汁琮始终不上前，就像感觉到青龙雕像后有埋伏一般。经历了姜恒的刺杀后，汁琮仍旧很小心，哪怕有重重铠甲护身，亦不会贸然涉险。

一枚竹签发出轻响，落在地上。

郑王灵捋了下头发，将竹签捡起，继而平静地起身，及至此刻，他才转身，面朝汁琮。

汁琮一扬眉。

"雍王，"郑王灵微微一笑道，"如你我所愿，神州升平，上吉。"

姜恒忽然意识到一件事：

只存在于传说之中、从未露面的第五名刺客——神秘客！

十步外，汁琮正要开口，或是想讽刺赵灵，或是要下令放箭，却陡然睁大了双眼。

郑王灵将那竹签信手一甩，竹签脱手，在空中化作一道光影飞去——

霎时那竹签已到面前！

生死关头，汁琮马上抓起烈光剑格挡，然而竹签实在太小，擦着烈光剑的剑刃直飞过去！

只差了半寸，仅仅半寸之差，汁琮后退避让，一切却发生在了顷刻间！

竹签无声无息，正中汁琮无铠甲守御的、全身最薄弱的咽喉处！

刹那，竹签刺穿了汁琮的脖颈，钉在他的咽喉正中，去势一阻，于他后颈处透出签尾。

汁琮："……"

汁琮发出痛苦的声响，摔在地上，郑王灵的笑容里带着如愿以偿的嘲讽。下一刻，雍军发出大喊，有人前来抢护，其余人则同时放箭。

耿曙大吼一声，从雕像后翻出，抱住了姜恒，一个打滚翻回柱后。郑王灵闭上双眼，数箭齐发，尽数射在了他的身上，冲力使他撞上了青龙雕像。

鲜血爆出，喷射满殿，郑王灵全身上下尽被箭矢射穿，口中涌出鲜血，喷洒在胸前，犹如殷红的花簇。

郑王灵被万千箭矢钉在了青龙雕像上，最后勉力抬手，指向姜恒，再指向汁琮，手指发着抖，仿佛有所示意，最后垂下了头。

晋惠天子三十六年，秋，郑王赵灵薨。

定 身 穴

"王陛下！"士兵们当即狂喊起来，宗庙内一片混乱，汁琮不住地挣扎，扼着自己的咽喉。

余人开始搜寻姜恒的下落，姜恒看见这一幕，马上从短暂的震惊之中回过神来，朝耿曙耳畔说了几句话，又将他的易容揭了下来，把他朝柱外用力一推。

"快！"

耿曙尚在茫然中，霎时明白了郑王灵死前最后的暗示。

"父王！"耿曙吼道。

汁琮倒地，众兵士登时大乱，及至耿曙冲出，再添变故。

"是我！"耿曙吼道。

亲卫们一时全愣住了，耿曙不是已经死了吗？

"我没有死！"耿曙快步到得汁琮面前，喊道，"让我看看！赵灵挟持了姜大人，我是来救他的！"

姜恒片刻间言简意赅的一句话，耿曙竟记住了，那话在此时尚能自圆其说，士兵们马上让开，所有人六神无主，耿曙又是汁琮的义子，无人怀疑过他。

汁琮被竹签刺穿了咽喉，无论如何张口，都发不出任何声音，竹签那位置恰好刺穿了他的气管，更因竹性坚韧，封住血脉，并未使其爆出鲜血。

此刻的汁琮，犹如一条离开水的鱼，气息难以接续，见耿曙现身时，他陡然意识到了什么，两眼中带着无与伦比的恐惧。他想逃开，却因气息中断而没有力气，发着抖抬手要推开耿曙。

耿曙马上抓住了他的手，低声叫道："父王！父王！"

汁琮转头，带着惊恐，两腿不断地挣扎。一名亲卫喊道："森殿下！怎么办？"

姜恒终于从柱后快步走出，界圭从房顶跃下，跟上。姜恒出现时，士兵们再次开始警惕，毕竟先前姜恒有叛乱之名，乃是汁琮所治的罪。

"姜大人没有反叛，"界圭挡在姜恒身前，沉声说道，"他是被郑王劫持了，太后命我来救姜大人。"

众亲卫面面相觑，界圭又说道："你们连我也认不出了？"

"让开，我看看他。"姜恒朝众人说。

姜恒向来不尚武，当初刺杀汁琮时，王室刻意保守了秘密。经历变法一事，他在雍国的声望又极高，亲卫队见有界圭担保，便渐渐打消了疑虑。

唯独汁琮睁大双眼，在耿曙的怀中不住地挣扎，奈何他再也说不出话了。

"不能拔，"姜恒制止了耿曙补一剑的做法，暗示他，"一拔就死。你们快派人去通知武英公主与曾将军！去啊！"

这个时候姜恒清楚，如果耿曙用黑剑再补一下，他弑父的罪名就会马上在雍国传开，除非把宗庙里的御林军将士统统灭口，否则纸包不住火，迟早会被人知道。

耿曙转头看向姜恒，姜恒点了点头。

"把他放平，"姜恒说，"让他枕上一截木头，否则他呼吸不了。"

汁琮眼睁睁地看着姜恒来到身前，他一手在咽喉处不住地乱抓，耿曙却拉开他的手，不让他碰到那根竹签，汁琮死死地盯着姜恒的双眼。

不知道为什么，汁琮想起了他的兄长汁琅死前的眼神。

那眼神与面前的姜恒如出一辙，是怜悯还是同情？抑或是漠然？汁琮看不明白，他唯一明白的只有一件事——自己彻底完了。

耿曙不让他多看姜恒一眼，免得节外生枝。耿曙吩咐人抬来担架，将汁琮抱上担架，护送他走出宗庙，临走前以眼神朝界圭示意，界圭点头会意。

"我们走了，"姜恒转身，跪下，朝郑王灵那血肉模糊的尸身拜了三拜，"多谢您的照顾，郑王。"

是日午后，转瞬间，尚沉浸在胜利的喜悦之中的雍军，近乎全军都得知了雍王遇刺的消息。

郑宫正殿内，汁绫与曾宇一时俱无法相信眼前所见，耿曙死而复生，姜恒再次露面，界圭保护在姜恒身边，汁琮遇刺，这一切来得实在太快，究竟有何内情？！

汁绫发着抖，扑到榻前，大哭起来。

"哥？！"汁绫大喊道，"哥——！这是怎么回事？！你们怎么保护他的？把御林军统统处死！"

过往之日，她也曾与自己的哥哥争得面红耳赤，可大哥死后，她唯一的兄长只有汁琮了！

"姑姑！冷静点！父王还没死！"耿曙如今更担心汁绫会做出什么不可收拾的事来。

汁绫哭得悲恸欲绝，坐在榻前，抬头望向耿曙。

姜恒说："眼下别碰竹签，先送回安阳，再慢慢地想办法。"

曾宇双眼发黑，甚至顾不上查问耿曙怎么又活了，究竟是人是鬼，姜恒又为什么会在此处……只反复地说道："怎么办？怎么办好？"

姜恒朝两人说："说不定能治，此地不宜久留，当务之急是寻医问诊。"

汁绫渐渐镇定下来，大口喘息，姜恒却心知竹签入喉，已无法再治，郑王灵身为第五大刺客，完成了百年来至为漂亮与无情的一击。这一签贯注了他的所有修为，以甩手剑势射出，哪怕耿曙有黑剑在手，又曾提防，亦并无把握能彻底挡下。

所取咽喉正是汁琮全身唯一的破绽，射中要害后封住血脉，只要将竹签拔出来，便会鲜血狂喷，血液倒涌进气管，堵塞肺部，令汁琮咳血而死。

如今他咽喉上卡着"上吉"的签文，总算迎来了自己的结局，他将痛苦无比，在这难以喘息的、断断续续的窒息感中缓慢死去，受尽折磨。

"怎么办？"汁绫缓过神来，兄长重伤不知是否能治，雍军刚夺下郑国王都。

"朝洛文还在浔水，"汁绫朝曾宇说，"咱们的将士都在宫外。"

"退兵，"耿曙说，"集结军队，撤出济州。"

"你在说什么？"汁绫难以置信地说道，"付出如此代价，你疯了吗？"

"我很清醒！"耿曙旁若无人，声音大了不少，喝道，"我说，退兵！这还不够？不离开这儿，等着办国丧？！"

"你们……"姜恒无奈地说道，"都冷静一点罢。"

汁琮陷入昏迷，喘息声在这静夜里犹如夜枭的怪叫。

"你俩为什么在这儿？"汁绫终于彻底回过神来。

耿曙在一旁的案几上坐下，说道："郓人有一名义士将我换了出来，所以我没有死。恒儿逃了，半路被赵灵抓走，我是来救他的。"

"我可以做证，"界圭抬起手，看也不看汁琮，朝汁绫说，"太后让我来的。"

"是吗？"汁绫疑惑地问道。

界圭说："派海东青去送信？"

汁绫只觉得尚有不少疑点，耿曙既然还活着，为什么不回落雁？但如今仓促之间已来不及多问。

"我去接管军队，"耿曙朝汁绫说，"否则军心不稳，万一郑军反扑，就得全部交待在此地了，你意下如何？"

众人看着汁绫，汁琮遇刺，动弹不得，更无法开口，汁绫只要点头，一切便可就此结束。

汁绫看着耿曙，想从他的眼神里找到让自己足够相信他的证据。

姜恒在汁绫身后示意，他指指自己胸前，朝耿曙扬眉。

耿曙会意，沿着脖子上的细绳抽出玉玦，朝向汁绫，沉默不语。

汁绫回头看了姜恒一眼，再看耿曙，最后说道：

"去罢。"

翌日清晨，雍军全军撤出济州，郑人悲恸地收殓郑王灵的尸身，将他葬于王陵。

海东青飞向浔水，风戎大军按兵不动。汁绫先是带兵撤回崤关，留下曾宇驻守关隘，再与耿曙、姜恒护送重伤的汁琮，回到雍国的新都——安阳。

一路上，汁琮时而昏迷，时而清醒，俱由耿曙亲自守在车中。

"他还可以写字，"姜恒低声说道，"若留下遗言就麻烦了，你不能总是握着他的手。"

"不要紧，"耿曙答道，"我封住了他手上的几处穴道，眼下他手指也没法动了。"

姜恒与耿曙对视，于落日下小声商议。

耿曙就像从前一样，为姜恒煮茶喝，却依旧满怀心事，末了，又叹了口气。

姜恒知道耿曙内心仍有惋惜之意，汁琮罪有应得不假，但那四年里，哪怕汁琮的目的是利用耿曙，依旧给了他一段有着家庭温暖的美好时光。

耿曙朝姜恒说："都过去了。接下来，就看你的了。"

耿曙能做的事几乎已做完了，接下来俱由姜恒抉择，横亘在他们面前的、全新的道路即将开始。耿曙收拢汁琮的亲卫，恢复了王子身份，兼任御林军大统领，如今手下有五万人。

曾宇率领剩余的三万人留守崤关，手握重兵者，眼下只剩耿曙。

这五万人俱是耿曙曾经最得力的部将，尚在落雁时便已如他的亲兵一般，有了这五万人的军队，只要姜恒点头，便能在安阳发动一场政变，彻底改写雍国，乃至天下的未来局势。

"哥，我……"姜恒想告诉他，这不是合适的时候，率军反攻安阳不会成功。汁琮重伤，只有太子泷能稳住雍国国内局势，一旦连太子泷也被杀，雍国好不容易稳定下来的国内局面将再次崩溃。

"没关系，"耿曙这些日子里说得最多的，就是"不要紧"与"没关系"，他知道姜恒需要时间，"我永远等着。"

姜恒伤感地笑了笑，说："我去看看姑母。"

除非必要，他绝不想与汁绫为敌。汁绫是个好人，他知道在汁绫眼中，征战天下、一统中原并不重要，对她来说最重要的是家人，汁琮需要她，她便为汁琮浴血奋战，唯此而已。她不嗜战，性格刚强，内心却十分柔软，就像耿曙一般。

她只在乎自己珍视的东西，她始终爱着耿曙，甚至还曾分过一点爱给姜恒。

汁绫独自坐在一棵树下，回国的路上阴云密布，其间她几次去看过汁琮，汁琮大多时候昏迷着，偶尔清醒时，耿曙也在他身边。汁绫凭直觉感觉到，汁琮有许多话想说，却说不出口。她提议让汁琮写下来，耿曙拿着笔塞到他的手里，他却不住地发抖，写不出半个字。

汁绫仔细检查过兄长的身体，心中生出疑惑，却没有质疑耿曙。

但她始终对姜恒有所提防，说不出为什么，她总是很难接受把姜恒看作自己的家人。

"姑姑。"姜恒拿着一杯茶过来，坐在汁绫身边。

"称呼错了。"汁绫用手绢擦拭着一面小小的银牌，头也不抬地答道。

"跟着我哥叫的。"姜恒说道，"您好些了吗？"

"还行罢，"汁绫漫不经心地答道，"有点累。你想说什么？"

这些日子里，汁绫头发散乱，眼中满是血丝。耿曙与姜恒安然无恙，一起回来了，本该是值得高兴的时刻。

"我不太喜欢你，"汁绫忽然说道，"我说不出为什么。从你第一天来到我面前时，我就不太喜欢你。"

姜恒小声说道："我知道。"

她与汁琅，当年感情好吗？姜恒也猜测过，如果告诉她真相，会不会一切将有所改变？按中原人的习俗，外甥女亲母舅，侄儿则更亲姑母，缘因姑母在某种意义上，犹如位女性的父亲。

"可你为我改了游历时带回来的《雍地风物志》，"姜恒说，"我都记得。"

那年姜恒花了大半年的时间游历雍地，写就一本近二十万字的小册子。带回落雁后，率先截住它的人是汁绫。汁绫毫不客气，不问姜恒的意见，就用朱笔在上面进行了修改与批注，姜恒当然明白那是暗示与提醒：有些话，你不能在这本册子上说，否则会得罪不少公卿与士大夫家族。

"一件小事而已，"汁绫抬眼看姜恒，"亏你还记得。"

姜恒勉强笑了笑，他翻尽了往事，只记得汁绫待他的这一桩好，但这就足够他确认汁绫对自己没有敌意。大多时候，她只是有话直说，就像她会率直地告诉姜恒"我不太喜欢你"。天下人若都像她这般直来直往，想必也没那么多事了。

"因为我总觉得，"汁绫收起银牌，说道，"我们汁家所有人都欠你的，你就像是来讨债的。这令我很不舒服。"

姜恒说道："我没有这么想过。"

汁绫说道："我知道，可事实就是这样，但像森儿，他就从未给过我这种感觉。"

姜恒与汁绫对视，这时候，界圭来到汁绫身后，极其缓慢地摇了摇头，暗示姜恒什么都不要说。

以汁绫的武功，自然听到了界圭的脚步，但她没有回头。

"我哥一直想杀你，是不是？"汁绫极低声地说。

姜恒没有看界圭，而是凝视着汁绫的双眼，点了点头。

汁绫又说："你也想杀他，你们之间究竟有什么仇恨？你是渊哥的孩子，你爹为雍国所做之事，不是为了我二哥，甚至不是为了我大哥……发誓，你朝我发誓，姜恒，告诉我，我二哥变成这样，不是你……"

"殿下。"界圭终于开口说道。

姜恒有点烦躁，他想用自己的办法解决，界圭却打断了他们的对话，他的介入只会让自己与汁绫本来就脆弱的信任再一次瓦解。

"界圭。"姜恒暗示他离开。

汁绫沉默不语，连日的征战已让她疲惫到极点，这件事对她的打击甚至大于当年的汁琅之死。

"我知道我讨嫌，只是我有一句话想说，"畀圭说，"没有济州这件事，雍王就能逃过一劫吗？只怕未必。你我都清楚，就连太后也明白，这不过是时间问题罢了。"

"那不一样。"汁绫发着抖，望向姜恒的双眼里竟隐隐带着恨意。她终于明白这不对劲来自何处了，这一切，极有可能全是姜恒布的局！

可她没有证据，甚至无从查起，她翻来覆去，叫来了当初在宗庙内的兵士询问过无数次，详情俱与姜恒所述无异，她无法再为兄长翻案了。

废 纸 缸

"你不该朝她多说，"畀圭责备道，"你祖母会朝她解释清楚一切。"

姜恒说道："她也是我的姑姑，是我的亲人，我不是为了真相。"

畀圭叹了口气，说："比起她，你还是仔细想想，回到安阳后该怎么对付你的堂兄罢。"

"我不会对付他。"姜恒给出了一个在畀圭意料之外的答案，"不仅不会，我现在还必须保护他，否则雍国必将大乱，好不容易走到如今的局面，我们距离神州的再次一统，已经很近了。"

耿曙坐在篝火旁，听见两人的谈话，没有开口。

"很近了？"畀圭哭笑不得地说道，"四国只得一国，你告诉我'很近了'？"

"对，"姜恒点头答道，"长夜已过，曙光就在眼前。"

这回答不仅让畀圭，甚至让耿曙也很费解，雍国如今面临的局面距离一统天下，尚有很远很远。在姜恒眼里，却已近乎一步之遥。

"那么以后呢？"耿曙没有再纠缠于这个话题，说，"以后你也会面临难关。"

姜恒说："以后的事，有一半还要看汁泷，我一个人说了不算。"

界圭沉默片刻，改变了主意，说："行罢，你看着办，我不勉强你。不过你别太天真了，天真在小孩儿身上向来很讨人喜欢，可你不能永远当个小孩儿。"

"谢谢你的提醒。"姜恒面无表情地说道。

耿曙忽然笑了起来，说："谁说的？我就很喜欢。"

界圭隐没于树林中，姜恒回到耿曙身边躺下。翌日雍军启程，五天后，他们终于抵达了雍国新的王都安阳。

汋琼遇刺的消息已先一步传回安阳，各族族长得到信报，纷纷不请自来，回到太子泷身边。王都充满了紧张的气氛，但目前全国上下只知汋琼受伤，并不清楚伤势到了何等地步。

汋琼数年前在玉璧关遇刺亦闹得满城风雨，人心惶惶，但他很快就好起来了，这一次说不定也是如此。

耿曙护送马车，秘密进入安阳宫中。别宫建在山腰上，姜恒坚持徒步上去，一路走得有点气喘，只不知当初的毕颉每天在这王宫外爬上爬下，是不是也一样疲惫？

太子泷被勒令闭门思过，如今闭门令已解除，耿曙没有召集群臣，而是让太子泷先见了父亲一面。

太子泷见到耿曙与姜恒，先分别抱住了两人，再紧紧地抱着耿曙不放。

"你们都活着，"太子泷噙着泪，颤声说道，"当真是不幸中的万幸。"

姜恒观察太子泷，发现他比以前更成熟了一点，每一次分开后再见面，他都觉得太子泷在不断成长。

姜恒叹了口气，与太子泷在殿内拥抱，那一抱，胜似千言万语。

太子泷低声说道："没事了，都回来了，都回来了……"

耿曙的眼神却十分复杂，姜恒越过太子泷的肩头与耿曙对视，继而拍了拍太子泷的背，示意好了。

"去看看父王罢。"耿曙说道。

太子泷来到榻前，看了眼汋琼，便不胜悲伤，大哭起来。他坐在榻畔，紧紧握着汋琼的手。汋琼听到儿子的哭声，从昏睡中醒来，被儿子握住的手，手指却无法动弹。

紧接着，殿内一片寂静，只有太子泷的哭声。姜恒与耿曙分开坐下，听到殿外通传："管相、陆相求见。"

管魏拄着杖，得知雍王遇刺，匆忙从落雁赶来，一夜间老了不少，头发已全白。

陆冀也从浔水回来了，带着疑惑打量着姜恒，他没有多问。两人先是检视了汁琮的伤势，那一刻汁琮张了张嘴，仿佛有什么话想说，却被封住了声音。

"太后正在赶来的路上，"管魏说，"明日傍晚前想必能到。"

"太后身上有伤，"姜恒说道，"不该这么长途跋涉。"

"她就剩下这么一个儿子，如今也要死了，"管魏依旧是那温和的声音，"总归要来见一面的。"

陆冀先前已得军报，又详细地调查过，他的疑惑较之汁绫更甚，但眼下并非追责的时候，何况没有证据，也追不到什么责。

太子泷渐敛了哭声，管魏又朝太子泷说道："殿下，不可过于悲伤，接下来，才是我大雍生死存亡之际。"

管魏说着这话，却望向姜恒与耿曙。

"我会稳住国内，"耿曙认真地说道，"朝中就交给你们了，两位相国。"

管魏本已决定在落雁陪姜太后养老，此时却不得不来，只要他与陆冀相信耿曙和姜恒，雍国的局面就能暂时维持一段时间。

太子泷勉力点头，汁琮实在杀了太多人，入关之后他足足杀了近十万人，犹如兽性大发，谁的话也不听。

他的杀戮行为，在这半年中一直被朝臣反对。就在征讨郑国前，父子二人还闹得极不愉快，导致太子泷被勒令面壁，汁琮自信满满，他想待自己得胜归来，证明了他的英明决断，再让儿子低头。

而太子泷最担心的事，终于发生了，父亲如今承受着这比死更甚的痛苦。

陆冀想了想，说："等待太后归来再行商议罢，关键是要延请名医，说不定还有救。"

"说不定还有救"出卖了陆冀的真实想法，这么说的人，大抵都知道最后的结果就是"没有救"。

中原的名医在连年战乱之中已不知去向，姜恒只记得一个公孙武，可惜公孙武如今也下落不明，而且他与郑人交好，就算找到，陆冀也不敢让他来试。

连日里，他们只能派人回落雁，但于雍国而言，医堂掌握在官府手中，医生大多是军医。大夫们来来去去，进出安阳王宫多日，最后结论都只有一个：竹签不能拔出来，熬日子罢，能熬多久算多久。

于是汋琮便活生生地被钉着喉咙，躺在王榻上苟延残喘，血浸透了那根竹签，竹签已变成紫黑色。太子泷小心地以芦管喂给他少许水，润一润父亲的喉咙，汋琮就连吞咽都困难，人一天一天地消瘦下去。

"你依旧回东宫罢。"耿曙朝姜恒说。

太子泷回过神，说："尚有许多事要做，恒儿回来就好了。"

说着，太子泷摘下玉玦，递给姜恒，说："你可用玉玦暂领东宫。"

耿曙注视着玉玦，姜恒却没有收，说："这本来就是我该做的。"

"收下。"耿曙说。

姜恒执意不收，起身离席，前去接管东宫的诸多政务，替太子泷暂时行使储君之责。耿曙则待在正殿内，依旧与太子泷在一处，免得汋琮临死前不受控制，说了什么不该说的。

耿曙的目的很明确，汋琮一旦要杀姜恒，就是他的敌人，他的信念支撑着他的无情，这点有时甚至令姜恒都有点震惊。耿曙要跟到最后，直到汋琮彻底死了为止。

"你该接过玉玦，"界圭在阴影中现身，跟上了姜恒，说，"刚才是很好的机会。"

姜恒看了界圭一眼，说："没有它，我就不是我了吗？"

界圭说："你就像你爹一般固执。"

姜恒问："哪个爹？"

界圭一笑。姜恒迈进东宫，一众年轻官员正在等候——太子面壁思过这段时间，他们在安阳东宫处理国内政事，日子过得当真是如履薄冰。

缘因汋琮淫威日盛，他们必须揣摩雍王意图以制定政务，稍有不慎，便将引发汋琮的怒火，引来杀身之祸。

姜恒扫了一眼，见落雁的班底几乎都来了，曾嵘、周游等人，以及一众青年，俱是当年变法时便在东宫的门客。如今他们已各领官职，等待着太子继位前这必将迎来的局面。

"姜大人，"曾嵘抬头说道，"你终于回来了，还想着什么时候能再见上一面。"

"终于回来了。"姜恒说道，"大伙还好罢？怎么少了这么多人？"

"空着的案几，"曾嵘说，"就是人已经死了。"

姜恒没有问这些人是怎么死的，但士族弟子都在，想必汁琼是顾忌士族利益，没有贸然来动他们。只是眼看寒门的同僚一个接一个地因提出反对汁琼的意见便被杀头，一众世家之后终究会因此悲伤。

姜恒的位置还在，太子泷哪怕迁都，也未曾撤掉他、耿曙，以及牛珉等人的案几。

"人既然走了，"姜恒说，"还留着位置做什么？人只会越来越多，很快案几就要放不下了。"

"他坚持的，"曾嵘说，"心里放不下，总是像个小孩儿，我们也劝过。"

姜恒沉默了一会儿，最后说道："那就随他罢。"

周游说："怎么办？我们也见不到王陛下，太子殿下已有好些时日没来过了，面壁之后，就见不着他的人。平日里我们俱是自行处理政务。"

姜恒坐上太子泷案边自己的位置，说道："你们在做什么？拿出来看看？"

"四等级制，"曾嵘扔给姜恒一卷文书，说道，"正在试行。"

"作废罢。"姜恒毫不留情地说道。

一众年轻官员沉默了，姜恒说道："东宫政务目前由我全权打理，陆冀来了我再朝他解释，这可是个大好机会，不趁着这会儿赶紧把锅甩掉，过后别怪我想管也管不了了。"

众人回过神，马上大声叫好，曾嵘一笑，接过姜恒扔回来的文书，当场作废处理。

"征兵令，"一名叫白兔的官员说，"秋末前须从中原征调三十万兵员以攻伐郓地，为郑国一战补员……"

"作废，"姜恒毫不留情地说道，"按年初新法的步调来。"

周游："取消所有商路，梁、郑二地商人家产充公……"

姜恒："作废，他疯了吗？"

众人不敢接话，毕竟汴琮还没死，万一出现什么奇迹，汴琮死而复生，一定会拿姜恒的血祭他的天子剑。但众人对汴琮之举从来就不赞同，当即趁着这机会，将无数法令扔给曾嵘，曾嵘则统统扔进了身后的废纸缸里。

"徭役令，开凿大运河，建立水军，以南下……"

"作废，没钱。"

"收举国之金，铸八十一天子鼎……"

"作废，做的什么春秋大梦？"

"婚配令，将年轻女子登记在册……"

"作废。"

"逐四国士人……"

"作废。"

"重建王宫……"

"作废。"

在姜恒一连串的"作废"里，东宫终于如释重负，曾嵘松了口气。诸多先前汴琮下的法令，一旦推行下去，只恐怕好不容易得来的领地，将因百姓造反而失去。

寂静中，最后曾嵘说道："没有了，姜太史。"

姜恒沉默片刻，说："周游发出照会，通知各国，五国联会依旧，改在冬季。"

周游"嗯"了声，姜恒又朝众人说："预备太子继位国君事宜，与陆相对接。"

"国不可一日无君，"白焕点头说道，"是该如此。"

姜恒沉默片刻，又说道："起草联议章程，十年间，天下停战，休养生息。梁王毕绍虽为亡国之君，却依旧是天子所封，雍人占其领地，接下来该当如何？既要安抚梁人，又要与毕绍商谈，要给出个说法。"

曾嵘没有说话，这件事非常棘手，放着不管，明占梁国国土，只怕梁人迟早有一天要谋反；但把到手的土地让出去，置战死的将士于何地？

"我相信你有办法。"姜恒朝曾嵘说。

曾嵘说："此乃国之大策，须得非常谨慎。"

姜恒点了点头，又说道："重新丈量土地，将咱们所占的国土里的田地，按雍地分田法分给中原民，废除四等级制后，人人可耕种。此事可与管相商量，趁他还在，国丧之后也许他就要回去了。"

曾嵘答道："是这个道理。"

姜恒处理完政务，曾嵘递给他另一份文书，示意他看，却没有声张。

那是姬霜与太子泷的婚事之议，汁琮出征前所定下的。姜恒明白此事亦非同小可，既是雍国的国事，亦是王室的家事。

汁 家 人

界圭在东宫外现身，姜恒扬眉望着他。

"太后来了，"界圭说，"让你与曾嵘、周游一并过去。"

姜太后傍晚时抵达了安阳，并召集了雍国的重臣。正殿内，汁琮安静地躺着，已是将死之人，咽喉处发出细微而尖锐的哨响，胸膛微微起伏，闭着双眼。

正殿内，姜恒与曾嵘、周游二人赶到时，见王榻前已来了不少人，耿曙示意姜恒过来，坐到他身边，曾嵘与周游则在末席就座。

汁琮的王榻前，左侧是太子泷，右侧是汁绫，姜太后端坐主位，界圭依旧站到太后身后。

从姜太后左手往下，分别是管魏、陆冀、卫家如今的当家主卫贲。军方联席中，朝洛文被召回，位居耿曙之下，再下则是各族族长：山泽与水峻、孟和、郎煌。

"人齐了，母后。"汁绫轻轻地说。

姜太后正在饮茶，甚至没有多看儿子一眼，汁琮落得如今这个境地，乃是咎由自取。太子泷沉浸在悲痛中，仍有点走神，他看了姜恒一眼，姜恒点了点头，意思是东宫之事不必担忧，他正在着手解决。

接着，姜恒再转头看耿曙，心想：姜太后该不会要在此刻公布他的身世？

耿曙握住了姜恒的手，他的手心带着少许汗水，显然也有点紧张。

"陛下就怕撑不了多久了，"姜太后慢条斯理地说道，"趁着这时，人既然都在，该说的话总归要说，也好提前预防变数。"

无人应答，一双双眼睛全看着汁琮。

"我十四岁那年嫁到落雁，"姜太后说，"跟在先王身边，如今已是第五十个年头了。我为雍国生下了三个孩儿，想必你们还记得琅儿。"

众人纷纷答道："是。"

汁琅当初的温和有礼，君臣鱼水相得，乃是大雍至为强盛的时光，亦为后来汁琮四处征战、穷兵黩武奠定了坚实的基础。否则任意一国像汁琮这么乱来，家底早就被败光了。

"琅儿之后，则是琮儿。"姜太后说，"琮儿这些年里，身为国君，行事引发诸多非议，事已至此，多说无益，想必也已功过相抵。"

无人开口，大家都心知肚明，汁琮留下了怎样的一个烂摊子。

耿曙却说道："不错，父王有功，也有过，这我是承认的。"

这句"功过相抵"，姜恒也同意，若没有汁琮出关，中原的格局不会被打破，可他一生杀了太多的人，许多人本可不用赶尽杀绝。

"如今他要走了，"姜太后说，"你们便上前送送他罢。泷儿，你爹也算达成了我大雍入主中原的宏愿，接下来，这个担子就交给你了。"

太子泷哽咽着说道："是，王祖母。"

众人于是从汁绫起，逐一上前，叩拜汁琮，到得姜恒与耿曙时，两人携手上前，朝他磕了三个头。

末了，大伙归位，姜太后又说道："接下来怎么办，还请众卿各自说说罢。"

没有人回答。管魏已在一年前不对政务发表看法了。陆冀虽跟随汁琮南下，行事却依汁琮之命，这时候要坚持汁琮之前的决断，只会自讨没趣，他清楚朝野之中无人赞同汁琮将天下百姓当猪狗豢养，只为供他打仗寻开心的国策。

卫贲则因其父卫卓横死安阳，于朝中并无话语权。雍国四大公卿家周、曾、耿、卫，卫家先经氐人之乱打击，如今又失去了当家主卫卓，早已式微。

汁绫只管军队，不问政务。余下的三族族长又都是外族，自然无人说话。

殿内静了片刻，太子泷说："姜恒？"

姜恒抬头，太子泷说道："今日东宫，做出什么决定了吗？我记得一年前变法的细则尚有许多待推行，这大半年里你虽不在东宫，我却都坚持着，从未让步。"

姜恒一笑，明白太子泷也始终在努力——他没有辜负自己的期望，哪怕面对汁琮的威严，他也没有畏惧。

曾嵘与周游看着姜恒，姜恒清了清嗓子，说："有。"

姜太后说道："想说什么就说罢，今日在这儿的俱是自己人。如今的雍，是你们的雍，如今的天下，也是你们的天下。"

姜太后那话看似是对汁泷说的，实则却在暗示姜恒：不管他的身份能不能被承认，他都是货真价实的太子。事实上，今日在东宫将汁琮的法令统统作废，姜恒行使的也是太子的职责。

"我也没把自己当外人，"姜恒说，"那就唐突了。"

众人都忍不住笑了起来，只有汁绫没有笑，她以复杂的表情看着姜恒。很快众人又意识到现在笑不合适，汁琮还在弥留之际，于是面容又都凝重起来。

"雍军已入关，"姜恒朝众人说道，"当务之急，乃是巩固我国国土，安抚梁国遗民，寻找与四国共处的新方式。"

这是所有大臣都在坚持的，打江山易，治江山难，百姓不是打下来再用雷霆手段治理便能屈服的，像汁琮这般疯狂征战，迟早有一天将酿成大难。

"这也是我所说的。"太子泷说道。

姜恒点了点头，说："暂时裁减军队，让浔水的风戎军退兵。"

朝洛文"嗯"了声，说："我没有意见。"

风戎人从年初进玉璧关后，在中原待了大半年，都想回家了。朝洛文本来对杀人也没什么兴趣，麾下士兵更是背井离乡，思乡之情难抑。

"玉璧关已成内关，"姜恒说，"不必再派许多兵马。落雁与安阳每年可换防一次，解散四成军队，让他们回家，或在中原务农。"

"我同意。"汁绫答道。

"未来的一年中，天下将以洛阳为中心，"姜恒说，"重建商贸，沟通南北。"

"不错。"陆冀说。

姜恒又说道："在重建天下的过程中，洛阳、落雁推行两都制，落雁为北都，洛阳为中都，落雁辐射关外大地，洛阳则统领中原。照会各国，暂时休战，冬季召开联会后，再商讨中原领土下一步的归属问题。"

这时，汁琮忽然用尽全身力气颤抖起来，他勉力抬起一只手，发出临死前的咆哮。

他睁大双眼，看着正殿内的天花板，用尽了最后一点力气，传达出自己的恨与杀意。

"父王！"太子泷忙上前查看，汁绫却怔怔地看着兄长。

姜太后一手轻轻拦住太子泷，另一手按在汁琮的胸膛上。

刹那殿内肃静，姜太后内力所至，汁琮顿时受制，再次安静下去。

"还有呢？"姜太后淡淡地说道，"继续说。"

"没有了。"姜恒答道，"殿下必须早日继任国君，以免国内生乱。"

耿曙看了眼姜恒，姜恒一手在他的手背上轻轻拍了拍，便不再多说。

"各位有何异议？"姜太后说道。

无人反对，这一夜，雍国终于回到了正轨上。

姜太后又说："既然如此，就把时间留给我们罢，最后让我们一家人陪伴在王陛下的身边。"

众人纷纷起身，告退。姜恒不知自己算不算"家人"，姜太后便朝姜恒说："恒儿，你也留下。"

于是殿内只剩下太子泷、耿曙、姜恒、汁绫、姜太后，还有汁琮。

漫长的沉寂之后，姜太后叹了口气，起身，汁绫忙上前扶住。

"我有三个孩儿，"姜太后说，"先是琅儿，再是琼儿，再后来，是绫儿。"

"娘。"汁绫的泪水在眼眶里打转。

姜太后说："曾经我听说，郢人也好，梁人也罢，或是郑人……王室之中，兄弟阋墙，手足相戕，总觉得不可思议。兄弟啊，怎么能互相残杀呢？"

汁绫刹那色变，不知母亲所言何意。当初长兄汁琅死后，朝野间亦有流言说汁琼杀了汁琅，但她从来不曾相信。

"有一天，我听见梁国传来消息，毕颉杀了他的哥哥——太子毕商，"姜太后朝耿曙说道，"就在如今离这个地方不远的后殿里头。"

"我知道，"耿曙说，"那年我刚满五岁，毕商也应当是我爹杀的，只是没几个人知道罢了。"

"太子商之死，"姜太后说，"并非古往今来第一桩，虽是死在耿渊手中，却与他并无多大关系。"

数人自然明白姜太后之意：毕商虽死在耿渊手中，这笔账却绝不能算在雍国头上，毕竟策划这起政变的人，是当年夺权的上将军重闻。

"母后？"汁绫忽然改变了称呼，她觉得姜太后今日所言，竟透露着一股诡异的气氛，太后想表达什么？

太子泷也感觉到了，颤声叫道："王祖母？"

姜太后站在殿前，望向安阳宫外绚丽的晚霞，喃喃道："琅儿还活着时，他是大雍最合适的国君，琼儿接任，是没的选，那年汁泷还小。"

"兄终弟及，"姜恒说，"不违天下正统。姑祖母，我觉得这合情合理。"

太子泷满脸疑惑，为什么姜太后会与姜恒这个远房表亲，讨论起王位的正统来了？汁绫却仿佛感觉到了什么，难以置信地睁大双眼，看着姜恒，嘴唇开始发抖。她终于也察觉到了，却晚了太久。

那一刻，汁绫登时背脊发麻。

"咱们是家人，"姜太后说，"无论未来发生什么，我都希望我的孙儿们相亲相爱。咱们越人，与他们是不一样的，咱们是人，不是畜生。"

姜恒刹那明白了姜太后的暗示——她不会阻拦姜恒做任何事，因为他才是真正的太子，他是她的嫡孙，一如汁泷一般，他们对她来说，是一样的。

但她绝不希望看见姜恒与汴泷之间自相残杀，汴琅与汴琮的恩怨，到此必须结束。设若有一天姜恒重夺王位，她也希望姜恒与耿曙能善待汴泷，不要斩草除根，像毕商与毕颉一般，血染宫闱。

她所说的"越人"，正是在强调姜恒的身份。太子泷已算不上越人，这里只有他与耿曙、汴绫三人的母亲是越人。

"那是自然。"姜恒答应了姜太后的请求。

"娘？"汴绫再一次改了称呼。

姜太后意味深长地看了汴绫一眼，没有回答，转头瞥向耿曙，盯着他，等待他表态。

太子泷忽然回过神，却错读了姜太后言中的深意，勉强一笑说道："王祖母，您在说什么？不会的，我们是兄弟。"

耿曙抬眼与姜太后对视，读出了她目中的情感：你忍心吗？看看你的另一个弟弟，你忍心吗？

"哥。"姜恒带着微笑，摇了摇耿曙的手。

耿曙转而与姜恒对视，姜恒点了点头。

"我会保护他俩，"耿曙终于朝姜太后说，"不会让恒儿与汴泷中的任何一人受到伤害。除非……算了，反正我答应你，王祖母。"

姜太后知道这是耿曙所做的最大的让步，他只能承诺到这一步了。

她再次转身，走向榻上的汴琮，一手轻轻地按在汴琮的胸膛前。

"除非什么？"汴绫想到了那最可怕的结果，声音发着抖问道。

"除非他俩吵起来。"耿曙说。

太子泷越发疑惑，他有些哭笑不得，却想到了某句自己一直想问的话。

"我要是和恒儿吵起来，"太子泷说，"哥，你会帮谁？"

姜恒没有回答，他知道答案是必然的，太子泷从来就心知肚明。

"我当然是帮恒儿，"耿曙说，"你还不知道吗？"

太子泷笑道："我当然知道，只是总想听你亲口说。"

"不，"姜恒说，"他会帮占理的那边，我知道他的性子。不过我想，咱俩不会吵起来。咱们不要让他为难，是不是？"

太子泷笑了一会儿，又眼眶发红地点了点头。

"不会的，"太子泷重申，"在父王面前，我发誓，这辈子与恒儿、与我哥，我们是兄弟，是家人。"

汁绫心情复杂地望向姜太后，姜太后撤回了放在汁琮胸膛上的手。

汁琮缓慢呼气，全身颤抖，却已无法再表达自己最后的意图。

桃 花 熏

殿内又静了会儿，姜太后看了眼姜恒手里拿着的文书，问："这是什么？"

"代国……送来的信。"姜恒觉得现在不是告诉耿曙与其他人这桩婚事的最好时候。

几人的注意力被那封文书吸引过去，姜恒说："我还没看。"

"留着罢。"姜太后说，"汁绫、汁淼。"

汁绫与耿曙应了，姜太后说："你俩带太子泷到军队里去，见一见千夫长们，接受他们的慰藉。"

汁绫知道母亲有话与姜恒说，便不坚持，朝太子泷说："走罢。"

太子泷没有怀疑，毕竟姜恒也是祖母的娘家人，便朝姜恒点了点头，姜恒说："明日一早还有许多事，你得回东宫来。"

耿曙看了眼姜恒，姜恒示意没关系，三人便告退了。

所有人来了又去，如今殿内只剩下姜太后与姜恒，以及将死的汁琮。

姜太后安静地坐在榻前，注视着姜恒。姜恒心中感慨万千，迎视祖母的眼神时，看见了第一天来到她面前时，那似曾相识的神色。

"过来，炆儿，让我抱抱你……"姜太后哽咽着说道，终于再也说不下去。

姜恒发着抖走上前，被姜太后猛地拉进怀中，姜恒终于大哭起来。

姜太后以泪洗面，她的身上有着与昭夫人一样的气息，是桃花，是以桃花熏就锦袍的香气。

"你太不容易了，我的心肝……"姜太后抱着姜恒，大哭道，"琅儿啊，晴儿啊，昭儿……娘对不起你们，娘一辈子，什么错事也没做过，怎么会变成这般……老天为何，要如此待我……"

十九年前，姜太后便已心死，这些年中，她失去孩子的痛苦，终于在这一刻再也无法压抑，她抱着姜恒号啕痛哭。

姜恒听见姜太后之声，不由得心如刀绞，亦随之大哭起来。此时他尚不知人世间父母失去子女的悲痛，但昭夫人的离去，让他感同身受。

更何况，她所疼爱的两个儿子，一个杀了另一个，如今这个凶手也将死在自己的面前，身为汁琅与汁琮的母亲，这许多年里，她究竟是如何度过的？

"王祖母……"姜恒竭力镇定，听姜太后之声，竟如弦断琴毁、金铁相撞，隐有不祥之兆，忙哽咽着安慰道，"王祖母，不可过恸……您身上还有伤……"

姜太后闭着眼，放开姜恒，泪水纵横。良久后，当她再睁眼时，姜恒发现她竟衰老不堪。

这是他第一次距姜太后如此近，曾经在他眼里，姜太后哪怕已近古稀之年，却依旧充满威严。从落雁赶来的路上，她的头发竟一夜全白，满脸的皱纹更是无从掩饰。

就在这一刻，她的眼神中带着久违的释然，她紧紧握着姜恒的手，在那泪眼蒙眬中端详着他。姜恒知道，她在看另一个人，她在怀念自己的儿子，那个她最疼爱的汁琅。

"你爹若知道你有这个才学，"姜太后忽然破涕为笑，"一定喜欢得不得了，四处朝人夸耀自己有个好孩子……"

姜恒从未见过自己的生父，那对他来说实在是太陌生了，但听见祖母如此说，他不禁又悲从中来，但他不敢再哭，生怕让姜太后哀恸过度，只得勉力点头，一句话不敢说。

"你爷爷若还在，"姜太后又哽咽着说道，"一定也最疼你，孙儿里头，你长得最像他……我第一眼见你，便觉得你像你爷爷年轻时……他们都不曾见过，他们出生时，你爷爷已有三十岁了。可我知道，那年我初见雍太子，你与他的神态……就像一个模子里刻出来的一般。"

至此，姜恒终于懂了。

"祖母。"姜恒低声说。

"这个给你,"姜太后取出一封信,手发着抖递给姜恒,信的外面裹着油纸,乃是她从落雁前来一路随身携带的,"收好,我这就走了。"

姜太后支撑着起身,擦拭眼泪,姜恒不知所措地问道:"您去哪儿?"

姜太后甚至没有回头看汨琮一眼,说:"回落雁去,我老了,你若来日得空,便在桃花开时,回来看看我。"

"王祖母!"姜恒追上去,界圭却站在门外,示意他不必再跟了。

终于,姜太后似想回头,却按捺住,说道:"给他一个了结罢,这也是他的命。"

姜恒停步,姜太后的袍襟在风里飞扬,离开了正殿。

界圭站在门外,示意姜恒回头。

如今殿内,只剩下姜恒与汨琮了。

姜恒收起姜太后的信,转身看了一会儿汨琮。落日渐斜,夕阳照进殿中,余晖落在汨琮的脸上。汨琮安静地躺着,片刻后剧烈地咳了起来,睁开了双眼。

他的脸瘦了许多,两眼凹陷,面色带着死人般的灰败,喉头扎着的竹签,洇出一小摊血迹,早已干了。

姜恒回到榻前,安静地注视着他,日升日落,潮涨潮退,时光的大海卷向此地,将无数个充满恩怨的日子拖进大海深处。

"叔。"姜恒说。

汨琮剧烈地咳了起来,全身发抖,他望向姜恒的眼神中带着无可比拟的恨。

他终究还是输了,这一生他所看重的,尽数在这一刻崩毁,就连自己的命运,亦被操控于他人之手。他至为恐惧的,在无数个夜晚折磨着他的噩梦,在这一刻成了现实。

这些天里,他断断续续地做了许多梦,梦见耿渊,也梦见汨琅,还梦见了他们的父亲,甚至梦见了他很小时得以一见的祖父,即上上任雍王。

他梦见了雍国的桃花与巨擘山上的雪,梦见了第一次学骑马时耿渊两手搭着,让汨琮踩在自己手掌上,翻身上马去。

他梦见了小时候发起了高烧，而兄长彻夜守在他的榻畔，对照医书，焦急地为他针灸以疏通气脉。

"小时候，哥哥是很爱我的啊……"汁琮有点奇怪，他为什么会起意毒死自己的兄长？没有人知道，就连他自己也不知道。也许因为汁琅实在太耀眼了，所有人都是他的，耿渊也好，界圭也罢，管魏、陆冀、雍国的大贵族们，无一不对他赞赏有加。

他让所有人如沐春风，他们的父母亦最疼爱他。

兄长待汁琮的爱，就像一只扼住他咽喉的手，令汁琮透不过气来。从小到大，兄长的德行和才华都是他难望项背的，哪怕王家与群臣其乐融融，汁琮也永远只是他的弟弟，犹如一个陪衬。

哪怕他的儿子，亦从未成为过众人瞩目的对象……他与汁琅、耿渊……他们三人，像极了当下的汁泷、姜恒与耿曙。

而姜恒来到榻畔的那一刻，汁琮再一次想起了七岁那年，自己高烧不退，汁琅安静地坐在榻畔陪着自己。

他张了张嘴，眼前一片模糊。

姜恒端详着他，知道汁琮已受尽了这折磨，他只求速死。

姜恒辨认出汁琮无声的口型。

他在说——"哥"。

汁琮记忆里的汁琅渐渐与姜恒重叠在一处，汁琮的兄长、他的嫂子、耿渊、界圭……无数人的影子犹如走马灯般闪过。

"你我的恩怨，"姜恒低声说道，"今日两清。众生皆有一死，天子亦如是，去罢。"

接着，姜恒拈住汁琮咽喉上的竹签，将它拔了出来。

没有鲜血狂喷，没有剧烈挣扎，汁琮喉咙处凝结的血块堵住了他的气管，让他瞬间窒息。他的脸色变得铁青，两手用尽最后的力气，艰难地抬起，捂着喉咙。

紧接着，他瞪大了双眼，像极了上吊的人，他想喘息却又无法喘息。他的两腿乱蹬，脸色变白，复又变得铁青，直至一张脸变得靛青，五官扭曲，恐怖无比。

姜恒握住了他的手，在这最后一刻，兴许这样能让他好受一点。

最终，汁琮慢慢地安静下来，双手垂落。

秋风吹过安阳别宫，万千雪白帷幕飞卷。十五年前，耿渊在此处琴鸣天下，带走了梁王毕颉。

十五年后，同一个地方，雍王远道而来，终于客死他乡。

命中注定，有始有终。

晋惠天子三十六年，秋，雍王汁琮薨。

"当——当——当——"王宫之中，丧钟敲响。

太子泷与耿曙在午门前见过了前来告慰的千夫长们，正慢慢地走回宫去，同时听见了钟声，抬头。

"不知道为什么，"太子泷朝耿曙说，"他率军前往郑国时，我就隐隐约约觉得会有这一天。"

耿曙没有回答，恢复了一如既往的沉默。

太子泷悲痛难抑，汁琮之死甚至比当初听闻耿曙与姜恒的噩耗更让他心碎。缘因耿曙之事乃是一场意外，而父亲亡故则犹如宿命一般，令他无力阻止，就像他亲眼看着父亲驾驭一匹疯马驰入了深渊。

他拉不住，也喊不住，只能眼睁睁地看着这一切发生。

耿曙想安慰他几句，却不知如何开口，最后，他说了一句：

"我爹故世的时候，我也很难过，这一切都会过去的。"

太子泷抬眼看着耿曙，耿曙想了想，又说："我觉得我爹当年做得不对，就像你也觉得他做得不对，可他依旧是你爹，我明白。"

耿曙很少与太子泷说心里话，他与姜恒不一样，这一刻，也许正因姜太后所言，他竟暂时放下了对姜恒与汁泷未来也许将有一战的担忧，在他眼里，太子泷成了他真正的弟弟。

"我也明白。"太子泷说。

耿曙看着太子泷，轻轻地叹了口气。

他明白太子泷也很孤独，像姜恒一样孤独，曾经他什么都有，但如今的他，已是真正的孑然一身了，也许走上这条路，也是命中注定的。

太子泷第一次没有等他，独自沿着山路爬上山去，走上了梁王毕颉许多年前登山回寝殿的道路。

那个背影在宏大山川的映衬之下，显得与梁王一样，尤其渺小、孤独。

三 朝 臣

三日后，耿曙、汴泷扶灵，汴绫接管棺椁，将汴琮的尸身送往玉璧关外，送回落雁城雍王室宗庙内安葬。按习俗，太子泷须守孝三个月后，再接任国君之位。

一个时代落幕了，是雍国的时代，也是天下的时代。安阳成为雍的新都城，汴琮发丧的第二天，太子泷召集群臣，正式开始处理遗留政务。

东宫所有臣子到场，汴琮骤薨，这是雍国所面临的有史以来最严峻的一场考验，其程度不亚于当初汴琅之死。

但陆冀与管魏身为三朝老臣，当年应对了汴琅之死，如今亦能解决汴琮死后的诸多问题，只要不产生新的麻烦。而姜恒就是这个新的麻烦，只是当事人业已决定，至少现在他不能再为雍国增添内乱，所有人的目标都是一样的，他们必须在此刻稳住国内局势。

雍国的四大家中，曾家与周家甚至没有举家迁入关中，依旧留在塞外，东宫作为新的权力中心，有他们的长子在其中，这就足够了。

卫家则在卫卓死后，将军权交给了卫贲继承，卫家依旧统领御林军，保卫太子。汴绫、曾宇则作为军方代表列席。除此之外，便是太子之下的耿曙。

"我看见姜大人、曾大人、周大人已在近日重新整理了变法宗卷，"管魏慢条斯理地说道，"想必他们对中原局势，亦已心中有数。"

曾嵘道："正是。"

姜恒说道："比起变法，如今我们将面临的另一个问题，则是因战乱而背井离乡的流民该如何安置。"

陆冀看着姜恒，有时陆冀实在猜不透他，汴琮尚在世时，对姜恒明显非常忌惮，甚至到了不死不休的地步。宫闱中的暗算，陆冀多少得到了一点风声，但看姜恒如今的模样，却仿佛对这些事丝毫不在乎。

陆冀说："你们打算如何处置？"

太子泷已度过了最艰难的时日，此刻已稳定了心绪，认真地说道："陆相，各位大人，我们讨论出了新的对策。由东宫官员为主，左右相为辅，派出护民官，首先从安阳开始，再扩展到关中等地，包括洛阳、照水，护民官负责安顿战后百姓的民生事宜。"

"不错，本该如此。"管魏说。

陆冀似乎有话想说，但仍旧忍住了。他现在最关心的不是百姓，而是新朝廷的权力架构，这关系到接下来雍国以什么姿态在中原立足的问题。

"不能再简单地称'东宫'了，"管魏又说道，"毕竟国君已逝，安阳须得组建起新的朝廷。这个朝廷，将决定天下未来的局势。"

"关于这件事，我有话要说。"姜恒说道。

"愿闻高见。"陆冀答道。

姜恒没有过多废话，也从不解释，他相信在座的所有人早就对政务一清二楚，不需要去长篇大论地阐述政令的合理性。

"人事调动上，"姜恒说，"东宫负责处理中原的所有事务，组建新朝廷，按王陛下生前的计划，只做少许改动。北方落雁由管相监国，南方安阳则由陆相留守。"

众臣没有提出反对意见，毕竟两都制是汁琮生前就定下的，太子掌管中原，国君依旧在落雁，才能完成过渡。

"军队方面呢？"汁绫问。

"朝洛文与风戎军团迁回玉璧关，守卫大后方。"姜恒说，"在明岁开春以前，曾宇曾将军驻守照水，武英公主负责崤关。汁森王子与卫贲卫将军留守安阳，卫贲统领御林军，森殿下接管雍军主力。"

"保留十万雍军编制，"姜恒说，"其余的放回去屯田务农，为来年开春耕种做准备。"

耿曙说："我没有意见。"

汁绫说："我也没有。"

曾宇附议。

这明显违反了汁琮制订的在三年中一统神州的计划，但也没有人反对。汁琮太激进了，任何一国，都不是说灭就能灭的。这三名南征的主力武将都不想再打下去了，士兵们想回家，国力需要重新积累，若过于冒进，只会再招来一次四国抗雍。

"想法很好。"陆冀道，"但只留十万编制，敌方反扑怎么办？"

姜恒沉吟片刻，太子泷却说道："这就要看五国联会的结果了。"

周游翻出文书，说："这场联会将关乎天下兴亡，以及雍国能否在关内立足。设若处理得宜，将开启一个全新的局面。届时不仅不会引发四国的反扑，反而能增强雍国于中原的立足之本，只是东宫……朝中尚未完成提案。"

耿曙说："你们须得做足准备，若谈不下来，就只能用打来解决，再无他法。"

姜恒清楚耿曙这话也是在提醒他。耿曙虽没有参与联会的准备，却很清楚国与国之间许多时候根本无法谈妥，谈不下来，就必须来硬的。

姜恒答道："我知道，除此之外，起用梁臣、郑臣，至于照水等地，则起用郓臣。"

管魏与陆冀都没有说话，同时清楚这是姜恒十分大胆与冒险的提议，也极有姜恒的风格。他来到落雁的第一天，这名少年便声明了自己的主张——我是天下人。无论什么时候，他都在不遗余力地促进融合，淡化国与国之间的隔阂。

对塞外三族他是这个态度，如今对关内四国，他也是这个态度，他要让雍国的新地界成为五国之士施展才华的土地，让他们逐渐融合，最终无分彼此。

"须得慎重，"管魏只说了这么一句，"不可操之过急。"

姜恒点了点头，太子泷喝了点茶，说道："既然暂定如此，新的联会议程，周游在制订完全后，便可提交朝廷予以核议。"

众人纷纷点头，各自起身告辞。汋琼死后，令群臣心力交瘁的国难，终于就此告一段落。

耿曙在殿外等待姜恒，太子泷则与曾嵘一同离开，他需要重新听取首席谋臣的报告。姜恒走出殿外，秋季连日的暴雨结束，天空碧蓝如洗，难得地令他心情舒畅。

管魏拄着手杖出来，姜恒马上行礼，说道："管相。"

"今天朝会上，我突然有一个念头。"管魏说。

姜恒："什么念头？"

管魏持杖，缓缓走过姜恒身畔，慢条斯理地说："究竟是雍吞并了四国，还是四国吞并了雍？"

姜恒忽然笑了起来，说："是，我也觉得，似乎有一点荒唐，一点疯狂，一点惆怅。"

"看似雍国即将成为这场棋局的最大赢家。"管魏悠悠地说道，"但谁能说，不是关内四国，将雍从玉璧关外拖了出来，慢慢地吃掉了它呢？"

"百川入海，殊途同归。"姜恒缓缓地说道，"谁吞并了谁，又有什么关系呢？"

"是啊，"管魏说，"天道，这就是天道，你的一言一行，无不依循着上天之道。海阁的辉煌，当真深不可测。"

"您过誉了。"姜恒认真地说道，"天道有常，不为尧存，不为桀亡。之所以叫'天道'，正是人无法左右的，有没有我，甚至有没有鬼先生与海阁，这仍然是最后的结果。"

管魏点了点头。

"联议章程我就不插手了，"管魏又朝姜恒说，"你觉得合适，就放手去做罢。"

姜恒敏锐地听出了称呼的改变，从前管魏都唤他"姜大人"，如今用了"你"字，其中隐有意味深长之意。

姜恒说："我将尽力，管相。"

管魏说："我相信你最初来到落雁时并未抱有私心，哪怕有，也只因你的哥哥。"

姜恒一笑而过，管魏说："这些年里，你为雍国做了许多，今日我有一个念头，也许天下距离实现你爹尚在时的愿望只差一步之遥了。"

姜恒听到这话时，马上就知道，管魏一定已经猜出他的身份了。

但姜恒没有逼迫这名三朝老臣站队，他已经很累了，一生为雍国鞠躬尽瘁，临到告老时，若仍被卷入这场风波，对他太不公平。

"今日朝中，虽以太子殿下为尊，"管魏又说道，"来日中原大地，却依旧是你的战场。殿下如今对你言听计从，一旦宫中出现无人反对你的局面才是最危险的，须得时刻保持清醒，姜恒。"

姜恒心中一凛，知道管魏是冒着开罪于他的风险在提醒他——绝不可变成另一个汁琮。

"我会的，落雁那边就麻烦管相了。"姜恒朝管魏行礼。

"有缘再会，姜大人。"管魏微微一笑，朝姜恒回礼，缓慢走下高台，即日离开安阳。

耿曙呢？

姜恒送走管魏前耿曙还在不远处，一转身已不知道去了哪儿。

王宫一侧的山路上传来谈笑声，姜恒抬头望去，只见数人聚在山腰的小瀑布前，其中有一人似乎是耿曙。

自打从济州回来后，耿曙便不再像从前一般寸步不离地跟着姜恒了，也许因为汁琮已死，再无人有能力布下无数陷阱追杀姜恒，外加血月的杀手只剩最后一名，他已不似从前那般担心姜恒的安危。

也许，他在济水上说过那番话后，便刻意地与姜恒保持了距离。这些日子，姜恒回到安阳后忙得不可开交，耿曙便在一旁沉默地看着，白天与他各坐一案，夜里等他睡去，自己再在屏风外打个地铺入睡。

大多时候姜恒身边跟着的人换成了界圭。界圭就像一个忠实的影子，鲜少开口说话，甚至大部分时间会消失在影子里，但姜恒只要转头，界圭便会出现，并知道姜恒在找他。

"你去休息几天罢。"姜恒朝界圭说。

"我现在就在休息。"界圭说，"怎么？又嫌弃我了？"

姜恒感觉有些好笑地说道："没有。"

姜恒最近能与界圭聊几句天的时间很少，界圭每次一抓住机会，便总会想方设法地逗姜恒玩。

"最近你哥似乎有点小脾气啊！"界圭漫不经心地说道，"有苦不能言，总是憋着，对身体不好。"

姜恒淡淡地说道："有苦不能言的是我才对罢？"

界圭痞气地一笑，姜恒知道界圭一定看出来了，他虽不一定知道他俩有什么心结，但耿曙的话越来越少，界圭不可能没有察觉。

姜恒想了想，说："我给你点钱，你去喝酒，放你三天假。"

"行罢，"界圭无所谓地说道，"既然被嫌弃了，人就要识趣。"

姜恒哭笑不得地说："没有这意思！只是想让你休息会儿。"

姜恒觉得界圭全身带刺，只有见到自己时，才会将刺收起来，而有他在身边，耿曙也许就不想多说。

他打发走了界圭，朝山上走去，到得小瀑布前，却看见了熟悉的身影。

含 苞 荷

"宋大人！"姜恒喜不自禁。

宋邹正与太子泷、周游说话，耿曙则站在瀑布前，看着池塘里的荷花。

宋邹笑道："姜大人，我三日前赶来奔丧，却终归晚了一步。方才赶到，通传你们在殿内议事，便没有打扰。"

太子泷第一次见宋邹，周游却是见过他的，众人谈笑风生。宋邹身为天子辖地的封臣，身份高了一头，却十分谦和，称太子泷为"雍王"，太子泷明显也十分喜欢他。

当然，太子泷与周游更喜欢的，则是宋邹带来的钱——宋邹从嵩县带了十万石粮食、三千两黄金，以耿曙的名义赠予雍国，说是帮梁人重建家园用的，实际上这笔钱要怎么花，仍是姜恒说了算。

"在聊什么？"姜恒笑道。

"婚事，"太子泷说，"哥哥的婚事。"

姜恒："……"

耿曙转头看了姜恒一眼，说道："他们想让我依旧与姬霜成婚，你觉得呢？"

"那得看你，"太子泷笑道，"不是我们想让你成婚，是你愿不愿意。"

"对啊！"姜恒笑道，"这得看你。不过，这不是娶，而是嫁，可得注意了。"

众人都笑了起来，姜恒言下之意，竟是要将自己的哥哥嫁人了。

姜恒随即望向周游，此事是他们前些日子里讨论过的，如今的天下局势：梁已败，不足为患；郑国国君赵灵已薨，经过济州大战后，需要休养生息；郜国芈清公主摄政，继任者年幼，也将乱上一阵。

如今唯一有能力与雍对抗的敌人，便只剩下代国了。最初汁琮就定下策略，让太子泷与姬霜成婚。这么一来，姬霜是姬家唯一的后人，能控制代国，太子泷则是雍国国君，他俩的婚事将是一举结束天下纷争的难得机会。

姬霜一旦成为王后，生下的太孙，便将既有晋王室的血脉，又是雍人，可以名正言顺地成为天子。

但这个提议遭到了东宫的一致反对，原因是：你确实摊了一张好饼，但有没有考虑过能不能吃得下的问题？

姬霜可不好左右，她不是只具有王室象征意义的公主。汁琮总觉得天下女子都像风戎公主般，是可以任他摆布的，小觑姬霜，当心在寝殿里被掐死。

自古算计人者，往往被人算计。太子泷性格本来就温柔，假以时日，一个强势的王后想做什么，便由不得他说了算，娘家是代国，东宫的日子也绝对不会好过。

但今天宋邹前来，带来了新的消息——一份代国的文书。这是李霄的提议，姬霜看上的人，不是太子泷，而是耿曙。

对方的目标非常明确，耿曙与姬霜成婚，未来的孩子随王族姓，延续姬氏血脉。

两国永结秦晋之好，代国愿意息战，开放所有关隘，与雍通商、通婚，渐渐达成彼此的融合。从此代国与雍国将在五十年后成为一国。

为此，李霄甚至愿意放弃天子之争，继续当他的代王。

耿曙说："我有选择吗？你们一个两个，嘴上说着看我是否愿意，实则心里明白得很，不想再打下去，我只能成这桩婚。"

太子泷笑着解释道："我和哥哥都一样，没有区别。她愿意当王后，我也可以，只可惜她看不上我。等哥哥有孩儿了，我就把他立为太子，姓姬、姓耿、姓汁都一样，我无所谓。"

周游咳了一声，暗示这话可不能乱说——耿曙虽改姓汁，入了宗庙，却终归不是汁家所出，当年汁琮对他的承诺是等到天下一统，耿曙便可恢复原本姓氏。

太子泷笑道："怎么了？我是当真无所谓。"

宋邹看出众人的表情，欲言又止，曾嵘却说道："森殿下若有小太子，自然是极好的。只是耿家就从此……"

太子泷又说道："耿家不是还有恒儿吗？"

姜恒笑了笑，没有回答。

"所以你觉得呢？"耿曙朝姜恒一扬眉，问道。

姜恒与耿曙对视，他知道耿曙让他来决定。他想要耿曙，耿曙自然会拒婚，就像上一次前往代国一般。

他若不想要耿曙，耿曙当然也可以为他一统天下的理想放弃坚持，去娶姬霜。只要他点头，耿曙做什么都可以。

如果耿曙拒绝这桩婚事，接下来，雍国就得准备打仗了。代国不可能像梁一般软弱，连年中原大战，代国处于偏僻的西方剑门关外，依旧保存着实力。代王李宏死后，李霄整合了所有的军队，气势汹汹，足有二十万大军。

这个规模的军队，确实足够与雍国一战。

"我觉得有用吗？"姜恒明显吃醋了，却在众人面前装作若无其事，笑道，"还是那句话，要看你自己。"

耿曙又朝姜恒说："你是不是怕哥哥成婚了，就不疼你了？"

众人一下忍不住全笑了起来，他们都知道耿曙与姜恒要好，将其简单地理解为兄弟之间的吃醋。

太子泷说道："哥也该成婚了罢，方才我们劝他，他只说要问你的意思。"

姜恒安静地看着耿曙，耿曙只不说话，对周遭人视同无物，他的眼里只有姜恒。

耿曙递给姜恒一朵尚未绽放的荷花。

"你说罢。"耿曙道。

"我不知道。"姜恒笑了笑，说，"你自己决定。"

话音落，姜恒朝众人点点头，笑着走了，竟不再与耿曙多说。

是夜，姜恒正在阅读周游所拟的联会草案，耿曙今天很晚才回来，进他房内坐下。

"今夜起我搬到隔壁睡，"耿曙说，"那是我爹从前的卧室。"

"去罢。"姜恒没有提白天的事。

耿曙又说道："晚上迟归，我是与宋邹去喝了点酒。"

"不用朝我交代。"姜恒继续阅读草案。今天他总是心神不定，耿曙的事横在他心里很久很久了，他甚至说不清对耿曙是什么感觉。

他爱耿曙吗？姜恒甚至不用多问自己便清楚地知道，他比谁都爱耿曙，他们仿佛从第一次见面那天起，便注定了永远不会分离。

可他实在无法想象，自己与耿曙会走到那一步，这令他有点害怕。

"我想好了，"耿曙说，"不如这样，我与姬霜成婚。我想了想，我曾经喜欢过她，后来仔细想过，虽然不及对你的喜欢，但设若我与她成家，我想，我会好好爱她。"

姜恒停下动作，抬头看耿曙。

耿曙眼里带着酒意，看着案上的琴，又说：

"这么一来，代国也将站在你这一边。梁、郑、代这三国总有一天会拥立你为天子。你不想伤害汋泷，是不是？届时我出面，牵头率领军方上书，为你恢复身份……"

姜恒轻轻地说道："我说要当天子了吗？"

"你注定是天子。"耿曙说，"否则呢？我都想好了，时机成熟，就让汋泷退位，将王位交给你，我去做，你不用操心。"

姜恒放下案卷，说道："你醉了。"

"我没有醉。"耿曙终于转头看着姜恒，手指拨弄了几下琴弦，"现在我后悔了，不该在济水上朝你说那番话，我是好受了，害你如今进退不得。"

"你出去！"姜恒忽然怒了，他说不清是何原因，只想朝耿曙没来由地发一通脾气。

"你生气了？"耿曙又拨了几下琴弦，端详着姜恒，从他的表情里辨认着他的情绪。

"你说过的。"姜恒有时觉得自己实在太贪心了，他究竟要耿曙做什么？他要让耿曙怎么办？耿曙把一生都给他了。

他发着抖，朝耿曙说道："你说过的。"

耿曙想了想，说："是，我说过，可我现在后悔了，我觉得说再多，也不如踏踏实实地去做才能帮上你的忙，这样大家都好，恒儿。凡事有先有后，我会先为你平定天下，按你的计划来，待五国再无战事后，再恢复你的身份。"

姜恒说："你出去。"

姜恒的眼里带着隐忍的泪水，今天耿曙所言，让他觉得自己马上就要失去他了，他嘴里说着"出去"，心里想的却是"不要离开我"。他想站起来走到耿曙身前，紧紧抱住他的腰，把头埋在他的怀里，就像小时候一般。

但他清楚地知道，如果他不想要这样的关系，就不能再留着耿曙，耿曙理应有自己的家庭。

耿曙没有再说，他放下琴，沉默地收拾了他的东西，回身朝姜恒说："我在隔壁房，你叫我一声，我就过来。"

耿曙所住之处是耿渊当年的卧室，姜恒所住是毕颉的卧房，而太子泷下榻之地，则是当年毕商所住，是被火烧过又经修缮的新寝殿。

耿曙拿着琴出门时，界圭喝得醉醺醺地回来了，两人差点撞上。

"让路。"耿曙说。

界圭一身酒气，姜恒正心情烦躁，皱眉说道："你究竟喝了多少?!"

界圭说道："哟，搬出去了？"

说着他也不管耿曙，径直在耿曙搬走之处躺下，说："这地方可是归我啦！"

姜恒："……"

姜恒听到关门声，耿曙走了，只得上前察看界圭，给他煎解酒汤，让他起身服下。界圭睁着醉眼，嘿嘿笑了几声，扬眉看向隔壁屋的方向。

姜恒懒得与他多说，伺候完界圭后让他躺好，别呕吐出来，便上榻去睡了。夜里，他听见隔壁传来断断续续的琴声，翻来覆去地弹奏着《越人歌》。

秋叶环

太子泷坐在东宫中，安静地听着不远处传来的琴声。

"我觉得我这一生中，从没有什么真正属于过自己。"太子泷说。

"怎么会呢？"朝洛文答道，"您有武英公主，有汁淼殿下，有姜大人，有我们。"

太子泷苦笑，没有再解释。汁绫知道他很难过，特地派了朝洛文来陪伴他。朝洛文是太子泷的表兄，亦是始终坚定不移支持他的风戎人。汁泷知道风戎人始终不喜欢汁琮，对他这个外甥却十分疼爱，从老族长到朝洛文，无一不将他视作两族未来的希望。

"我们总是看着自己没有的，"朝洛文说，"却常常忘了自己拥有的。"

太子泷知道这是风戎人的谚语，从小他的母亲就反复提醒他，要珍惜自己已经拥有的。他的母亲嫁给汁琮后，汁琮并不如何爱她，但她依然能在落雁自娱自乐，于花园内辟一处小天地，用来养她的小狐狸，每天去和姜太后聊聊天，问个好，教儿子画画、读书认字。

她生前常朝太子泷说，娘会离开你的，爹也会离开你，但我们就像天上的星星、地上的奔马，死后化作万物，陪伴在你的身旁。

她的豁达与乐观，很像如今的姜恒。

风戎人对生死亦很看得开，塞外三族都淡泊生死，不像雍人，将死亡当作头等大事。儒家禁止讨论所有死后之事，亦不信世间有鬼神，这意味着人一死，就什么都没了。

风戎人对儒家之说颇有微词，毕竟这么解释人的一生，人便自然须得在生前多捞好处。

"不敬诸神，无所畏惧，这就是天下成为大争之世的原因。"老族长在世时甚至这么训教过汁琮。

当时的汈琮一笑置之，反而点头说："你说得对。"

毕竟人只有一条命，哪怕杀掉几千万人，最后也不过拿自己这一条命去偿还，还能把他怎么样？这么说来，反而谁的力量更强，谁就是赚的。

风戎人呢？他们信奉活着时若作恶太多，死后还要接受诸神震怒后降下的惩罚，在炼狱中没完没了地受苦。于是在三胡中，能不用杀人来解决问题，就尽量不用，除非迫不得已。

耿渊就是最好的例子，当初他杀了六个人，造成天下血流成海的局面，但天下人能怎么报复他呢？他只有这么一条命，死了就死了，临死前据说还毫无悔意。从这点来说，反而是汈琮赢了，毕竟他手上的人命数也数不清，常以"大义"之名随意左右人的生死，实则是为了满足他丧心病狂的权欲，让这些死去的人成了沾满血迹的铺路石。

现在，他终于死了。那些家破人亡的寻常人，甘心吗？不甘心，但又能把他怎么样呢？

朝洛文又说："我听见臣子们在议论。"

"我也听见了，"太子泷回过神，答道，"查一下罢。"

"你相信吗？"朝洛文问。

朝洛文是个正直、可靠的兄长，十七岁就已成婚，有一女儿。

他比耿曙还要可靠，话与耿曙一样少，只是大多数时候，朝洛文都在为雍国带兵打仗，鲜少陪伴在他的身边。太子泷很清楚，朝洛文为雍国鞍前马后的对象，自然不会是汈绫，也不会是汈琮，只是为了他。

就像耿曙付出一切是为了姜恒一般，朝洛文的付出，也正是为了太子泷这个未来的继承人。

济州之战后，军队里开始流传着一个说法：是姜恒与耿曙合谋除掉了汈琮。

"如果我相信流言，"太子泷说，"我就会当面问我哥。"

意思很清楚了，他不相信，并不希望再听到这种话。

朝洛文没有多说，点了点头，又说道："你要小心。"

"小心什么？"太子泷疲惫地一笑说道，"小心有人杀了父王，又要来杀我吗？"

朝洛文欲言又止，最后打消了劝告汈泷的念头。他知道自己这个表弟心里比谁都明白，就像汁泷的母亲一般，平时只是不想与人争论什么。

"是他自己杀了自己。"太子泷叹了口气，说，"他是人，又不是神，人总会死的。"

"也有人这么说。"朝洛文抽出剑，看了眼，又推回剑鞘里去，反正不管是谁，只要想动太子泷，他都会用手里的剑来守护他。

"去查查看罢。"太子泷听着远处传来的《越人歌》，又说道，"我猜放出流言的人，是卫贲。"

"现在不宜再处理武将了。"朝洛文提醒道。

"我明白。"太子泷点头。

父亲死后，军队非常不稳，如今全靠汁绫、耿曙与朝洛文三人勉强坐镇，这个时候处理卫家，一定会招来其余部众的不信任。

太子泷很清楚，卫卓之前死于安阳是挨了耿曙一击所致，虽说耿曙并未下狠手杀他，只劈死了他的战马，但卫卓年事已高，这么一吓，又坠下马来，翌日便撑不住，郁郁而终。

他知道卫贲痛恨耿曙，却不知道为何卫卓会与他们起冲突，只能暂时将其归结为卫家与姜恒的仇恨在解救氏人时便已铸下。

朝洛文收起剑，过来摸了摸太子泷的头，示意他早点休息。

太子泷面朝案几上堆着的文书，颇有点疲惫，他要做的事还有很多。

半夜，界圭酒醒了，晃悠悠地走出寝殿，轻轻掩上门，没有吵醒姜恒，他在门口坐了一晚上。

直到清晨，耿曙开门出来，也在姜恒门外等着，两人就像两个侍卫。

界圭打量着耿曙，耿曙亦一夜未睡，抬头看天，不为所动。

"你不要了是罢？"界圭说，"不要就归我了。"

耿曙没有回答。界圭说："这是汁家欠我的，我等很久了，按先来后到，我也是先来的那个。"

耿曙依旧没有回答。界圭想了想，摸了摸头，又说："我总觉得他喜欢我多一点，你说呢？"

耿曙起身，正准备离开。

房内姜恒推门，不悦地说道："人呢？你过来。"

耿曙依旧很有耐心，问："你叫谁？"

"叫你。"姜恒说，"帮我把这个收着，别看。"

姜恒递给耿曙一封信，耿曙看了眼，上面没有落款，所用却是桃花殿中的信封，料想是太后给姜恒的，便收进怀中。

"这个给周游。"姜恒递给界圭一份文书，"我这两天想休息会儿，不议政了，自己在安阳走走，不用跟着我。"

"那可不行，"界圭脸上现出笑意，朝姜恒说道，"我远远地跟着你，不讨嫌就是。"

姜恒没有坚持，看了眼界圭，径自转身走了。

这天姜恒做了宗卷批注，并让界圭交由太子泷与谋臣们去讨论决定，自己打算松口气歇一会儿。他没有等界圭回来，便徒步走出安阳宫。秋天来了，安阳的枫叶很美，从山上到山脚下，一层叠着一层。

不久前，他还与耿曙在此地遭受杀身之祸，险些死在汴琮设计的圈套中。梁国百姓已听到风声：汴琮死了，战乱快结束了。于是他们陆陆续续迁回国都，集市也随之恢复了。

姜恒走出王宫，回头见耿曙与他保持近二十步距离，在不远处跟着他。

姜恒回头看了眼，耿曙在漫天枫叶中停下了脚步。姜恒看了他一会儿，转身再走，耿曙便又起步跟着。

界圭去见过太子泷后也跟来了，落在姜恒身后，与耿曙亦步亦趋，没有靠近姜恒。

"你觉得他这辈子，最想要的是什么？"界圭忽然朝耿曙问。

"我不知道。"耿曙这次开口了。

界圭说道："我说汴琅。"

"那我就更不知道了。"耿曙冷淡地说，"他的志向罢。"

界圭一笑，见姜恒站在集市前，便加快脚步跟上去，姜恒没有赶走界圭，只在集市上闲逛着。摊前有百姓在卖银杏叶与枫叶扎起来的环束，犹如金红色的花朵，梁人把它买回去祭奠在战争中死去的亲人。

姜恒想买一束，摸了摸身上，发现没带钱。

"我有，"这时候，界圭说，"买多少？"

"一束就行。"姜恒又回头看了眼远处的耿曙，耿曙正安静地站着。

"秋天天气很好，"界圭说，"咱们买些点心去山上吃罢。"

宫内，太子泷今日先是巡视了朝廷，勉励群臣一番，又阅读了军报。大臣们见他已从悲伤中走出来了，那悲伤真情实感，丝毫不计先前父子嫌隙，更令人敬佩。

这也是意料之中的，毕竟汁琮只有这么一个亲生儿子，想废储亦不可行。太子泷被禁足时，曾嵘等人还在庆幸，幸亏汁琮生得少，否则现在就有夺储之争了。

王子自相残杀，在任何一个国家、任何一个时代，都是大忌，只因夺储上位后朝廷必会大换血，将白白死去许多朝廷曾倾尽资源培养的治国之材。

太子泷这些年已逐渐成长起来，汁琮征战时，国内政务由他与一众幕僚处理，朝政过渡得非常平稳。他始终记得姜恒说的话，治大国如烹小鲜，一条鱼拿到手后，先做什么，后做什么，按部就班，有条不紊。

军务虽烦琐，但有耿曙在，亦不至于令众人手忙脚乱。

朝廷只用了六七天便恢复了生机，哪怕管魏退去，陆冀放权，亦没有多大影响。

太子泷回到书房内，朝洛文的回报来了，人却没有亲自来，前来见他的是另一个人——卫贲。一如他所料，流言是从卫贲那里传出来的。

卫贲行过礼后没有说话。

"你欠我一个解释。"太子泷说。

卫贲带着屈辱的神情。

太子泷看着他，卫贲已经四十余岁了，比朝洛文年纪大，武艺却有所不如，更别说与耿曙比了。卫家这些年里正在走向大贵族注定的命运——一年比一年衰落，后继无人。卫家没有像曾家一般有才华耀眼的文官，亦不如耿氏有不世出的年轻才俊。

卫贲的祖父尚在世时，卫家如日中天，掌控了近半个雍国。汁琅继位后，限制了四大贵族的权势，卫家意识到了危险，选择低调。结果低调过了头，导致人才凋零，被曾家抢占了先机。

饶是如此，卫卓作为汁琮当年的伴读，仍有不可或缺的一席之地。

只要汁琮在位，哪怕成为太上皇，卫家都不会面临危险。在四大贵族中有三家选择东宫时，卫卓贯彻了他的路线，坚定不移地留在汁琮身边。

若进展顺利，待得汁琮一统天下后，卫家将成为开国功臣。只是没料到，一切都在一夜间被打碎了。汁琮骤薨让卫家措手不及，家主卫卓更是死在了安阳。

幸而汁琮念及卫卓的忠诚，还是为他的子孙铺了后路，在落雁一战后，汁琮通过防事调动，让卫贲担任御林军统领，官号为虎威将军。

御林军是汁琮绝对信任的人，他无数次朝着太子泷暗示，卫家对王室拥有绝对的忠诚，必须善待卫卓的子孙。

于是太子泷没有把话说得太重，他仍然视卫贲为自己人，就像朝洛文、耿曙与姜恒一般。

"有些事，"卫贲说，"殿下还是不知道的好。"

太子泷皱眉，原本在他的计划里，卫贲无论说什么，他都只会责备几句，让他别再说了，此事就此揭过。

但卫贲的回答反而令他起了疑心。

"什么意思？"太子泷说道，"这么说来，孤今天反倒要问个清楚，还冤枉你了不成？"

卫贲注视着太子泷，太子泷冷淡地说："那天到底发生了什么？"

卫贲最后答道："臣也不清楚，那道追杀令是先王所下。"

卫贲知道许多事，事实上卫卓早就暗示过他，甚至连当年的内情，卫贲也早已知道。但他不敢说，或者不敢在这个时候说，因为他摸不清太子泷的脾气，更不确定汁泷会不会是下一个汁琮。

如果是汁琮，得知真相后，一定会下令让他先设计杀掉耿曙与姜恒，再顺便将他灭口。

他需要试探太子泷的态度，但对方的表现令他有点疑惑。

太子泷似乎并不赞同汁琮的行为，朝野中亦有父子离心的风言风语，这么看来，卫贲说话需要更小心。

"所以你就朝他们下手了？"太子泷不客气地说。

这句话，简直令卫贲无法回答，汁琮的命令，他还能违抗？！谁敢违抗？汁泷敢违抗，因为汁泷是他的儿子！

"身为臣子，"太子泷说，"什么才是对主君的忠诚？就是在他做错事时予以劝阻！人非完人，他让你杀你就杀？有没有问过为什么？"

卫贲听到这话时，更庆幸方才没有把话脱口而出。父亲生前之言半点不错，太子泷已经被荼毒了，他现在完全地倒向了姜恒，哪怕对方与他国合谋害死了他的父亲！

"是，陛下。"卫贲没有争辩，低头应道。

"罢了。"太子泷不喜欢责备人，更不希望看见臣子太难过，最后低声说道，"传令军中，不要再说这等话。"

"是。"卫贲淡淡地说道。

迎贵客

安阳城中，山腰坡道上满是秋天干爽的气息，山上有几处废弃的石雕，背后则是梁国的宗庙。宗庙前种着一棵大树，界圭在树下坐了下来，为姜恒剥开炒银杏，递到他手里。

姜恒看见一个人影上了树，知道那是耿曙，此刻耿曙正在树上瞭望，以防最后那名刺客再来刺杀。

耿曙瞭望四周，确认无事，便坐在树上。

界圭在树下坐着说："刚刚我去太子那儿，你猜我听到了什么？"

姜恒说："今天可以不谈国事吗？"

界圭笑道："可以。"

但界圭已经说了，姜恒便忍不住问："听到什么？"

界圭说："姬霜已经启程往安阳来了，反正嫁谁都是嫁，不如先过来看看情况。"

"那有人可得去接了，"姜恒说，"还在这儿闲逛？"

耿曙没有回答，坐在那大树的枝杈上，垂着一只脚，手里剥着买来的炒银杏，剥开一个便朝嘴里扔。

两兄弟之间的沉默，界圭看在眼里，早已心下了然。

“我有什么能帮你的？”界圭朝姜恒问道。

“没有。”姜恒说，“这样就行了。”

界圭想了想，说：“你说，我若提出娶姬霜，她愿意嫁给我不？”

姜恒哭笑不得，反问道：“你自己说呢？”

界圭坐在树下，稍稍凑近姜恒，将自己伤痕累累的脸靠到他面前，带着笑意说：“恒儿。”

姜恒不理会他。

耿曙动作一停，没有说话。

“你许我这么喊你的，在没人的时候，”界圭说，“树上那个算不得人。”

“嗯。”姜恒应了。

“你觉得我老吗？”界圭说。

姜恒打量着他。

“不老。”姜恒答道。

“你觉得我丑吗？恒儿，说实话。”界圭朝姜恒说。

“不丑。”姜恒认真地看着界圭，笑道，“天下不知道有多少人喜欢你呢。”

耿曙始终沉默地在树上听着两人的对话。

界圭得意地笑了起来，丑陋的脸上竟带着一点红晕，仿佛受到了心上人的夸奖。

“你记得那天夜里，我朝你说过的话吗？”界圭问。

“什么话？”姜恒早就忘光了，毕竟界圭在他面前说过那么多废话。

界圭转头，朝向姜恒，认真地说：“跟我走罢。恒儿，我发誓我这一生会好好待你。”

姜恒：“……”

界圭敛去笑容，说道：“你不嫌我丑，这世上，从此就只有你我二人相依为命。”

耿曙望向远方的晴空，眼眶发红。

“别胡闹，”姜恒尴尬地说道，“你非要这么捉弄我吗？”

界圭认真地说道：“恒儿，我从未想过捉弄你，你还记得咱们第一次见面的时候不？”

"你根本没认出来我是谁！"姜恒说。

界圭说："我是说，在洛阳那天。"

姜恒说："我也是说在洛阳那天。"

界圭笑道："以我的身手，想杀你，你又怎么躲得掉？我真想要金玺，又怎么会朝你啰唆那些话？我第一眼看见你的时候，就知道我这下半辈子，注定会追随你了。"

姜恒答道："滚。"

界圭伸手想搭姜恒的肩膀，姜恒却避开了他，想了想说："你想追随的人是我爹，他走了就是走了，别把我当成他。"

说着，姜恒又觉得这话说得有点重了，又说道："界圭，我很喜欢你，但不是这样的。我希望你能……你能……"

他本想说"我希望你能走出来"，但念及界圭也许是沉浸在往事中，记一个人一辈子，才是对他的尊重，便没有再说下去。

界圭说："你爹啊，他与你娘成亲前，我俩可是做过不少荒唐事的。"

姜恒随口说道："确实是你会做的事。"

界圭又说道："我还记得头一次跟他胡闹那会儿，是在我十八岁那年，我实在不想等了。恒儿，我告诉你，你只要跟我走，我保管你这辈子日子过得有滋有味。"

姜恒："……"

他想制止界圭发疯，他总是突如其来地发疯，就像个疯子，自言自语，沉浸在他的往事里，不知几分是真，几分是假。世人都道他痴狂，姜恒已习惯了他的痴狂。

耿曙只是安静地听着。

"但我不会跟你的，"姜恒说，"因为你真正思念的人，不是我。"

界圭笑了起来，说："都一样，不是吗？"

"不一样，我爹是个什么样的人？"姜恒忽然问，"他当年待你一定很好罢，但我知道，他一定也有他的理想。"

"他是个很漂亮的人。"界圭出神地说，"生辰那天，我原本是独自过的，他来陪我喝酒，是春天啊，是个桃花开得很好的春天。他说'我陪你过'，便在旁边弹琴给我听。他的琴学得不行，没你的好，耿渊总不大耐烦教他。"

姜恒抬头看了高处一眼，耿曙没有打断他们，只是出神地望着远方。

界圭又说："他弹曲子时，我就笑着看他，那会儿，我长得也好看，脸上是完好的，胸膛只有这道疤。风戎族有人暗杀他，这疤是我替他挡剑时落下的。"

说着，他解开衣襟给姜恒看，姜恒看见他赤裸的胸膛前，肋骨下有一道旧伤，离心脏只有半寸。

"后来呢？"姜恒说。

界圭敞着衣襟，说道："后来我俩就醉了，我按着他的手与他一起奏琴。"

界圭说："我知道他的感情，恒儿，他就像你一般。"

"不一样。"姜恒重申道。

"在我看来都一样。"界圭扬眉说道，"后来我们就做了不少荒唐事，虽荒唐却不糊涂。借着酒劲，我知道他什么都敢，我终于知道他心里在想什么了。"

姜恒："……"

姜恒终于听不下去了，哪怕界圭是自言自语，他也觉得自己要打断他。

"可是第二天醒来啊，"界圭喃喃道，"他就全忘了，我也忘了，从此我们再也不提。半年后，姜晴与姜昭来了，他就成婚了。成婚那天，我们也喝了不少酒，我把他送进寝殿里头，我看得出他是真心喜欢你娘，于是在门外为他俩守了一夜。"

姜恒抬起手，放在界圭头上，摸了摸他。

界圭转头，看着姜恒，低声说道："恒儿，我会像待他一般待你，跟我走罢，恒儿。"

姜恒没有回答，正要起身时，界圭却握住了他的手。

"界圭！"姜恒马上叫道。

"住手，界圭。"耿曙在树上冷冷地说道，"否则我杀了你，说到做到。"

界圭停下动作，注视着姜恒的双眼，这时，他神秘兮兮地一笑，并朝姜恒眨了眨眼。

"没有，没有，与你爹那些事，都是我编的。"界圭又认真地说道，"是我的癔症发作了，这些年里，我总时好时坏……"

界圭出神地自言自语道："都是我在骗自己，我们什么也没做。"

姜恒复又疑惑起来。

耿曙又说道："他若心甘情愿，我不阻拦。但你若敢用强，我就杀了你。"

姜恒正要说点什么，耿曙却飞身下了大树，身影一掠，消失在山下。安阳别宫高处传来三声钟响，有国宾到访。

姬霜抵达安阳，霎时引起了全城的轰动。她是天子的堂妹，意味着天下王权的正统所在，哪怕是个公主，亦怠慢不得。

姜恒却很清楚她的用意，起初代雍联姻势在必行，她未来的夫君是耿曙，其后代国单方面撕毁协议，只因那时的代尚有余力与雍国竞争中原。现如今雍国已占据了绝对优势，汁琮已死，代国的机会终于来了。

姬霜身着代国的锦绣华服不请自来，随从两千余人，由代国三王子李傩亲自护送，仿佛注定了这是她的国土。一时车马喧嚣，随行侍女如云，华盖相接，金车玉辇，当真气派至极。

反观雍国，上到太子，下到公卿，俱身着黑服，又因为汁琮戴孝在身，一个个就像北方来的乡巴佬客居他乡毫不起眼。唯独耿曙器宇轩昂，虽身着一色玄服，却依旧不掩其英俊挺拔的身姿，为雍人稍稍争回了几分颜面。

姜恒忽然感觉到，太子泷的脸色似乎有点不对。

"哥？"姜恒低声叫道。

"昨夜睡得不大好。"太子泷朝姜恒说，看着姜恒时，他想起今日与卫赍的谈话，目光又有点复杂。姜恒是唯一一个在汁琮最强大时，敢于来到他面前，将自己的生死置之度外，当面骂他的人。

姜恒带给他无尽的勇气，虽然姜恒总是笑吟吟的，天底下却没有他害怕的东西。

"一别多日，"姬霜下了马车，柔声说道，"今夕何夕，与王子再会，可还好？"

"托福，"耿曙回道，"一向无恙。"

姬霜与当初红装巾帼早已判若两人，仿佛完全忘了两年前，她还在派兵追杀姜恒与耿曙，还因得不到两人便打算斩草除根的往事。

自然耿曙亦对此缄默无言。

"霜公主。"太子泷站在台阶上，朝姬霜点头致意。

"泷太子。"姬霜客客气气地一笑，又问："姜恒呢？"

姜恒站在队伍的最后面，笑道："公主来得太快了，我们还没准备好，仓促之间，多有失礼之处。"

"不碍事。"姬霜淡淡地说道，"咱们两国早就议定是兄弟之盟，我也该来了，剩下的事，你们再慢慢地商量不迟。"言下之意：我是来娶你们的，你们里头，谁要嫁我我不管，总之必须有人嫁我，我大可先住下，等你们决定。

"王兄？"太子泷朝耿曙说道。

耿曙看了眼姜恒，原本还在犹豫，姜恒却挪开目光，耿曙便说道："我且先带公主下去休息。"

说着耿曙做了个"请"的动作，姬霜便欣然地跟着耿曙走了。

姜恒打量着李傀，代王身边最得宠的有三子一女：女儿正是姬霜；大儿子李谥即太子谥，当初被代王自己扼死在了汀丘离宫中；二子李霄接任国君之位；三子李傀乃是武人，性格耿直，颇有将领气质。

随后，李傀也注意到了姜恒，朝他望来。与此同时，姜恒背后有一只手在他肩上轻轻一拍。

姜恒回过头，倏然看见了郎煌，眼中满是欣喜之色。

"你来了！"姜恒说道。

郎煌说："我们也是刚到，见姬霜进城，便没有声张。汴琼死了，想着你也许需要我们，便过来陪你。"

姜恒瞬间就明白了，耿曙已告诉了他经过，如今世上，知道他真正身份的活人只剩下四个——姜太后、耿曙、郎煌与界圭。

郎煌恐怕他在汴琼死后公布自己的身份，以重夺太子之位，于是前来为他做证。

但姜恒现在没有这个念头，忙朝郎煌做了个"嘘"的手势，示意他不要声张。郎煌同情而理解地点了点头。

"他们也来了，"郎煌说，"就住在宫内，晚上让你哥过来喝酒？"

姜恒正要回答时，周游却来了，朝他们打了个招呼。

"淼殿下让您过去，陪陪霜公主，"周游挤过来，朝姜恒低声耳语道，"你们仨从前就认识。"

姜恒说："何止认识？小命还险些丢在她手上。"

即便如此，姜恒仍朝郎煌告罪，挤出人群朝宫内走去。

安 阳 雨

"我让人将烈光剑送到嵩县给你。"姬霜与耿曙随行，缓慢地走过通往王宫的山路。

"我收到了，"耿曙说，"烈光剑正在宫内。"

"烈光、天月与黑剑，三剑总算归一，"姬霜淡淡地说道，"我以为这辈子再也见不到这场面。"

耿曙答道："不错，除此之外，金玺也在安阳。一金玺、二玉玦、三剑俱齐了。"

"听说你们打算迁都洛阳？"姬霜又问。

耿曙依旧是那不为所动的表情，沉声说道："要看恒儿，迁都之事由他负责。"

"王子淼，婚约还作数吗？"姬霜认真地问道。

耿曙抬眼望向姬霜，上下打量着她，若有所思。

这时，姜恒快步追了上来，跟在姬霜与耿曙身后。

两人听到脚步声，便中断了谈话，一起转身。

"你来了。"姬霜展颜笑道。

"嫂子好啊！"姜恒笑道。

"还不是嫂子呢。"姬霜说道。

"我有两个哥哥，"姜恒也欣然地说道，"无论是哪一个，你总归是我嫂子。"

姬霜注意到姜恒手里的环束，问："给我的吗？"

"不，"姜恒说，"这是用来祭奠我哥去世的家人的。"

姬霜眼里闪过一丝复杂的神色，说道："如今雍国想来已快是你说了算了。你说打仗就打仗，说休战就休战，实在出乎我的意料。"

姜恒展袖笑道："差得远了罢？嫂子莫要太抬举我，我这人最怕被抬举，待会儿连自己姓什么都不知道了。"

姬霜扬眉，姜恒又做了个"请"的手势，与耿曙一起，将姬霜送到宫内，在原梁王后寝殿中安排她住下。姜恒又吩咐雍宫中人，不得怠慢了公主，这才退出殿去，耿曙却已不知去了何处。

姜恒低声叹了口气。这桩亲事虽是汴琤生前所定，但以如今天下大局，此事已是势在必行，雍国想与代国不费一兵一卒解决战事，联姻是唯一的办法。他也很清楚姬霜的打算，雍国既然想和谈，这是唯一的选择。

雍必须让出一部分权力予她，她是王后也好，是王子妃也罢，明摆着她就是来坐享其成的，是来分走雍人打下的这半壁江山的。凭什么？凭她是正统，凭她的名分。

"恒儿。"

姜恒刚出花园，耿曙正在园外等着。

姜恒抬头看耿曙，耿曙说："我若与她成婚，你会难过吗？"

姜恒看着耿曙的双眼，读到了那熟悉的神色，这一刻他却觉得耿曙有种说不出的陌生感。

"我会替你高兴。"姜恒轻轻地说。

那不是他的心里话，他真正想说的是："你终于也要离开我了，因为你得不到我，所以你将离开我。"但姜恒比谁都清楚，他没有立场要求耿曙做什么，从小到大，耿曙把能给的都给了自己，而自己从未回报过他多少。

"是这样。"耿曙简单地点了点头，朝姜恒走来，伸出一只手按在宫墙上，似想阻住姜恒的去路，姜恒却避开了他。

"你如果用强，"界圭又出现了，说，"我也是会杀人的，虽然我不一定是你的对手，但一个想杀人，另一个却想拼命，你猜猜结果会如何？"

耿曙收回手，姜恒走了。

是夜，安阳卷起秋风，复又下起了雨。

太子泷很有耐心，他没有催促耿曙下决定。曾嵘等人已暗示过他，姬霜没有看上他反而是好事。姜恒虽是戏言，却说得半点不错。

不是姬霜嫁过来，而是从他们这些王子中选一个，嫁给她。

她当上王后将不是汁泷能驾驭的；成为王子妃，雍国则尚有胜算。

何况太子泷对男女之道，迄今仍未有想法，他相信耿曙会帮他，他也不讨厌这个突如其来的嫂子。

"谁在那儿？"太子泷发现高阁里亮着灯。

侍从回道："回殿下，是姜太史，界圭大人陪着他呢。"

太子泷尚在守孝之期，夜间十分寂寞，独自一人时总忍不住多生伤怀之感，闻言便说道："请他过来，我想与他说说话。"

侍从去请了。这夜，姜恒仍在挑灯夜读，批注周游的五国之议。

太子泷觉得有必要开导一下姜恒，他虽读不出今日耿曙与姜恒之间的弦外之音，却也敏锐地感觉到他俩也许生了某些芥蒂。

姜恒抱着他的书卷来了，笑道："怎么今夜突然想起我来了？"

姜恒总是笑吟吟的，太子泷每次看见他都觉得心情好了起来，有再多的烦恼都不是烦恼了。

太子泷说："早就想找你了，你我实在太忙，乃至这次你回来还未有机会和你好好说说话，在不知道的人眼中，还以为你在躲我呢。"

姜恒放下案卷，太子泷说："你送上来的议案，我都认真看了。"

姜恒答道："我知道，上头留下了你的亲笔批注。"

太子泷为姜恒斟了茶，又让厨房准备参汤，界圭则在外头为他们关上了门。

"哥哥呢？"太子泷说。

"陪嫂子罢，"姜恒笑道，"准嫂子。"

"他决定了？"太子泷又问。

"他有选择的余地吗？"姜恒笑道，"咱俩一起逼他，他不娶也得娶。"

夜雨灯辉，耿曙走进姬霜的寝殿，姬霜以一天的时间，重新布置了她的寝殿，这间卧房即将成为他们的婚房。

"我不该在这种时候来，"耿曙说道，"于礼不合。"

"坐罢。"姬霜听出了耿曙的暗示，婚事势在必行，随口说道，"我就是天家，就是天下的'礼'。你们杀了这么多人，杀得血流成河，什么时候又讲过天子王道？大争之世，早已礼崩乐坏，这个时候，你还拘起礼节来了？"

耿曙本想告诉她不是这样的，哪怕过去的数年里雍国发起了数场大战，却终究遵循着既定的轨迹。曾经汁琮陷入疯狂，令国家脱轨而去，但他们还是用尽全力把这辆战车扳回来了。

但他什么也没有说，只是看着姬霜的双眼，走到一旁坐下。

"说罢，"耿曙道，"想说什么？"

姬霜沉吟不语，思考片刻，说道："姜恒的打算，我很清楚。"

"连我都不知道，"耿曙说，"你倒是比我清楚。"

侍女奉上茶，耿曙却没有喝，经历赵灵之事后，他比从前更谨慎了。

姬霜说："他无非想让五国消弭边界，族与族之间以互融之举代替一战定天下。"

"也许罢，"耿曙答道，"这要问他去，我不管，我只会打仗，也只能打仗。"

"想让代国支持你们，"姬霜说，"咱们的婚事便至关重要。"

耿曙没有回答，他注视着屏风，姬霜的侧脸映在屏风上。

"不过今天我叫你来，不是与你说这个的。"姬霜又淡淡地说道，"我只是想告诉你一件事，一件你在两年前便有所疑惑之事。"

耿曙手里拿着玉玦，五指微动，就像拨弦一般，玉玦从他的拇指转到中指，再从中指转到无名指，再转到尾指，最后伴随着耀眼的反光，回到拇指。

他的手指修长漂亮，手掌很大，指节也很有力，握剑的手做出翻转玉玦的动作，看得人赏心悦目。

"两年前，你是不是很疑惑，"姬霜说，"究竟是谁，将你们兄弟俩的身世告诉我的？"

耿曙说道："这些年来我早已有了答案，不过你愿意亲口说，我仍然愿意听听。"

"你是不是以为是赵灵？"姬霜嘴角浮现出讽刺的笑容，说道，"不，是汁琮。"

耿曙动作一顿，当初他就往这个方向猜过，只是无从确认。

太子泷的寝殿中，姜恒折上书卷。

"你们因为这桩婚事吵架了？"太子泷忽然问道。

他也不知道为何，与姜恒独处时总是觉得很轻松，姜恒比家人更像家人。比起耿曙，太子泷感觉姜恒更像他的兄弟，虽然两人是表亲，却总是很默契。

"你看出来了。"姜恒笑了笑。

"跟在父王身边，"太子泷说，"总习惯看他的眼色，哥哥有时就像父王一般，这还是能察觉到的。"

姜恒说："有一点，却不全因此事。"

太子泷说："那么他想娶一个什么样的女孩儿呢？"

这个问题姜恒实在无法回答，尤其在太子泷面前。

过了一会儿，太子泷没有得到回答，却想起了另一件事："我们如果与代国开战，能有多大胜算？"

姜恒说："如果代国不承认联议的话，只有战争一途。届时将有成千上万的百姓因此而死。"

太子泷叹了口气，苦笑道："有时候我总在想，如果我生在一个寻常百姓家，父亲不需要四处征战，是不是我这一生能过得快活点。"

"我也以为我生在寻常百姓家。"姜恒笑了笑，又说道，"可是你看，结果呢？没有侥幸，战乱之中，该失去的一样会失去，只会比现在更糟。"

"你是为了哥来的。"太子泷说，"我知道你从一开始就不太喜欢雍国，不喜欢父王，父王也不喜欢你。"

姜恒清楚太子泷一定看得出来，哪怕他看不出自己每次顶撞汁琮的怒火，也能从汁琮待他的态度中察知一二，最后汁琮甚至丧心病狂地将他划入"叛臣"行列，太子泷明白父亲与姜恒早已势如水火。

"可我很喜欢你，"太子泷说，"你没有私心。"

"有的，"姜恒笑道，"是人都有私心，我当然也有，我唯一的私心，就是咱们的哥哥。否则当年又怎么会因为他来到雍国？"

"是啊！"太子泷叹了口气，点了点头，忽然又轻轻地问："为什么？恒儿，能不能告诉我为什么？"

姜恒倏然静了。

太子泷说道："那些日子里，哥与父王之间，究竟发生了什么事？"

与此同时，姬霜的寝殿内。

"为什么？"姬霜同样带着疑惑，"我想不通汁琮要杀你俩的缘由，虽然姜恒于落雁推行变法，确实触及了那自高自大的暴君的逆鳞……但此事之前，他们只见过一面，以汁琮的气量，不会杀他才对。"

"因为他想确保，"耿曙说，"我唯一效忠的人是汁泷，他想让我成为一名合格的耿家后人，当汁家的守护者。恒儿是唯一的变数，他还活着，我就绝不会全无保留地听汁泷的话，这很难懂？"

姬霜带着笑意，审视着耿曙。

"我记得姜恒说过，"姬霜说，"他并不太喜欢雍国。"

"是的。"耿曙说，"当初，他若不是为了我，不会投身雍……"

刹那间，耿曙停下，想起了什么。

姬霜仍安静地、漫不经心地等着，殿内落针可闻，耿曙静了很久很久，久得她以为耿曙突然死了。

"汁森殿下？"姬霜示意他继续说。

耿曙依旧十分安静，这些年里，他甚至早已忘了，姜恒为什么会投身雍国；为什么会有消弭这大争之世的抱负；为什么他哪怕被汁琮设下天罗地网追杀，亦从未朝耿曙表达过愤恨，哪怕在知道自己的身世之时，亦释然一笑。

"他是为了我而来的，全是因为我。"耿曙喃喃道。

姬霜懒洋洋地说道："嗯，上回见面时，他也是这么说，他说'因为我哥'。"

耿曙仿佛置身梦中，喃喃道："他有他的志向……他曾以为我死了，其后便寄情于神州一统，让天下百姓不再像我与他一般，家破人亡。如今，他仍在朝自己的志向努力。"

姬霜点头，说："那么，我明白了，王子燊。"

"你想确认我，为什么会点头吗？"耿曙回过神，朝姬霜问道。

姬霜的眼神十分复杂，她想说的耿曙早已知道，今夜她叫耿曙来，只想确认一件事——耿曙有没有爱过自己？他是因为爱才娶自己，还是为了他与姜恒的约定？

现在，姬霜得到了答案。说来可笑，天下大义、王道兴衰……归根到底，落在他们身上，只不过四个字：儿女情长。

"我今天有一桩交易想与你做。"姬霜认真地朝耿曙说道，"汁家也该功成身退了，不过是个封王，又有何资格当天子呢？"

耿曙却突然打断了姬霜的话："我原本也有一桩交易想与你做。但现在不了。"

耿曙看着姬霜，姬霜忽然觉得耿曙的眼神令她有点畏惧。她只身来到安阳，只要耿曙配合，她便可快刀斩乱麻地解决一切。

她将生下新的天子，这孩子将会成为天下的主人，只要耿曙与姜恒配合，兄弟二人一文一武，除掉汁泷只是时间问题。

"现在不了？"姬霜诧异地说道，"汁燊！你在说什么?!"

耿曙起身，不发一语，转身离开。

他走过暗夜里的宫殿长廊，忽见郎煌、山泽二人正在雨下亭内对坐，郎煌试了试手中的骨笛，低声说着什么。

耿曙停下脚步，两人交谈一停，发现了他。

"新郎官？"山泽说，"喝酒不？"

耿曙沉默片刻，问："水峻呢？"

"房里头等着呢。"郎煌笑道，"我俩说几句话，他便得滚回去陪相好的了。"

耿曙本想改天再说，转念一想，到亭内坐下，说道："喝一杯，只喝一杯。"

山泽与郎煌观察耿曙的神色，他们同生共死过，在落雁一战里他们成了战友，虽平日里不如何亲近，却因并肩作战，多少有点默契。

"怎么？"郎煌的笑容里总有股邪气，说道，"要成婚了，有什么放不下的？"

山泽示意郎煌不要问不该问的，毕竟耿曙现在可是传说中的天下第一，万一发疯拔剑砍了他俩，尸横就地也没地方说理去。

方 寸 间

太子寝殿中，姜恒忽然感觉到一点仿佛源于某种血缘的默契。

汁泷和姜恒是堂兄弟，手足之血正在他们的身上流淌，他们的父亲来自同一个人——他们的祖父。

"我与他，是兄弟啊……"姜恒一生里，没有比此刻更强烈地感觉到，他们是亲人、是家人的这个事实，他甚至通过直觉感受到了太子泷此刻的心情。

太子泷在心里说："告诉我真相，只要你待我真诚，无论真相底下是什么，我都不会怪你。"

于是姜恒决定不去欺骗他。

姜恒朝太子泷说："汁琮想要的人间与我想要的人间，是两个人间，所以他向来不喜欢我。"

太子泷说："可归根到底，若没有他，我们也走不到这一步。"

"不错。"姜恒点头说道，"所以我从不诋毁他，哪怕他不喜欢我到了要把我……把我……"

"不必说了。"太子泷说，"那是他的决定，我是我，他是他，我很喜欢你，这就够了。"

姜恒点了点头，微笑着说道："他这一生功过参半，有时候，政见与主张的背离，比起刀光剑影的交锋、血流成河的沙场，可是严酷多了。"

太子泷低声说道："我早已见过他们的血，幸而你没有成为其中一个。"

牛珉死时，太子泷便日夜不安，他绝对无法接受，父亲会车裂东宫的人！他恐惧着姜恒将成为另一个牛珉，他很清楚父亲对姜恒的不满，比任何人都清楚。

幸亏最后姜恒逃掉了，不管用什么办法。

姜恒注视着太子泷，片刻后说："都过去了，我不恨他。"

"我知道，"太子泷说，"否则你不会再回来。你本可与哥，你们俩从此远走高飞，世上再没有人找得到你俩。这也是我想说的，恒儿，对不起，可我没有办法。我知道……"

末了，太子泷又轻轻地说："你们是为了我……回来的，是不是？"

姜恒迎上他充满期待的眼神，心里带着不忍。

"是。"姜恒最后说。

太子泷眼里充满歉疚，如果说第一次姜恒前来雍国为的是耿曙，那么他的第二次回归，纯粹是因为责任使然，他完全可以什么都不管，借耿曙假死的机会一走了之。

但他还是坚持回到安阳，结果却让耿曙不得不去联姻，以换取接下来代国与雍国的和平。

"你会当个合格的天子。"姜恒朝太子泷说。

"只要你和哥哥在，"太子泷点头说道，"我就会努力。"

姜恒收拾了宗卷，夜已深了，他朝太子泷辞别，外头界圭正等着。

回到寝殿内，界圭为他铺好床榻。

"考虑清楚了吗？"界圭说。

"考虑什么？"姜恒哭笑不得地说道，"别再逗我玩了，简直让我心力交瘁。"

界圭坐在榻畔，与姜恒并肩而坐，丝毫不客气。

"五国联会之后，"界圭明显听出了姜恒与太子泷那场对话的弦外之音，说，"我们就走罢，去一个没有别人的地方，不必再与任何人打交道。"

"去死吗？"姜恒毫不留情地讽刺道，"只有死了才不用与人打交道。"

界圭带着笑意看着姜恒，起身为他整理外袍，拿来水盆，躬身到他身前，双膝跪下，为他洗脚。

姜恒："我自己来。"

"别动。"界圭低声说道，继而抬头看他，用毛巾为他捂住。

姜恒注视着界圭的双眼，看见他眼里的笑意，忽然悲从中来，鼻子发酸。

"你的左手……"姜恒说道。

"坏了，"界圭说，"不能使剑了。不过我很高兴，你哪怕打我、骂我，我也乐意，因为这证明你心里有我。"

"别这样，界圭。"姜恒听着这话，想起的却是耿曙。

"你哥要成婚了，"界圭说，"他不再是你的了。跟我走罢，恒儿，只要你乐意，想对我做什么都行，你不想看看……"

"开门。"耿曙不知道什么时候来了，明显听到了界圭的话，在门外说道。

界圭回头看了眼，站了起来，收拾水盆后，去为耿曙开了门。

耿曙走进房中，姜恒坐在榻上与他对视。

"我有话朝你说，恒儿。"耿曙说道。

"不要说了，"姜恒低声说道，"我很累，我不想再听了。"

耿曙面朝姜恒，沉吟片刻，姜恒别过头说："回去睡下罢，早点歇息，朝廷已经在为你们择日子了。"

姜恒转身去了书阁，透过书阁望去，见自己卧房的灯还亮着。

界圭点上书阁的灯。

界圭身穿单衣，在书案另一侧坐下，他的身材与耿曙的全然不同。耿曙白皙匀称，犹如一块白玉所雕；界圭则是小麦色，全身布满刀箭之伤，就像一只伤痕累累的动物。

姜恒仍在回忆先前那一刻，只觉神驰目眩，连着喝了三杯茶水才缓了过来。

他甚至想着，如果耿曙再来一次，自己也许就不会推开他了。毕竟那是他从未触碰过的、至为危险的人生。而控制这一切的，又是这世上对他而言最安全的人。

惧怕与紧张退去之后，姜恒心里反而生出一股期待，他这一生从未想过会与任何人做这种事，唯一能令他安然接受并习惯的人，就只有耿曙了。

"也许想开了什么？"界圭随口说道，"要将我当作他，让我来教你吗？"

"不要！我要睡了。"姜恒脸上滚烫，躺下不一会儿又起身朝外望去。

他的寝殿里还亮着灯，耿曙始终没有走，姜恒不禁想起在郢都江州城内追查刺客时的那一幕：他与耿曙藏身房内的衣柜里，而那在外面抱在一起的人，仿佛变成了耿曙与姜恒自己。

他又想起了无意中撞见赵竭与姬珣的那一幕。这夜他半睡半醒，竟反复梦到耿曙，梦到他们回到了洛阳王宫内。

"恒儿……"梦里的耿曙，在他耳畔低声说。

姜恒蓦然惊醒，听见有人在书阁外敲门。

界圭打了个呵欠起身，说道："干什么？这么早就来催命？"

"我。"耿曙的声音再次响起。

姜恒："……"

"他醒了吗？"耿曙说。

界圭回道："没有。"

耿曙穷追不舍的气势，明显在姜恒的意料之外，这让他紧张无比。

"那我在外头等着，"耿曙说，"醒了就让他出来，我有话要说。"

姜恒看了眼界圭，界圭随手做了个"打发"的动作，示意他继续睡，别管耿曙。

"我裤子……"姜恒示意界圭，界圭一看就明白了，报以一笑，从窗户翻出了书阁，不一会儿便拿来衣裤让他换上。

天蒙蒙亮，姜恒把书阁的门开了一条缝，耿曙已衣着整齐地坐在阁外的台阶上回头看他。

"你醒了。"耿曙说。

姜恒"嗯"了声。他实在不知该如何面对耿曙，耿曙带来了外袍，见姜恒已收拾整齐，倒不如何意外。

"跟我来。"耿曙没有碰他，快步下了书阁。

姜恒："嗯？"

姜恒跟在耿曙身后，有点追不上他的脚步。

接着，耿曙敲开了太子泷的门。

"汁泷！"耿曙说，"起床！有件事要告诉你。"

太子泷还在睡，匆忙被叫醒，应了声。

耿曙一路走过花园，又去敲另一人的门。

"孟和！"耿曙说，"在里头吗？"

"孟和什么时候来的？"姜恒震惊了。

耿曙说："昨夜到的，我从霜公主处回来，还去与他喝了两杯……郎煌！人呢？"

今日这些人竟一起到了，耿曙一脚踹开一扇门，里头的人吓了一跳。

山泽与水峻正在榻上睡着，山泽抬起头说："王子殿下……你又要做什么？能不能饶了我们？"

"议事。"耿曙说。

耿曙依次走去，最后到得殿前，回头看了姜恒一眼。

姜恒没有说话，推门而入。人陆陆续续地来齐了，孟和、郎煌、水峻、山泽，俱是前一天刚抵达安阳的，准备来观礼的汁泷也来了。这场婚事的消息已不胫而走，这将是汁琼薨后，雍国最盛大的一场庆典。

耿曙进到殿内，环顾四周，众人尚在打着呵欠。而这一刻，他亲手解决了这桩麻烦。

"婚事作废。"耿曙拉起姜恒的手，认真地说道，"不嫁，你们谁愿意嫁就嫁，都不愿意，就让姬霜回去。"

太子泷："……"

姜恒："……"

哗一下，郎煌与山泽顿时恶作剧般地大笑起来，孟和睡得迷迷糊糊的，还在问："什么什么？他说什么？"

太子泷神色带着少许黯然，点头说道："我知道了，哥哥。"

姜恒："这……"

接下来，耿曙又朝太子泷说："恒儿不是我爹的孩子，我二人本不是亲兄弟，他不姓耿，也不是我耿家人。"

这一下，包括姜恒在内的所有人，彻底蒙了。知道内情的郎煌马上朝耿曙使眼色，示意他绝不可在此刻说出真相！否则下场将无法收拾！

"什么？"太子泷那表情带着茫然。

接着，耿曙给了太子泷一道无情的雷击。

脱 缰 兽

"哥……你……等等。"太子泷说道，"恒儿，这是怎么回事?!"

姜恒安静地站在殿内，转头看耿曙，耿曙那眼神仿佛说明了一切。

"我……"姜恒想了想，说，"是的，我是耿家……我其实是耿家所收养的……孤儿。"

所有人瞠目结舌，山泽是最先反应过来的，说道："其实都一样，姜大人，王陛下既然昭告过天下，你的身份依旧是耿家……耿家后人。"

说时迟那时快，山泽忽然想到了一个令他震惊与后怕的念头。

郎煌马上说道："不错! 不必太拘泥于出身。"

太子泷知道此事非同小可，他仍在努力消化这石破天惊的事实。耿曙无论单独朝他说哪一件事，他都需要很长时间才能平静下来，只没想到，这两件事一件接着一件，何况还互为因果!

太子泷此时唯一的念头就是："他……他们在逗我玩?"

耿曙说完这番话后，没有再做任何解释，只淡淡地说道："恒儿，走。"

这么多年了，他始终没有变。

姜恒看见耿曙的神态时，想起那一天他背着黑剑，来到浔东，叩开姜家大门时，那清澈的眼神。

耿曙就像天地旷野间的一只野兽——从未成为过人，也不想当一个被诸多礼法与规矩束缚的"人"。姜家收养了他，他便成为姜家忠诚的守护者。汁家收养了他，他也曾为汁家付出良多。

但到得最后，他竟摒弃了一切，活得自由自在、任性妄为，找回了自己。

"我想去山上走走，"耿曙朝姜恒说，"你去吗?"

比起昨夜，今晨耿曙之言更令姜恒不知所措。起初他只以为耿曙要成婚了，于是决定在成婚前来到他的身边，想借由行动来朝他诠释什么。但出乎意料的是，他昨夜早就打消了这个念头！

耿曙还在耐心地等着姜恒的回应，姜恒想了想，点了点头。

"昨天买的银杏叶，"耿曙问，"是给我娘的罢？"

"我……我去带上。"姜恒哪怕再擅谋略亦不谙情爱中至为炽烈刚猛的一颗真心。

"再去买一束。"耿曙说，"走罢。"

离开正殿时，耿曙看了界圭一眼，说："不用跟着了，你没有机会了。"

界圭阴恻恻地一笑，没有坚持，耿曙示意姜恒走就是。

姜恒："……"

两人离宫，姜恒说："你……等等，让我喘会儿。"

姜恒只觉得自己要吐了，他昨夜原本就没睡好，今晨耿曙所言又令他受到了强烈的冲击，这时候他扶着宫墙，低头看地上，又抬头看耿曙。

耿曙在一旁等着，问："不舒服吗？"

姜恒摇摇头，一脸茫然。

"那是你的真心话？"姜恒说。

耿曙走在前头，与姜恒距离三步，"嗯"了声，又说道："我没有勉强你，只是告诉他们，这是我的事与你无关。"

"我以为你……"姜恒说。

"以为我什么？"耿曙回头问道。

姜恒摇摇头，说："没什么。"

耿曙在市集上重新买了环束，与姜恒上得山顶，走进墓园里去，放在母亲的墓碑前。又与姜恒一前一后，回到墓园下的山腰上。

梁国的食肆重新开张，雍在姜恒的计划下予以梁地宽松的税赋政策：大小商家一律免税三年。以此来吸引塞外之人到中原来做生意，集市、民生、耕作犹如雨后春笋，开始陆陆续续地复生。

"吃面吗？"耿曙找了角落里的地方，双眼依旧十分警惕地扫视周遭后，确认没有危险才让姜恒坐下。

"好。"姜恒已经很久不曾与耿曙这么独处过了，枫叶从山上轻飘飘地落下来，掉在了桌上。

"昨夜我……"耿曙正在艰难地措辞，姜恒便没有打断他。

"昨夜我想起许多事，"耿曙最后下定决心说，"你是为了我才回到雍国的，你的志向、抱负都是因为我。"

姜恒低声说："是的，你总算想起来了。"

两人沉默片刻，这也是姜恒这些天难受的原因，从他进入海阁，并决心协助国君一统神州之时，他最初的志向就没有变过。

耿曙又说道："要不是我想回雍，就没有眼下这么多麻烦了。我一直知道，恒儿，正因为这样，我才……我才……"

姜恒明白耿曙心里放不下，他总觉得是他害了他们俩。因为他，姜恒来到雍国，并面临诸多困难；因为他，姜恒才被汁琮追杀；甚至因为他，姜恒失去了儿时的胎记，乃至如今姜恒已无法证明自己的身份。

"不是这样的，"姜恒轻轻地说，"我想要的，其实不多，你一直知道。"

耿曙抬眼看着姜恒。

"只要与你在一起，做什么都可以。"姜恒低声说道。

就像"万物与我为一"的歌谣。姜恒甚至将它理解为，当感情到了极致，他们便将自然而然地达到这合一的境界。

可他在抗拒什么呢？姜恒注意到，耿曙已经很久没有自称"哥哥"了，他有意无意地避开了这个称呼，换成了"你""我"。

"看不开的是你，"姜恒忽然说，"是你，哥，你知道吗？"

刹那间姜恒说出了关键，终于在这场只有两个人的战役里占据了上风，那一刻战局顿时逆转。

"我与从前有区别吗？"姜恒又加了一记绝杀，直到他知道自己的身份后离开姜家大宅前，他仍像之前一般对待耿曙，他依旧与耿曙亲密无间，不管耿曙是不是他的哥哥。但耿曙很在意，甚至开始渐渐地疏远姜恒。

面端上来了，耿曙用筷子挑了下却没有吃，抬眼看着姜恒，带着不敢相信的神色。

"我问你，"姜恒说，"哥哥。"

"我不是你哥了，"耿曙低声说，"恒儿……"

"不，"姜恒说，"你还是。"

耿曙不明姜恒之意，姜恒声音虽轻，语气却很坚决："如果咱们还是兄弟，我再没有别的身份，你还想这么做吗？"

耿曙突然无法回答这个问题，竟有点结巴起来。

"你……你是说……恒儿……"

"如果你是我哥，"姜恒低声说道，"你愿意，我当然也愿意，你让我做什么我都愿意。如果你将自己当作另一个人，我怕我……办不到。"

耿曙不明显地吞咽了一下。

"我明白了，恒儿。"耿曙低声答道，"我只是……不想勉强你。"

"你为我做什么事时，"姜恒说，"我有说过不愿勉强你的话吗？"

"没有。"耿曙答道。

那是天经地义的，他们一方需要时，便会朝另一方提出要求，彼此从来就是心安理得的。

只是对耿曙而言，他曾以为，当姜恒知道自己不再是他的弟弟时，横亘在他们之间的最后一层阻碍总算得以解除。

殊不知这正是姜恒唯一在乎的事，是他们之间最坚固的纽带——他愿意以姜恒的身份接受耿曙，而不是以汁炊的身份。

"如果你想好了，"姜恒的脸更红了，低头开始吃面，快速地答道，"那就……你决定罢。"

耿曙也满脸通红，低头"嗯"了声，两人竟一时不敢再看彼此。

一片枫叶从山上飘落，在空中打着旋，最后落在了耿曙头上。

姜恒伸手把它拈走，放到一旁，耿曙付过账，两人又缓慢地走下了山腰。

"现在去哪儿？"耿曙望向远方的码头，数月前，他们在那里遭遇了险些让他们丧命的围剿，如今小船林立，于黄河水面，上下浮动。

他很想现在就带着姜恒到码头上去，撑一艘船，从此离开中原。

"回去罢，"姜恒却说道，"事情还没做完呢。"

耿曙没有坚持，便与姜恒回到安阳宫中。他知道早先那番话一定引起了轩然大波，说不定太子泷正在与群臣讨论接下来该怎么办。

但他不在乎，他从来就不在乎，他只在乎姜恒是怎么想的。

心头石

"姜恒！"

耿曙二人路过王宫花园时，孟和叫住了姜恒。

孟和、郎煌与山泽、水峻四人正在花园中谈笑。大婚热闹场面想来是看不成了，耿曙今日明摆着是再一次拒婚，太子泷正在东宫闭门商谈对策，耿曙作为当事人，竟无动于衷。

四人看见耿曙与姜恒时，多少都有点尴尬，耿曙问："你们在做什么？"

"看。"孟和转移了话题，示意姜恒来看花园里的东西。

姜恒看见两头巨大的黑熊，顿时吓了一大跳。

"这……"姜恒说，"你们疯了吗？怎么把熊弄到王宫里来了?！快把它们弄走！"

孟和的汉语说得流利了不少，问："你忘记它们了吗？送给你的！祝贺你们！"

姜恒："……"

耿曙也有点猝不及防，两头黑熊站起来比他还高了一头，得有四五百斤。两头熊的脖颈上系着铁链，正在花园中互相推搡，设若脱困，这熊一巴掌就能把人的脑袋扇下来。

"长这么大了？"耿曙难以置信地说道。

姜恒也想起来了。一年多前，他游历塞外时阴错阳差地救下了这两头小熊，被孟和带回家去养大，当初孟和还说收养一段时间后便会送回给他。

"啊……"姜恒说道，"吃……吃什么长这么大？真……真了不起。"

"吃肉啊！"孟和过去要牵，说，"过来看看它们认不认识你？"

"不不不！"所有人同时色变，制止了孟和这个危险的举动。耿曙马上守在姜恒身前，哪怕他武功盖世，要和两头四五百斤的黑熊搏斗，仍十分危险。

"放……放了罢。"姜恒说，"嗯，很好，长得膘肥体壮的。"

孟和将这两头熊带来，本打算送给耿曙当他成婚的贺礼，给他个惊喜，孰料大家看见都只有惊，没有喜，孟和只得说："行！就放它们走罢！"

所有人又同时脸色煞白，一起大喊道："别在这里放！"

两头黑熊跑到城里可不是闹着玩的。姜恒说："找天……找天放远点，找个没人的山上去，就玉璧关罢！"

孟和让姜恒过来摸摸它们，姜恒只得壮着胆子，上前伸出手，耿曙则随时保持着警惕。幸而两头熊被孟和驯得很好，它们填饱了肚子懒洋洋的，抬起头嗅了嗅姜恒的手，眯着眼让姜恒依次摸过鼻子。

"闻出你的气味，"孟和说，"就是自己人了，你要牵着去玩不？给它俩套个鞍，让你们骑？"

"不了。"姜恒果断拒绝，说，"就……就这样，嗯，好的，你当真有心了，孟和。"

耿曙却发现郎煌在看他，扬眉做询问的姿态，郎煌指指正殿内，意思是他惹了不小的麻烦。

是日傍晚，姜恒刚回来不久，便得到太子泷传唤。姜恒进殿时，文臣都在，武将却没有任何一人列席。

太子泷看着姜恒，仿佛早知如此，这些年，他的疑惑大致解开了。

"谈出个结果来了？"姜恒问。

太子泷点了点头，同时以眼神示意姜恒相信自己，他会尽力去解决。

"这话还须森殿下亲口说一次。"曾嵘从太子泷处得知时，亦头痛无比。但姜恒观察朝臣们的神色，便知道太子泷没有节外生枝，他只告诉朝臣，耿曙不想成婚，仅此而已。

他替耿曙将余下的事都瞒了下来，否则一旦宣扬开去，最后一定更难收拾。

"那么，你得自己去找他。"姜恒答道。

脚步声响，姜恒听见那熟悉的脚步声时，便知道耿曙来了，他没有进殿，只像一名侍卫般守在殿外。

"哥，"太子泷说，"进来罢。"

"不进来，"耿曙在门外说，"我就在这儿，我等恒儿，你们聊罢。"

殿内又静了片刻，这是所有人始料未及的，毕竟历代以降，不仅雍国，全天下都一样，几乎从未有人拒绝联姻。国君与公卿家的家事，已不再是自己之事，乃是天下事。大局为重，哪怕此事落到国君头上，亦是义不容辞之事，当年就连汁琮都哑口无言，更何况耿曙一名王子？

但既然耿曙下了决定，太子泷就知道逼他也没有用，他没有问耿曙"是真的吗？"，他知道耿曙向来是认真的，毕竟话这么少的人，从不乱开玩笑。

至少耿曙不会与他开玩笑。太子泷予他绝对的尊重，他说什么就是什么。

"那么我们来想想，"太子泷说，"如何安抚霜公主，是否有别的办法。"

曾嵘说："只能请她来当王后了。"

"开战罢。"姜恒说，"她不能当王后，也不会当，否则一定会外戚坐大。"

周游忍不住说道："姜大人，当初要休战和议的是你，如今要开战的也是你，什么都是你说了，要脸不要？"

姜恒从来就没将周游视作对手，反唇相讥："周大人，如果成婚的人是你，自然就轮到什么都是你说了算了。"

众人自然明白姜恒之意，现在有资格联姻的就两个人：一是耿曙，二是即将成为国君的太子泷。只要当事人不答应，别人说什么都没用，既然决定权在他们身上，自然由他俩说了算。

曾嵘说道："限制李氏入朝，尚能控制。还是有利的。"

这是赤裸裸的权力分配，所有人都不能再藏着了，必须将话挑明了说，太子泷与姬霜成婚，接下来有何好处，又有何坏处？

周游沉声说道："下一代国君将是名正言顺的天子，这就是唯一的好处。"

如今姬霜为姬家唯一的后人，她与太子泷的孩儿也将拥有继承神州的权力，大争之世将在他们的孩子诞生的那一刻彻底落幕，迎来五国全新的统一。

太子泷朝姜恒说："我记得当初天子将金玺交到你手里时……"

"你想成婚吗？"姜恒忽然问道。

所有人都在分析利弊，却唯独没有人关心当事人自己的意愿，自然，也无人关心姬霜的意愿。

太子泷避而不答，反而笑道："身为国君，自当有义不容辞之事。"

"此非王道。"姜恒沉声说道。

众人鸦雀无声，姜恒说："变法之初，你我便立下誓言，要让国人拥有自己选择的权力，你身为国君尚且无法自主选择，又如何让你的百姓自主选择自己的人生？"

"更何况，"姜恒朝众人说，"天子让我拿着金玺，扶助任何一国国君消弭大争之世，甚至让我在没有合适人选的前提下，可自立为天子……"

这话一出，众人哗然，然而姜恒明亮的声线将议论声压了下去。

"却唯独没有提到任何姬家的后人。"姜恒说道，"王道不以血脉传承，甚至与金玺亦毫无关系，王道在谁的身上，谁就是天子。关键在于你坚持什么。"

"代国虽兵力众多，"耿曙在门外说，"雍人却也不怕他们，让他们来就是了。"

太子泷叹了口气，望向姜恒，眼里带着几分落寞。

"再议罢。"太子泷说。原本他今天已下了决定，准备替耿曙去成婚，让姜恒来的目的，正是希望耿曙或姜恒能说服姬霜，给双方一个台阶下。

但现在看姜恒的坚持，太子泷意识到这也许不是最好的办法。

"恒儿留下。"太子泷说，"哥，你也回去罢。"

臣子们纷纷散去，门外的耿曙也走了，姜恒依旧站着。安阳宫内，落日的余晖照在二人身前，国君案前放着另外半块玉玦，姜恒上前几步，看着那玉玦。

那本该是他的，但他从未拥有过它，甚至没有短暂地持有过它。对他而言，至为熟悉的，是耿曙身上的另一块阴玦。

阳玦看上去是如此陌生。

这些日子里，姜恒也想过，如果现在他是太子，他会不会为了天下最终的归宿与姬霜完婚？就像阳玦本该属于他一般，这个难题原本也属于他。

太子泷说："我可以替咱们的哥哥去做这件事。"

"你喜欢过谁吗？"姜恒忽然问道，"哥，你心里有没有喜欢的人？你要和真正喜欢的人在一起。"

姜恒自始至终都很清楚一件事——太子汜是他的堂兄，与他是血缘之亲。哪怕太子汜的父亲与他不对付，但人既已死，便都过去了。

他们是两兄弟，就像姜太后说的，汜泷是他的家人。汜泷只比他大上一岁，他们初见那天，太子汜的内心甚至比姜恒更天真，但这些年里，汜泷始终在扮演一个自己不熟悉的角色，演得已快失去了自己。

太子汜平静地看着姜恒。

"没有。"太子汜最后说道。

姜恒说："你未来的路还有很长。"

"我爹不怎么喜欢我娘，"太子汜勉强笑了笑，说，"我有很长一段时间，不知道真正喜欢的两个人在一起该是怎么样的。"

姜恒低声叫道："哥。"

"没关系。"太子汜笑道，"有时我觉得，你竟不像我的表兄弟，反而像亲兄弟一般，就连哥哥都不曾给我这种感觉。"

太子汜又拍了下姜恒的肩膀，说道："不过后来，我渐渐知道了，因为聂海很爱你。那四年里，我知道他每一天都在想你。你回来以后，他看着你的眼神，与看着任何一个人的都不一样。他的神采变了，人也变了，话说得更多了，不再像那些年里一般，像个冷冰冰的塑像。"

姜恒沉默不语，太子汜说："今天听他的话，我就知道，他迟早会这么告诉我。我心里反而落下了一块石头。"

姜恒离开正殿时，仍想着太子汜所说的话。

耿曙站在殿外，抱着胳膊等着他，听见他的脚步声时，朝他望来。

"汜泷怎么说？"耿曙问道。

"什么也没有说。"姜恒没有告诉耿曙更多的事，径直回到房内。

耿曙看了眼界圭，嘴唇微动，以唇语让他"出去"。界圭便一笑起身，走了。

"这一次拒婚后，就要马上召开联会，"姜恒坐在榻上，低声说道，"不能再等了。"

460

姜恒抬头看着耿曙说："你得亲自去，朝姬霜说清楚，这是你的责任。"

"哥哥需要勇气，"耿曙朝姜恒说，"给我勇气。"

姜恒："……"

那熟悉的感觉让姜恒的心又疯狂地跳了起来。太子泷的话似乎仍在耳畔回荡，那些年，每一个深夜，耿曙是如何在冰冷的寝殿内辗转反侧，如何受着生不如死的煎熬。

"小时候不是喜欢玩吗？"在这静默中，耿曙终于说了第一句话。

姜恒看着耿曙的侧脸，所有的紧张感都随之消失了，取而代之的，则像是两块玉玦在彼此分别、流浪多年之后，再次轻轻合在一处的轻响。

姜恒忽然想起许多年前，在洛阳宫中，耿曙交班后回到寝殿，与他共寝的时光。那年他们尚小，什么都不懂，冬季整夜暴雪，被褥很薄，耿曙便把他紧紧抱着，把他拥在怀里，用自己的体温来温暖他。

现在想来，姜恒忽然明白了，若让那些日子持续，到得最后，等来的这一刻，不正是……眼下吗？

"在想什么？"耿曙恢复了神志，注视着姜恒的双眼，有点紧张。

"不玩了。"耿曙低声说道，"睡罢。"

姜恒心跳得极其厉害，榻内帐中，尽是耿曙那充满侵略性的气息，仿佛形成了一个领地，将姜恒保护在这领地之中。

"有点累。"姜恒说。

"你分明没有动。"耿曙搂着他，不让姜恒离开自己的怀抱须臾。

"也会累的。"姜恒哭笑不得地说道。

耿曙说："不是那意思，我是……怕你累着了，睡罢。"

姜恒今日经历了人间种种考验，直到此刻，终于筋疲力尽。耿曙按捺不住他的激动，心脏仍在狂跳。

耿曙的一生终于再无他求，他想要的，终于有了，从今往后，他再不痛恨自己的命运，再不痛恨任何人。

翌日清晨，姜恒醒来时，听见院内响起了琴声。

身边的耿曙已不见踪影，姜恒睡眼惺忪地坐起，已忘了昨夜发生了什么事，被窝里还残余着耿曙的体温，就像回到了许多年前，耿曙在洛阳挣工钱养家的时候。

那时候，耿曙只有一套衣服，做漆工常常弄得外衣邋遢不堪，回宫洗过后没有衣服穿，便赤裸而睡，姜恒渐渐也接受了就这么睡下。

昨夜发生了什么？姜恒忽然回过神，半晌不得作声，回忆起来，忽又觉得很温馨。

院内琴声行云流水，他听出那是耿曙在奏琴——他手指修长，奏琴时拨弦很准且有力，许多音一般人弹不出的，他很顺利地便能奏响，所以一定是他。

那曲子犹如群鸟飞跃天际，当真令人心旷神怡。

耿曙极少表达自己内心的情绪，唯有奏琴时会流露出一些情感，姜恒能从琴声中听出他的心，他现在一腔喜悦无处释放，只能在院里奏琴，琴声一阵催似一阵，《行云吟》后则接上了《越人歌》，歌谣里再无惆怅之意，取而代之的是碧空高旷、无穷无尽的天地。

最终琴声停，耿曙推门进来，与姜恒对视。

耿曙晨起穿着一袭黑色的里衣与衬裤，姜恒像以往一般伸出手，耿曙便朝他走过来，姜恒揽住了他。

"洗澡去。"耿曙在姜恒耳畔说，就像他们从小到大一般，耿曙伺候他起床、洗漱、换衣，带着他去宫内沐浴。

归 山 虎

姜恒在浴池里有点头晕目眩，耿曙小心地为他擦洗，姜恒忙按住他的手，两人对视一眼。耿曙忽然笑了起来，他知道姜恒很紧张，便以手背轻轻拍了下他的侧脸。

"怎么？"耿曙问，他为姜恒穿好衣服，牵着他去东宫用早饭。

"没……没。"姜恒眼神带着少许闪躲，十分不自然。

"嘴角擦一下。"耿曙示意姜恒。

姜恒："……"

他本想今日与太子泷再议，没想到姬霜却赫然出现在殿内，让他有点措手不及。

太子泷正与姬霜闲聊，曾嵘、曾宇两兄弟也在。

耿曙只点了点头便径自坐下。

"公主殿下。"姜恒行过礼，笑了笑。

姬霜也淡淡一笑，说道："姜太史。"

太子泷朝姜恒说道："霜公主坚持今日就启程回西川，恒儿，你好歹劝劝她。"

"也该回去了。"姬霜随口说道，"本只是前来吊唁雍王，现既已出殡，多留无益。"

姜恒清楚姬霜已心知肚明，不过给双方一个台阶下，以免闹得太僵，曾嵘却朝姜恒使眼色，意思是：现在放她回去，还是把她扣下来？

太子泷说："公主真的不考虑吗？"

"殿下开玩笑了。"姬霜随即笑了起来，带着玩味的表情端详着姜恒。她自始至终没有正眼瞧过耿曙一次。

姜恒听到这话，便知道东宫亲自朝姬霜提亲了，果不其然，遭到了她的拒绝。

太子泷求婚被拒，不仅没有面目无光，反而像松了口气般。

"殿下什么时候走？"姜恒没有挽留姬霜。

"现在就走。"姬霜忽然朝太子泷说道，"临别时，我又想起一件事。"

太子泷期待地看着姬霜，示意请说。

姬霜温柔地说道："姜太史为我姬家尽心竭力，打点天下多年，从不忘一统神州大业，乃是我天家忠臣，想朝雍太子讨他回去，依旧为我朝廷办事，你看行不？"

姜恒听到前面几句便暗道不妙，太子泷忽然一愣，耿曙却蓦然爆发出一阵大笑。

太子泷正要婉拒时，耿曙却收了笑声，沉声说道："那可不行，汁泷说了不算数，我不让。"

姬霜到得此时，终于朝耿曙淡淡一笑，说道："开个玩笑而已。那么，便告辞了，各位，青山不改，绿水长流，后会有期。"

太子泷起身，姬霜却很潇洒，眼神里带着孤傲与清高，仿佛在说：我给了你们最后这个机会。

姬霜离开后，东宫内一片寂静。侍者上了早食，姜恒却已无用饭的心情。

"他们只有两千人，"在这寂静里，曾嵘最先开口，"现在让卫贲追上去，统统杀了不难。"

姜恒闻言沉声说道："曾嵘，不可这么做！"

曾嵘说道："一念之差，害人害己，姜大人，姬霜与李僖一旦活着回国，马上就会对本国用兵！"

"她被你谋杀在半路上，"姜恒反唇相讥道，"李霄就不会对本国用兵了吗？"

"殿下，"曾嵘判断问题趋利避害，显然昨夜已朝太子泷再三提出建议，此刻又劝说道，"绝不能放虎归山，殿下！"

太子泷深吸一口气，这人间的难题实在太多，他又是初任国君，仓促之间尚无法接受先是朝一名妙龄女子求婚，求婚不得又要把她谋杀的行径，汴琼或许会这么做，但他绝不会。

"现在不是讲仁义的时候。"曾嵘说道。

太子泷没有说话，额头淌下汗来。

曾嵘与姜恒对视，姜恒没有朝耿曙求助，耿曙向来不管，姜恒让他杀谁他就拿着剑去杀谁，姜恒决定的事，他自然无条件接受与拥护。

"你要权衡利弊，"姜恒说，"曾嵘，咱们就把利弊摊开来说，代国有多少兵？二十万，全部打过来，雍国能不能一战？自然可以。"

曾嵘道："这是没有必要的。你明知道她会引军来攻打大雍，不先下手杀了她，反而等待新战事的到来？！"

"但是她现在什么都没有做！"姜恒说，"你要用什么名义杀她？！今天除掉她，换来的是什么？你还想不想开联会了？谁还敢来开联会？！曾嵘，这是先王会做的事，我们不能再沿这条路走下去了！"

太子泷最终说道："让她回去罢。"

曾嵘叹了口气，最终让步："既然不除掉她，就派兵保护她，让她安全地回到代国，不能让她出事。"

毕竟如今各国局势复杂，若姬霜与李傩在中原有个三长两短，问题只会更麻烦。

姜恒说道："那是自然，曾宇，你去罢。"

曾宇饮过茶，起身辞行。耿曙想了想，说道："我去送她。"

"我去罢。"姜恒改口道，他突然觉得，耿曙与太子泷应当有话想说，或许某些事需要在此时告一段落。

姬霜以天子后人吊唁的名义亲自来到安阳，联姻俱是密事，哪怕雍国朝野亦只有极少人知晓。不少梁人、雍人乃至中原人看见这位公主的归来，纷纷跪地痛哭，安阳度过了汁琮死后至为热闹的一天。

百姓心系前朝，哪怕天下分封日久，姬家陨落亦有多年，中原人心依然思故，送行的队伍从安阳城内主街道排到城外，又有不少人追随在姬霜的车队之后，浩浩荡荡，百姓排开近一里路。

这是洛阳沦陷、姬珣自杀后，姬霜第一次以姬家后人的身份，正式于百姓前露面，亦暗示着：这天下，在名义上仍然属于姬家。

姜恒看着这一幕，示意曾宇跟在队伍后，姜恒也纵马加入了车队。

姬霜坐在四面敞帘的马车中，车帘在秋风里飘扬，安阳城外秋叶遍地。

"七年了。"姜恒说。

"一百二十三年了。"姬霜捋了下头发，眼里带着愤意，"什么七年？"

姜恒所言乃是姬珣驾崩之日，距今已有足足七年。姬霜所言则是五国不臣、礼崩乐坏之日，汁氏带走星玉珏，远征塞外风戎起。

汁家自立为王，将天子掌管的黑剑与星玉据为己有，昭示着王权式微的时代开始，自那以后的一百二十三年里，诸侯王渐渐不再奉天子为尊，偌大的神州分崩离析，最终天子落得受众封王围剿，自焚身亡的境地。

"其实百姓未必就喜欢前朝，"姜恒想了想，说，"只是有时日子不好过，才生出思旧之心。战乱之时，总觉得若天子在，便有人为他们主持公道，但那都是将自己的念想拔高，再神化罢了。"

"是这么个道理，"姬霜冷淡地说，"不过无人说破而已。"

姜恒又说："但我还是喜欢一百多年前的时候。"

姬霜嘲笑道："你又没活在那时，说得上喜欢不喜欢？"

"从书里读到过。"姜恒说，"那时候，各国打仗，俱是陈兵边界，雄兵十万，甲光蔽日，战车千乘。国君乘车排众而出，以理服人。常常一比实力高下，双方将士便回家放饭了。"

姬霜一手覆在另一手手背上，望向远方出神，秋时明亮的天色映照着山上、山下的枫叶，犹如给天空染了一层红云。

"有两军对垒，退避三舍的故事。"姜恒想了想，又说，"亦有兵不血刃，举国来降，保全百姓性命的悲凉……哪里像如今？动不动就屠城，十万、二十万人，百姓像畜生一般被杀掉后暴尸荒野，或是被扔进水沟中。破城不够，还要搞车轮斩，烧他们的屋子，拿无处可逃的人来取乐。"

"大争之世，人心沦亡。"姬霜自然清楚，姜恒在暗示她，不要再掀起战乱了。

但她无动于衷，只沉声说道："这是人们自己选的，当初我堂兄在洛阳时，何曾见天下人来保护他呢？上来坐坐罢，恒儿。"

姜恒上了车，姬霜看了他一眼，说："这些年，很累罢？"

"也算不上。"姜恒笑了笑。说来也奇怪，有时他觉得自己与姬霜竟像多年的老朋友一般。

姬霜说："你为我姬家也是鞠躬尽瘁了，这是我欠你的。"

姜恒心想：当年我与耿曙投奔西川，你要杀我俩的时候，可没有半点欠我什么的意思。

"不客气。"姜恒说道，"反正生来无聊，人总得找点事做，都是天子的嘱托。食君之禄，忠君之事。倒是殿下……"

姬霜面容沉静，手里玩着一把小巧的匕首，姜恒丝毫不怀疑姬霜有将他一刀封喉的想法和本领。当然这代价实在太大了，姜恒相信哪怕再多人说姬家人都是疯子，姬霜大部分时候仍然是冷静的，她一旦这么做了，只会招来耿曙疯狂的报复。

"倒是？"姬霜转头，看了眼姜恒。

"倒是殿下，想要什么？"姜恒说。

姬霜笑了起来，说："我想要的，你就会给我吗？"

姜恒答道："我会尽力，不保证。"

"我想要当天子的母亲。"姬霜柔声说道,"这天下姓李也好,姓姬也罢,姓赵,姓熊,与我都不相干,一个姓氏而已,算得上什么呢?"

"既然如此,"姜恒说,"我哥就不是最好的选择。汁泷给了您另一个选择。"

"我不喜欢汁家人,"姬霜淡淡地说道,"不能让这伙废物玷污了王族的血液。"

姜恒答道:"当真是废物吗?"

姬霜又说道:"何况汁泷那窝囊模样,他要当了父亲,生下的孩儿多半也是个孬种。"

姜恒说:"我倒是觉得他半点不窝囊,外柔内刚,是个坚定的人,至少在眼下,汁泷比四国太子都好多了。"说着,姜恒终于直指人心,说出了姬霜心里真正所想。

"你怕驾驭不了汁泷。"姜恒一笑,神秘地说,"你怕他,你在害怕,姐姐。"

姬霜不为所动,叹了口气,又说道:"我有什么好怕的?要怕,也是怕你哥,我当真不想与你们开战,你哥哥太难对付。"

"我也不想,"姜恒答道,"希望还是别打仗罢。"

车队在安阳城边界处停了下来,再往前走便将进入汉中,前往代地。姜恒送走姬霜,回到宫中,耿曙正打着赤膊在与那两头熊中的一头摔跤,余人则看热闹不嫌事大,大声叫好。

"太危险了!"姜恒怒斥道。

耿曙身强体健,那熊站起来仍比他高了一头,且人的身形怎么能与熊比?简直是势单力薄,饶是如此,耿曙仍不断腾挪躲闪,不至于落了下风。

孟和等人见姜恒发火,迅速四散。耿曙穿上外袍朝姜恒走来,要伸手抱他,姜恒忙示意这是宫内,不要乱来。

耿曙道:"怎么说?"

"让宋邹加强嵩县防御,"姜恒说,"往汉中边界驻扎兵马,至少加派五万骑兵,预防可能出现的变数。"

万 世 旗

代国再一次与雍国合议失败，雍国朝廷的目光则投向了眼下更为重要的事。

太子泷登基，在姜恒的协助下，推动一系列人事任免：

曾嵘为丞相，周游为御史大夫，耿曙任太尉，总揽军权，三人是为三公。陆冀为太傅，曾宇为前将军，卫贲子继父职，担任上将军，汁绫为左将军。余下东宫幕僚，则对应"九卿"之位，各司其职，姜恒依旧领他的太史令之职。

这个朝廷非常年轻，人员俱是二十岁出头至三十余岁的青年，充满了朝气与生命力。

安阳度过了汁琮薨后最混乱的半年，再一次在姜恒与东宫众谋臣的力挽狂澜下，回到了正轨。一道道法令推行下去，毫无阻碍，军队、朝廷、三外族在先前的变法下打牢了根基，如今入关后，雍国更不似其余四国，被公卿士族利益掣肘。

如今的雍地乃是全新的国土，汁琮的暴虐之举摧毁了一切，但将废墟推平重建总比在原本的高楼大厦上修修补补，还要预防它突如其来地倒塌要容易得多。

秋收之后，雍派出信使通知各国：冬至当日，太史令姜恒、太尉聂海，持天子令召集五国国君，在洛阳城内召开五国联议。

雍国动用了几乎所有的力量，开始快马加鞭地恢复洛阳城的外观，姜恒则与耿曙先行抵达洛阳，为五国联议做筹备。

与此同时，洛阳勉强修缮完毕，耿曙亲自竖起了天下王旗——一丈二尺高的方形尖木，底宽顶窄。

姜恒在旁看着，见尖顶木柱立起，耿曙打着赤膊为它刷上了黑漆。

当年他在洛阳，第一份谋生的活计就是漆工，如今回到洛阳，兜兜转转依旧当了漆工，为新的天下漆就这崭新的王旗。

昔时王旗是红色，象征着晋廷承天命，获"火德"。如今姜恒将它改为黑色属水，以此暗示天下已改朝换代了。

"你来写罢，"耿曙拿着金漆笔朝姜恒说道，"你的字好看，恒儿。"

姜恒笑道："我写两个字，后面的你来写。"

姜恒以古篆写下"万世"二字，将笔交给耿曙，耿曙在其后添了"王道"，组成原本王旗上的四个字——万世王道。

写完后，耿曙让人来沿着轮廓刻字，端详片刻，正想夸奖姜恒的字比自己的好看时，姜恒却轻轻地叹了口气，说："咱们也算回来了，没有辜负天子所托。"

耿曙沉默了很久，最后说道："是，咱们回来了。"

放眼如今的洛阳，四面城郭已化作断壁残垣，百姓居住之处亦已长出杂草，曾经的天子王宫更是被焚烧殆尽，宗庙前的九鼎之铜化为废铁。

当年参与这场战事之人——赵灵、汁琮、李宏、熊耒，俱已在时光中化为森森枯骨，偿还了所有的债。

雍国入关后，此地便开始重建，如今洛阳陆陆续续地迁回来不少百姓，雍军帮助他们重返故土，征集劳役来重修这座千年古都，如今的城市已具备雏形。

姜恒亲自看过扩建的图纸，十年后，洛阳将再一次成为天下的中心。

他们走进宫内，重建后的王宫带着一股新漆的气味，姜恒抚摸着柱子，忽然有种奇异的感觉。殿内四壁空空荡荡，工人在地面铺上席垫，放上坐榻，摆放好仓促间买来的屏风。

姜恒就像看见了当初自己生活的地方，只是一切都如此崭新，书籍、案卷都被烧得干干净净，书阁内空空如也。

从书阁往外走去，穿过后花园，姜恒看见了当年墨子留下的温水浴渠，士兵们正在里面清理杂草与青苔。今岁冬季，浴渠便将恢复使用。

"往上走。"耿曙朝姜恒说。

姜恒顺着楼梯上去，到得王宫顶端，耿曙朝姜恒问："撞钟吗？"

"来。"姜恒笑道。

"这是你的心愿罢。"耿曙说。

王城巨钟架起，巨钟虽已伤痕累累满是铜锈，但这六百年的巨大古钟仿佛仍有灵魂。

姜恒看着耿曙，他懂了，耿曙的意思是：这是我为你做的。

于是两人携手搭在钟槌上，耿曙一运真力，飞快地将钟槌朝巨钟撞去。

"当——！"

洛阳的王钟，终于在王都沦陷的七年之后，再一次敲响。

神州大地仿佛一念间被唤醒了，所有百姓停下脚步，望向高处。

"当——"第二下钟声响起，满城百姓、将士纷纷转身、驻足，面朝王城方向，尽数跪拜。

"当——"钟声传遍山海，仿佛在那遥远的万里之外，亦有远古的灵魂在随之共鸣，六座古钟随之发出轻微的嗡嗡之声。

"当——"钟声远远传开，穿越了时光与迷雾，"当——当——当——"九声钟响，一声接着一声，昭示着那股力量的归来。

耿曙身上出了细密的汗水，他看着姜恒，两人放开钟槌，站在屋顶上，耿曙牵着姜恒的手，与他一同望向这辽阔的山河。

"我决定了，"姜恒说，"哥，你看那些鸟飞去的地方。"

耿曙问："决定什么？"

"这就够了。"姜恒说，他已知道自己的使命即将结束。

耿曙依旧不解。

姜恒旋即放开耿曙的手，一侧身，从瓦顶滑了下去。

"恒儿！"耿曙顿时色变，这是姜恒小时候最爱玩的，每次耿曙都生怕他摔着。姜恒总倚仗耿曙在身边，尽情做着不要命的事。耿曙马上滚了下来，先落地，站在屋檐下接姜恒，旋即两人摔在一起。

姜恒压在耿曙身上哈哈大笑，耿曙现出怒色，说道："这么大了还这么喜欢胡闹！"

"你们又在干什么？"汁绫的声音从他们背后响起，耿曙顿时全身僵直，若说雍国有谁制得住他，唯独汁绫而已。

姜恒迅速推开耿曙，面红耳赤地起身，见耿曙的武服被扯得很乱，忙替他整理了几下。

"没做什么，"耿曙神色如常，朝汁绫道，"闹着玩，怎么？"

汁绫怀疑地看了眼耿曙与姜恒，沉声说道："汉中来了消息，代军陈

470

兵二十万，正在逼近国境。"

代国果然开始行动了，正如曾嵘所言，姜恒也清楚得很，这势在必行。

三人回到正殿内，见曾宇也来了，曾宇说道："王陛下让我先过来，与武陵侯、姜大人一起商量对策。"

经过变法与人事调动后，姜恒将所有军队收回并重制了虎符。为消除汁琮尚在位时，军队系统越级调动、权宜行事的混乱，他沿袭晋制，让汁绫、曾宇与耿曙三名最高将领各执半符，太子泷持有另三半。三个将领调动军队时，必须得到国君允许，才能将虎符合而为一。

其余时间军队则由朝廷直接管辖，听命于国君。除了卫贲所率领的御林军不需虎符便可调动，这三人共掌兵十万，乃是全国常备兵马。

"他们的二十万军队，分别在这几个地方，"曾宇在空空荡荡的王宫兵室中铺开地图，跪坐在地，分析情况，"一旦发兵，将兵分三路，入侵本国领土。洛阳首当其冲。"

汁绫站在一旁，认真端详着地图，耿曙说："我现在不能去，马上就要联议了，我走不开。"

汁绫说："你坐镇朝中指挥罢，有情况随时送信，我将风羽带去。"

姜恒问："李霄来吗？"

"多半不会来，"汁绫说，"都成这样了。"

幸而姜恒早在入秋时便已做了应对：弃守崤关，将雍国常备军抽调到汉中平原，并加强了嵩县的防御。

"眼下已是隆冬，"姜恒说，"风雪一来，代军打不过咱们，也不会贸然开打。十万人够了。"

"他们可有二十万人。"汁绫提醒道。

姜恒说："所以咱们也得出二十万人？朝廷的意思是怎样？召回屯田的军队？来得及吗？你带着他们上战场，有把握赢不？"

汁绫与曾宇都没有回答，朝廷的意见与姜恒其实是一致的，当然也没少埋怨他。雍军习惯以少胜多，历来大多是两万三万兵马将敌人十万大军打得丢盔弃甲的战绩。唯一一次汁琮在中原征集起号称五十万，实则只有二十七万的大部队，想倚靠兵力碾轧济州，最后汁琮却死在了郑王灵手上。

汁绫当然清楚，现在再强行募兵，得来的军队缺少默契，只会坏事。

"我们去守住罢。"汁绫说，"只想与你确认，联会是否照开不误。"

姜恒点了点头，说："照开。"

曾宇说："当初就该听我哥的，把姬霜与李傩一起杀了。"

姜恒朝曾宇认真地说道："若当真这么做了，汁家的江山不会持续多久，十年一过，各地人心大乱，天下势必要再次分崩离析。"

以如今雍国的力量，真要征伐西川，再讨江州，有耿曙带兵确实能达到。但征服了天下之后呢？各地人心将思念前朝，一旦灾荒年至、动乱再起，这难得的统一必将再次被打破。

姜恒要的不是马上一统，朝廷也很清楚，只有促进大举融合才是治理天下的良策，否则雍国的内乱就是前车之鉴。

"报——"侍卫来报，"国君已从安阳启程，与朝廷各位大人前来洛阳。梁国、郑国国君已过崤关！"

五国联会也许将变成四国联会，原本姜恒还有些忐忑，哪怕成了四国联会，其余三国的国君会来吗？

曾经的四国联会上，雍国可是冷血无情地将与会者杀得干干净净，下手的人还是他爹。

但他们还是来了，与其说他们相信雍国，不如说，他们相信姜恒。更何况，局面已经变成这样了，不来又有什么用呢？

冬至将近，洛阳下起了大雪，鹅毛般的雪花纷纷扬扬，却没有凛冽的寒风，这是来年有好收成的兆头。

洛阳王宫勉强修缮完毕，这浩大的工程足足持续了两年之久，自雍国入关后便耗费着大量的钱财修缮它。最初全因汁琮为了自己的面子，想到来日有一天自己将君临天下、入住王宫，才拨款维持修缮。

但就在落雁城大战后，军费开销甚巨，汁琮实在不想管了，幸而此时宋邹接手，以嵩县财力支撑着这项工程，才有了如今洛阳的气象。

王宫的瓦沿上满是积雪，反射着阳光。洛阳恢复了天下王都的气势，外围居民迁入，各坊已陆续有人入住，市肆重新开张。洛阳已开通面向五国的所有商路，以嵩县、落雁牵头，成立商队。

商人逐利，哪怕是即将与雍国开战的代国人亦嗅到了钱的气味，整个洛阳变得繁华起来。

温渠亦可再次使用，姜恒让人将池中水引到宫外，分出一路，在山下建起了新的浴场，只在王宫内留下一个露天的浴池。

小雪飞扬，姜恒浸在温水里，思考着再过数日便将召开的会盟。

他听见了轻微的脚步声，耿曙裹着浴袍，脚上穿着夹趾的皮屐，走过长廊，边走边解腰带，姜恒刚转身，便看见耿曙漂亮的身体，旋即耿曙撑着池边一跃，"哗啦"一声跃了进来，溅得姜恒满身是水。

姜恒顿时大叫，耿曙却拉住了他的手腕。

"开完会了？"姜恒问。

耿曙眉毛微微拧着，一与姜恒对视，眉头便松了下来，"嗯"了一声。

"情况怎么样？"姜恒问的自然是边境上代军的事，"我看见风羽飞回来了。"

"不大好，"耿曙知道瞒他也没用，答道，"代军又多了十万人，不知道李霄从哪儿征集来的。"

代国兵马共计三十万之数，姜恒实在低估了他们，西川商队连接西域，代人又财力雄厚，想必是雇佣了西域轮台、龟兹等地的军团，如今正虎视眈眈地欲入侵中原。

"你得去一趟。"姜恒说。

"我不能去。"耿曙出神地答道，让姜恒躺在自己身前，两人一起望向天空的小雪。

"你必须去。"姜恒认真地说道。

"你怎么办？"耿曙漫不经心地说道。

姜恒答道："界圭马上就到了，又是在洛阳，怕什么？"

姜恒离开安阳前，将界圭暂时派给了太子泷，毕竟汁泷如今是国君之身，万一代国派人来刺杀就太过危险了，而自己只要在耿曙身边就不会有事。

耿曙说："我不想离开你，从前只要与你分开，哪怕只是一会儿，最后都……"

姜恒必须主持联会，因为他是受天子亲口嘱托的人，他不能与耿曙一起出战。

"不会有事的。"姜恒抬手碰了碰耿曙的脸，稍抬头看他，把手指放在耿曙高挺的鼻梁上。

耿曙稍低头，看了姜恒一眼，碰了碰他的侧脸，他知道接下来的联会对姜恒而言至关重要，这关乎他们毕生的目标。

午后，两人在洛阳偏殿正厅内。

耿曙一身黑浴袍黑袜，侧倚在榻上，姜恒半靠在耿曙身侧，身前摆了一面屏风，犹如他们在嵩县寝殿内的布置，嵩县是耿曙习惯起居的地方，姜恒便按照嵩县的格局，做了两人读书写字的小间。

"你在看什么？"姜恒抬头问。

耿曙拿着一部兵书，闻言收了起来，答道："没什么，你说得对，我得出征。"

他必须去，否则李霄当真打过来，联会也无法举行，汉中到洛阳不过三日路程，一旦三十万大军会合，并急行军，兵临城下，雍国反而有危险。

"去罢，"姜恒低声说，"你能打胜仗。"

耿曙没说什么，姜恒在他的胸膛前蹭了几下。说也奇怪，姜恒小时候总喜欢从身后抱着耿曙，或是在他躺着读书时，便趴在他的身上。

从前耿曙比他高了一头，如今也一样，小时候的亲昵纯粹出于兄弟之间的情感，两人从未往其他方面想过。

"我什么时候走？"耿曙低声问姜恒。

姜恒没有回答。

"问你呢，"耿曙说道，"怎么不说话？哥哥什么时候去？"

"要是有刺客，"姜恒忽然有了一个奇怪的念头，笑道，"刺客在这个时候来，咱俩就没法还手了。"

耿曙低头看着姜恒，说："你说得对。"

他们安静地注视着彼此，耿曙又说道："但我死也愿意。"

不等姜恒回答，耿曙再问："你愿意吗？"

姜恒点了点头，耿曙最后说道："若这样被刺客一剑刺穿你和我，让咱们死在一起，很幸福。"

"我也这么想。"姜恒轻轻地笑道。

"明天我就出征。"耿曙看着姜恒的脸，小声说道，"等我回来，恒儿。"

神 州 徽

洛阳下起了七年来最大的一场雪，这场雪一夜间覆盖了王都，覆盖了洛阳在光阴中留下的伤痕，余下重建的气派王宫以及无数飞檐瓦顶在朝阳之下闪闪发亮。

铜钟重新做了抛光，折射着初晨的光辉。宗庙得到重建，内里却空空如也。正殿内，天子案中央摆放着金玺，王位后的万里江山墙壁上，悬挂着三把剑。

黑剑居中，象征着广袤的天地，烈光剑象征着日轮，天月剑象征着月轮。

耿曙已换上战甲，走上王座前。

太子泷风尘仆仆初至，未喝得一口水，便来到正殿中。

"选一把罢，"姜恒说，"选一把随你出战。"

"恒儿，你来选。"耿曙朝姜恒说。

太子泷抬头环顾四周，未想到天子居所与真正的朝廷竟是这样的，如今他终于知道为什么父亲一辈子心心念念，终其一生都在苦苦追求正统，追求某种神秘力量的承认；为什么自己的祖先会将两枚玉玦带离中原。

这就是"天命"，无数象征庄严堂皇，从金玺到玉，到剑，再到钟与鼎，最后到千万人的人心，这些象征堆砌出了一条路。

仿佛身处这殿内，便得到了三剑力量的守护，手握金玺便成为神州大地的主人。天子天子，上天之子，他抬头之时便能听见"天意"的垂询。

"黑剑。"姜恒轻轻地说道。

"我将黑剑授予你，聂将军。"太子泷说。

耿曙取下黑剑，犹如他的父亲生前一般，随手将那重剑负于背后。如今的他，已拥有了这把剑的继承权，他是世间唯一可名正言顺地用它的人了。

"我走了，"耿曙与界圭擦身而过时，说道，"照顾好他。"

界圭轻轻点头。

耿曙离开洛阳，统领四万兵马，前往汉中腹地。

晋惠天子三十六年，冬。

雍国出关，占洛阳，昭告天下，开启五国盟议，意图以盟会方式决定神州归属。

代国拒不承认，陈兵三十万于汉中、剑门关等地，大战一触即发。武陵侯聂海率军出征，以区区四万兵马据守汉中平原，抵挡来自姬霜、李家的西川军队。

洛阳古钟连续两次敲响六声时，郑、梁二国之国君抵达洛阳，太子泷带领群臣，亲自往城门迎接，只见车队浩浩荡荡，一眼望不到头。

太子泷说："今天过去后，无论结果如何，都将成为……"

"这话可不吉利。"姜恒笑着打断了太子泷，说道："也许当初毕颉在四国盟会上，也是如此作想。"

太子泷说道："但如今再没有耿渊了，是不是？"

"还是小心为上罢。"姜恒低声说道，继而于使节队伍中发现了一个人，便笑道："龙于将军！"

龙于亲自护送郑国小国君、赵灵之子赵聪前来洛阳，除此之外，尚有姜恒熟悉的梁王毕绍。毕绍为亡国之君，在济州已盘桓多时，雍军退出郑国全境之后，济州一片混乱，最后反而是毕绍坐镇大郑，力挽狂澜，为赵灵挽救了他付出一生的国家。

郑、梁二国向来有手足之情，汴琮的死讯传来后，更有大臣提议，不如就请毕绍正式来当国君罢了，反正按理说梁王也有郑国血统。

但毕绍明确拒绝了这一提议，更丝毫不在乎自己的安危，亲自前来参与五国联议。梁廷流亡，如今最后的老臣跟随在毕绍的身边，前往洛阳，等待雍王汁泷给他们一个说法。

龙于则带着七岁的赵聪与十四岁的郑公主赵慧，赵聪仓促间继任郑国国君，开始朝毕绍学习为君之道，他与毕绍就像两兄弟。

毕绍正在年幼的赵聪耳畔低声说着什么，仿佛在为他解释洛阳的风土人情。他们都是第一次来王都，半大少年带着个七岁的孩子，两人都对洛阳感到新鲜。

赵慧则更美了，她继承了郑王灵的双眼，佩着一把剑，颇有武英公主的英气，与太子泷对视。

"欢迎你们来。"太子泷朝赵慧点了点头。

赵慧转念一想，继而没说话，朝太子泷勉强笑了笑。

"你爹杀了我爹。"赵慧说。

"是你爹杀了我爹。"太子泷温和地说。

姜恒马上打断了他们的谈话，朝三人行礼，说道："郑王，梁王，公主殿下，好久不见了。"

"也不是很久罢，"毕绍朝姜恒望来，笑道，"还不到半年。"

姜恒心里觉得好笑，朝赵聪打过招呼。两位国君神态自若，一众随行的梁臣与郑臣却已恨死了雍国，看见雍军只恨不得将其剥皮剔骨，自然没有好脸色。

龙于带来了四千兵马进驻城中，卫赍则率领两万御林军把守城内各要地。

太子泷一时竟不知说什么才好，自己的父亲灭了梁国，让毕绍与他的朝廷流亡他国，父亲又杀了太多郑人，难不成问一句："你们还好吗？"那当真是赤裸裸的讽刺。

"天冷路途难走，"太子泷最后说，"我也没想到，会下这么大的雪。"

"不碍事。"毕绍倒是很大方，摆摆手，又朝赵聪说道，"这位就是雍王。"

赵聪与汁泷以国君身份相见，互行一礼，众人忽然无话。

"远道而来，"最后还是曾嵘救了场，说道，"两位陛下辛苦了，请随我来。"

姜恒使了个眼色，示意汁泷不必太介怀，别人既然来了，就是有诚意谈判的。

"姜大人。"

臣子队伍经过姜恒身边时，一个温柔的女声叫住了他。

"呀！"姜恒笑道，"流花！"

流花正在队伍中。

半年前，郑王灵决定留下与济州共生死那天，众人便决定将毕绍送离国都，让他带着郑国的太子赵聪与公主赵慧离开，为郑保留这最后的骨血。当时姜恒提议，叫流花也跟在毕绍身旁，以照顾小太子与公主。

流花虽然不舍，却知道留在城内帮不上忙，便来向姜恒、耿曙辞行，而当时王宫内一团乱，姜恒顾不上见她。如今她又回来了。

这天她身穿华服，发簪下垂着金步摇，衣袍上绣有梁国的圣兽黄龙，姜恒注意到这细节，顿时震惊了。

"你……流花？"姜恒试探地问她。

"这位是梁王妃，"龙于说，"你还不知道。"

流花脸色微红，朝姜恒笑了起来，姜恒才意识到，流花陪伴梁王毕绍逃亡，多半是两人同生共死、心生情愫，继而定下终身之事了！

"恭喜！"姜恒马上笑道，"还未来得及为你准备贺礼呢！"

流花问："你哥哥呢？"

姜恒解释了一番，让流花不必担心，流花却听得面有忧色，姜恒知道她在担忧耿曙，龙于便安慰道："无妨，聂将军向来用兵如神，区区代人，不会让他吃败仗。"

姜恒送走了流花，并约定在会盟前与她见面谈谈。信报兵匆忙赶来，告知耿曙已抵达汉中腹地，并已初步探明了代国的军力布置，正在等待朝廷的下一步指示。

汁泷把军报交给曾嵘，让他马上召集臣子开会，傍晚又传来消息——芈清到了。

郢国如今以长公主芈清为尊，熊耒与熊安两父子暴毙后，郢国不知从何处找来了一名二十岁的新太子，名唤熊丕。熊丕模样清俊，显然在继任时由士族专门教导过，穿上太子服像模像样的，眼神却暴露了他的紧张与不安。

"姜太史，好久不见了。"芈清把手搭在熊丕的手背上，款款下了马车。

"公主殿下。"姜恒朝她行礼，又说道："太子殿下。"

熊丕点了点头，望向芈清。二人名义上是姑侄，实则朝中事务全听芈清的，如今芈清在郫地已独揽大权，说一不二。姜恒想起往昔，他与芈清只有寥寥几言之缘，这位公主更差一点成了雍国王后，如果当时联姻成功，汁琮死后，她就是当下的太后了，不过棋差一步，足见造化弄人。

汁泷对熊末与熊安之死适当地表达了哀悼之情，这毕竟不关雍国的事，熊末和熊安是在自己家里暴毙的，汁泷便不像在梁王面前般怕说错话。

芈清亦哀恸地说了几句便进入洛阳宫中住下，姜恒这一天的事到此才算结束。回到正殿时，汁泷忽有些感慨地说道："他们竟都来了。"

姜恒说："你原以为不会有人来吗？"

汁泷说："他们都相信你，也是在给你面子。"

"他们是给金玺面子罢了。"姜恒看了眼案上的金玺，说道，"他们不得不来，事情总要解决的，否则要怎么办呢？不想打仗就必须和谈。来，我看看咱们的哥哥……说了什么。"

姜恒展开信，坐在天子案一侧，汁泷则坐在另一侧，两人都没有夺天子位而坐。姜恒读完军报，再看曾嵘另附的行军之议，知道事情已经解决了，便伸了个懒腰。

"没事就早点歇息，"界圭在旁说，"再过几日，还有忙的时候。"

界圭那话是在提醒姜恒，汁泷却误以为界圭在催促自己，打趣道："我都是国君了，你还管我睡觉？"

姜恒看了界圭一眼，界圭也没有分辩，只走到一旁坐下。

"我睡不着，"汁泷说，"这几日里，想到要面对三国国君，便忍不住紧张。"

"没什么好紧张的，"姜恒笑道，"都是凡人，一个鼻子两个眼睛，你怕他们，他们还怕你呢。"

姜恒自然知道汁泷也是国君，汁泷的畏惧，大多因为他的父亲灭了别人的国，而在他心中横冲直撞的"仁义"二字，就像一根刺扎在他的内心深处。说来也奇怪，上到国君，下到百姓，每个人都同意弱肉强食的说法。大争之世，你不去杀别人，别人就要来杀你，所以总得先下手为强。

但风戎人常说，雍人没有神明，所以无所畏惧。

这点不对。雍人虽不信鬼神却有先圣。当一个人杀了另一个人的全家，流放国君、处决百姓之后，心里总会生出不安与愧疚之意，这就是雍人乃至中原人的"信仰"。

孔丘多年来耳提面命，孟轲犹如幽灵一般唠叨个不停的"得道多助，失道寡助"，就连耿曙有时亦会心生忐忑，杀人杀得多了，报应总会来的，不是应在自己身上，就是应在家人的身上。

正是这根刺，无时无刻不在提醒着所有人，让人不至于变成野兽。

果然，汁泷又叹了口气，说道："恒儿，看见梁王的时候，你知道我在想什么吗？"

"你在怕。"姜恒说，"因为我爹杀了不少人，你爹又几乎杀掉了所有人，才让梁人落到如今的境地。"

汁泷说："周游与曾嵘都在提醒我，不要怕他们来报仇，不必畏惧。"

"可你还是在介怀。"姜恒从军报中抬头，朝汁泷笑了笑，说，"你不是怕他们恨你，不是怕他们来报仇。"

汁泷点了点头，就连他自己也说不清楚为什么，自己甚至不敢直视毕绍的双眼。

"那是一个加害者对一个受害者的不安。"姜恒说，"哪怕这不是你造成的，你也尽力了。"

汁泷没有说话，疲惫地叹了声，说："我现在发现，没有你和哥哥，我什么也办不到。恒儿，今天我甚至在想，你若是太子，一定会比我做得好得多。"

"都是他们自找的。"姜恒没有正面回答，反而岔开话题。

汁泷问："什么？"

姜恒收起军报，给自己斟了一杯茶，又给汁泷也斟了一杯，抬头望向万里江山图，重复道："我说，今日境地，俱是四国咎由自取，怨不得别人。"

汁泷道："他们又做错了什么？"

姜恒说："当初，天子与赵将军就死在这个地方。四国进军洛阳时，何曾想过，天子驾崩会将大争之世推向最后的深渊？"

汁泷刹那间明白了。

姜恒说："设若天子在位，封国如昔。依循法令，诸侯国一旦挑起战事，便群而伐之。事情会演变得这么严重吗？"

汁泷忽然无言以对，姜恒又说道："哥，你觉得，天子究竟是什么？"

"我从未见过他。"汁泷想了想，说。

姜恒摇摇头，说："我并非指他是什么样的人，而是问，他是什么？坐在这个位置上的，究竟是什么？"

说着，姜恒指了指两人之间的空位，那是天子之位。

汁泷沉默良久，这是从未有人讨论过的。

"一个象征，"汁泷最后答道，"弟弟，我觉得他是一个象征。"

"什么象征？"姜恒笑了笑。

汁泷说："天下的象征。"

姜恒注视着汁泷，这个位置，在不久之后，汁泷就要坐上去了，这个道理他总要先明白。

姜恒点头，没有再说。他比汁泷更早地察觉了这一事实，正如当初他在海阁所言，姬珣就是天下，他是神州的象征、规矩的象征、王道的象征。他坐在这里，便是提醒所有人，"天下"是活着的。

天子不仅仅是一个虚名，数以千万计的百姓、辽阔无疆的国土、飞禽走兽、草木虫鱼，所有的力量与精神，尽数如百川汇流般归于此地王案之后，幻化成了一个具象的"人"。

这个人的意志就是神州的意志。他行使王权，维护王道，他有他的责任，他的责任即是分离出"自己"，将个人的意志与象征神州的身份区分开。

回到王案前端坐时，他必须保持自己与"天下"归一，尽力不发生意志的偏离。

所以说天子安在，则天下升平；天子驾崩，则世间大争。

他推行一切法令，只为维护天下的安稳，消解战乱，让一切欣欣向荣，即王旗上所刻"万世王道"，此四字集百家之学、万民意志于一体。

"你会成为这个象征，"姜恒说，"你也将不再是你自己。"

"我明白了。"汁泷点了点头,他知道姜恒也在提醒他:既然你很快就要成为这个"天下",那么百姓的伤痛即是你的伤痛,从此不再有国君的身份,也再无国别之见。

太史威

是夜,汉中平原,大雪纷飞。

耿曙身上的袍子是姜恒为他准备的,内衬中垫了姜恒那件猞猁裘,不显厚,也不显笨重,很是修身保暖,且方便活动。裘袄外尚可加数块甲片与战裙、护膝等武胄。

姜恒在洛阳做什么呢?耿曙渐渐地察觉到,原本很听话的东宫已对姜恒生出少许忌惮之意,姜恒实在太像一个太子了,或许他们尚无意识,姜恒却已自然而然地成了这个国家的主人,丝毫不像一个客卿的身份。

这么下去,朝廷内部的战争迟早会爆发,毕竟姜恒再有才华,他亦是臣子的身份,整个东宫效忠的人不是他,而是汁泷。姜恒对汁泷有用,所有大臣都将推崇他,但一旦他威胁到汁泷的王位,曾嵘等人也许马上就会翻脸。

耿曙不想对朝廷大开杀戒,这些年,他杀过的人已成千上万,人死如灯灭,被他杀掉了,这个人就从此消失了。一个又一个生命消失在他的人生里。不知道双手沾满鲜血的汁琮,杀掉了他的所有反对者后,会不会偶尔也觉得落寞?

他很清楚,每当他为姜恒杀人时,姜恒便会露出难受的表情,哪怕这个人不得不杀。

耿曙只想看到姜恒笑,不想看到他难过。

耿曙看着雪地远方,两只小狐狸在追逐,追上了就抱在一起打滚,你舔舔我,我挠挠你,这景象让他无法控制地想起姜恒,不由得心驰神往起来。

他们真正在一起的时间太短了,耿曙回想过去,恨不得现在就回到洛阳，告诉姜恒，时间不等人，他们的一生，每一天都无比珍贵。

等到代国之患解决，回到朝中，他就要开始对付朝廷了。新的问题将迎面而来，而他与姜恒这一生，仿佛从来没有停下来，真真正正地享受二人独处的时光。

姜恒能成为一个好的天子，从姬珣处接过金玺，这就是他的宿命，光阴将这桩重任托付给了他，其后的每一步，仿佛都有命运在指引。姜恒无数次努力地想将五国重新拼在一起，犹如拼一个破碎的瓷瓶，其间经历了太多惊心动魄的考验，但他们都撑过来了。

"你想要的，究竟是什么？"

耿曙不禁又想起姜恒问过他的话，如果让他选，他只想回到从前，回到姜恒还不知道自己是谁，他们相守的那些时日，不被寄予厚望，没有诸多烦恼，人生中没有别的目标，只有一桩责任，即是彼此。

彼此成为对方唯一的责任，耿曙甚至明白了界圭的话，他想带姜恒走，离开这里，随便去哪儿，到天涯海角。

当年界圭也许也是这么想汁琅的罢？

只是身在局中，谁又能挣脱？

"殿下。"一名万夫长前来。

"我知道你们不想再打仗，"耿曙没有看他，随手玩了几下黑剑，说道，"我也不想打，我累了。"

万夫长在耿曙这话面前突然不知所措，他不过是来汇报扎营事宜，没想到耿曙却说出了这样的话。

他识趣地没有打断，垂手站在一旁听着。

耿曙又自言自语道："我朝你们保证，这是最后一场了，过后的五十年中，天下不会再有大战事，不过，咱们首先要活着回去。"

万夫长答道："是，殿下，扎营已经结束了。代国扎营在河边的平原上。"

耿曙又喃喃道："平陆处易，而右背高，前死后生，此处平陆之军也。"

万夫长安静地站着，耿曙又问道："朝廷回信了吗？"

"回信了。"万夫长拿着海东青爪上的布条交给耿曙，说道，"朝廷让咱们按兵不动，等到联会开完再决定。曾嵘、周游、姜恒三位大人一致猜测，李霄正在观察，看有几国参加联会，再决定是否采取行动。"

耿曙面朝被积雪覆盖的平原，吹了声口哨，海东青飞来，停在他的肩头。

"我想任性一回，"耿曙忽然说，"你愿意跟随我吗？"

万夫长一怔，说道："殿下。"

耿曙看了他一眼，说道："将你的弟兄们叫来。"

四名万夫长全部到齐，耿曙扫了他们一眼，用黑剑在雪地上画出简单地形，说道："将在外，君命有所不受。"

"这些年，我从来就是听我弟弟的，他让我打，我就打，他让我退兵，我就退兵。但今日，"耿曙看着他们，认真地说，"我想为我自己打一场仗，唯一的一场。"

洛阳，晋惠天子三十六年，腊月初八。

以雍地的习俗，王宫中开始准备腊八宴，明天就是冬至了，亦是雍人的除夕夜。两个盛大的节日挨在一块儿，又是雍国入关后的第一年，因而布置得无比隆重。

这也是汁琮死后，雍人过的第一个新年，于是整个民族，或者说整个国家，所有的生命力一刹那被激发，各族将雪仗的战场从落雁搬到了洛阳，城内一片带着野蛮的、欣欣向荣的混乱。姜恒原本约了芈清今日相谈，没想到芈清一大早看见雪，便惊呼一声跑出去看雪景了。

芈氏世代居住于长江以南，芈清从小到大没见过几次雪，有也只是薄薄一层，这是一国公主首次见到如此厚重的雪，当即挽起袖子，与各国特使打起了雪仗。

"公主殿下。"姜恒哭笑不得地叫道。

"太史，"芈清说，"你来吗？"

姜恒见孟和等人吵吵嚷嚷，生怕冲撞了前来与会的客人，只得护着郢人，不多时连毕绍、赵聪两位国君也出来了，宫外顿时变得热闹非凡。

毕绍陪着赵聪，两人正在堆雪堡，姜恒忽然听见有人通传，声音不大，接着是信使快马加鞭穿过长街的声音。

"代国汀侯，李靳到——"

所有人刹那间直起身，望向声音传来的方向，姜恒马上告退，匆忙回到正殿。

他记得李靳，那名被罗宣捆在地窖里的倒霉城防队长，曾与姬霜两小无猜。两年前，姜恒本以为说服了罗宣，结果罗宣因一念之差，留了他性命，如今他已在代国封侯，并成为姬霜的得力助手。

雍、代二国大战一触即发，这个时候，代国赫然也派来了他们的特使——李靳，代表代王李霄参与这场盟会。

朝廷如临大敌，正式接见了李靳。姜恒一身是雪，先在殿外抖了抖，再坦然而入，进去时，李靳正在高谈阔论，汁泷、曾嵘等人脸色都极难看。

"……敝国国君与霜公主殿下，给出了最后期限……"

姜恒来到李靳身边时，李靳忽然一停，眼里带着少许畏惧。

"李将军好。"姜恒笑道。

李靳表情非常复杂，只因出发前，姬霜特地叮嘱过，务必提防姜恒与聂海。姜恒的名头实在太响，其父杀光了天下政要不说，他与聂海更是凭借一己之力，引发西川朝野剧烈动荡，甚至连代王李宏亦交待在他们手上。

除此之外，雍王汁琮征伐济州遭到暗算，也与姜恒脱不开干系，一名文人竟设计除掉了两名武力冠绝天下的国君，李靳当即气势被压了一头。

"姜太史，"李靳说，"初次见面。"

姜恒带着询问的神色看汁泷，汁泷温和地说："你来得正好，代国要求咱们从汉中平原撤军，他们才愿意参与会盟。"

"知道贵国陈兵守护边境的坚决意图。"李靳说，"但是嘛，毕竟刀兵无眼，战场无情，就怕伤了和气。您也知道的，我国三十万大军正在边境进行演练，咱们两国实力悬殊，若不慎酿成冲突，谁也不愿看见。"

姜恒笑了起来，汉中当下两军对垒，两国之意不言而明，代国在以军队威胁雍国，而这又是汁琮最爱做的事。耿曙那四万军队，只能称之为表态。

"您想多了。"姜恒走到天子案一侧，坐在右手位。

这一下，雍国就像有了两位国君——汁泷与姜恒各坐一边。

李靳顿时知道，姬霜特地提醒的意思了。

姜恒拿起金玺，放在正中。

汁泷看了眼姜恒，明白其意，解释道："姜太史乃金玺受托之人，可暂替天子阐明其意。"

汁泷想将天子案让给姜恒，姜恒却说道："雍王不忙，请坐就是。"

说着，姜恒又朝李靳说："不是守护边境，而是要开战打你们。"

朝中霎时肃静，李靳当即色变，姜恒又说道："我昭告五国前来参与会盟，为何你代国迟迟不来？不来，则令雍国奉天子令讨伐尔等！送封信告诉李霄，他若视金玺为无物，这就夺其封位，贬为庶人！"

李靳大怒，吼道："你有什么资格代表天子？"

姜恒拿起金玺一亮，又扬眉道："回去问你们霜公主：她承认不承认？"

李靳顿时语塞，不久前姬霜才承认了金玺，否则为什么千里迢迢前来安阳，欲继承大晋姬家正统？

李靳心念一转，你们有姬天子遗命，我们有公主，正要拿话来顶姜恒时，姜恒又说道："但眼下你既然来了，我便权当代国表示出了诚意，愿意参与会盟。先去歇下罢，两国边境之议，我答应你，盟会结束后必将给你一个答复。"

李靳反而什么都说不出来了，事实上李霄与姬霜派他出来，亦是为了让他参与会盟、探听消息，至于边境的雍军不过十万人，又分散成三大军团，李霄派擅于带兵的亲弟李傕领军，三十万军队在手，根本不怕耿曙，人多势众，犹如决堤一般放出去，淹也淹死他了。

"汀侯请。"汁泷适时地做了个手势。

李靳只得暂时忍着，前去住下，带来的两千兵员，按姜恒的意思是不必管，让他们自便罢了。

"派个人去监视他，"姜恒又朝界圭吩咐道，"看他在城内做什么。"

姜恒怀疑李靳此次前来亦带着任务，他想拉拢各国，协力对抗雍，一旦被他达成此目的，五国将陷入国力与兵力互相制衡的局面，这神州一统的大业只怕从此再难推动。

末了，曾嵘又说："明日之会事关重大，须得持续多日，今天又有了变数，咱们不如再仔细核对一次。"

姜恒转身关上了门，界圭在外头守着，汁泷、陆冀、周游、曾嵘与姜恒五人则再次核对盟会章程，以确保万无一失。

"我还没来得及好好看过金玺呢。"汁泷最后说道。

深夜里，所有大臣都散了，明日雍国人将面临百年来至为复杂的局势，谁也不知道明天的盟会上将发生什么，就连姜恒自己亦无从预测。

殿内剩下姜恒与汁泷两人。

"我也没有认真看过。"姜恒最后答道。

汁泷用黄布将它再一次包上，递给姜恒，说："这上面刻的什么？"

"诸天星官。"姜恒端详着露出的金玺的一角，其上刻了星图，他朝汁泷指出金玺中央之处，说，"天子为诸天所授，为守护神州者。持金玺，即天命。"

汁泷点了点头，让姜恒拿着金玺。明天盟会召开，姜恒将把此玺正式授予新的天子，而这个人选，当是汁泷。

姜恒朝汁泷点头，转身离开，界圭等在殿外，护送他回房歇下。

五 国 会

神州度过了幽暗的长夜，一如这个冬至到来时漫长的夜晚，冬至是昼至短、夜至长之时，亦是大争之世里最浓烈的墨色。诸侯国围攻洛阳的那天，谁也不知道黑夜会在什么时候结束，新的一天什么时候到来。

神州就在这漫长的夜里沉睡着，仿佛永远不会醒来，刀枪之争无法让这个巨人睁开双眼，鲜血从它身上淌过，诸侯的血、公卿的血、士人的血、百姓的血——混在一起，汇集为奔腾的河流，在时光的推动下注入大地，浸没了这巨人的身体。

直到那一天，姬珣将金玺交到了姜恒手中，犹如递给他这长夜里的最后一点星光。随之，银河渐西移，天际出现了一抹很淡的绛色，天终于要亮起来了。

阳光照进宫殿中时，姜恒睡了不足三个时辰，他很没精神。四十九声钟响，就像昔年他与耿曙在洛阳中每天所闻，唯一不同的是，今日晨钟结束后，又有六声拖长尾音的昭示，代表诸侯齐聚天子王城之意。

众封国国君俱等待着这一天，他们依次来到会场前，那是天子接见诸邦之臣的"礼殿"，穹圆地方，露天而设，地上铺着厚毯，绘有神州大地的地图位于洛阳王宫正中，周围燃起了火盆。

洪钟大吕声中，金铁鸣响，先是梁王与一众臣子，其后是郑王、龙于与郑国臣，再次是羋清、熊丕与郢臣，最后是代国李斳。

近百人鱼贯而入，甲士随身护卫，陪同国君出访者俱是各封国内的公卿，天子案设在殿中央的北面，坐北面南。五国代表各依其位入座。代国位西，郑国位东，郢南雍北，梁国位于正中右下。

汁㴆所坐之处即天子位下不远处。

姜恒最后一个抵达，他走进会场之时，正低声交谈的公卿们随之一静，都注视着姜恒。

姜恒身穿太史令官服，承晋制，手持符节，站在入场之地，迎上来自四面八方的目光。他忽然有种不真实感，七年了，他终于真正回到了此地，回到了天子的身前。

"姜大人？"梁王叫道。

姜恒长吁一声，来到座前，率先朝着空案跪拜。

"天子安好。"姜恒说道。

诸王同时起身，汁㴆转身，所有人面朝天子案，跪伏在地，俯身以额触地。

"拜见金玺，"众人恭敬地说道，"天子安好则天下升平。"

磬声再响，连续数声后，各人入座。姜恒来到空案一侧坐下，让出空位。

"七年前，"姜恒说道，"洛阳大乱，天子崩，万民离散，中原大地陷于'大争'，如今召集各国封王，以议对策。"

会场寂静，只有姜恒之声响起："天子驾崩，本该以三公联合赵将军出面，照会诸王，然，赵将军与朝廷中官员，殉天子而殁。如今晋廷内，中央官员，唯有姜某与聂海聂将军。聂将军带兵在外，多有不便，全权委任于我，持天子亲授传国金玺，主持此盟会，各位国君想来当无异议。"

众人纷纷答道："无异议。"

汁泷跪坐，身体朝北面天子案稍稍侧了一个角度，他看着姜恒，忽有种陌生感，他从来都将姜恒视作雍人，从姜恒来到雍地时，他在汁泷心中就成了汁氏的"自己人"。

而就在这一刻，汁泷开始感觉到，真正的、隐藏在姜恒之下的另一重身份——他似乎从来就不属于任一国，他自始至终俱效忠于姬珣。

"各位有何话说，今日都但说无妨。"姜恒解开金玺外的布，露出那黑黝黝的金玺，如今各国的国君亦是第一次见，目光俱聚集在天子案上。

"天子虽崩，"姜恒又说，"但见此玺，有如见神州天命，今日各位除去消弭纷争外，尚有重大责任，即是为天下百姓推举新的天子。"

与会者自然知道，这大争走到了尽头，该是建立新秩序的时候了。

"那就是传国之玺吗？"芈清说，"倒是第一次见，先王不止一次提起过，可以让我看看不？"

姜恒将金玺拿起，交由众人传看，又说道："七年前，天子遗命乃是让我持其寻找适合为天下之君者。"

众人看过一轮，这王权的象征便再一次回到案前。

"但以眼下情况，"姜恒说道，"这尚不是最重要的，在下想听听各位国君的意思。未来神州的命运，便掌握在今日与会者的手里了。"

"天子驾崩，"熊丕说，"前因后果，暂且不论。"

熊丕与芈清交换了眼神。姜恒清楚他的暗示，当年五国围攻洛阳是笔烂账，雍国认为关内四国率先挑起大战，四国则指责汁琮意图劫走姬珣，挟天子以令诸侯，谁也辩不过谁，各有各的说法，便暂且搁置不论。

熊丕顿了顿，又说："雍国年前撕毁协议，在安阳朝兄弟之盟开战，屠杀我国十万将士，这笔账今日得好好算一算。"

会场肃静，这个情况是群臣早就提醒过汁泷的，汁泷倒不怎么介意，只是笑了笑。

"梁国亦是这么一说。"旋即，梁王开口说道，"安阳、衡阳、照水等地如今被雍国占去。何时还给我们？还请姜大人为我大梁主持公道。"

年幼的郑王身边，诸令解代为发话："郑国济州一战，生灵涂炭，雍国惨无人道，犯下种种恶行，汁琮虽死却死有余辜，如今谁来为这场战争谢罪？"

李靳冷笑一声，望向姜恒，倒是没有来寻仇讨事，他知道以眼下局面，姜恒已无法应付，代国的诉求最后再加上去不迟。

汁泷先是朝熊丕说道："安阳一战，十万郓军并非我雍人所杀，乃是中毒而死。贵国想必收尸后已得到报告。雍军亦有近万人因中此毒而故。"

熊丕认真地说道："袍泽们既然死在了安阳，而安阳又被雍王攻占，自该由汁家给个交代，否则呢？"

"殿下。"芈清朝熊丕小声劝说。

姜恒看了眼汁泷，想看他怎么说。

汁泷又解释道："雍国亦在调查，假以时日，一定会给贵国一个交代。"

姜恒几次怀疑安阳之战中，屠全城十余万人，满城鸡犬不留，杀得干干净净的招数，乃是出自罗宣之手，但无奈他已找不到自己师父，更不可能去问他了。

"我们相信雍王。"芈清答道。

熊丕便暂时不再提出异议，与公主开始低声讨论起来。

"那么我们呢？"梁王芈绍说。

郑王灵死后，芈绍仿佛一夜间长大，虽不过十二岁，却已隐隐有了少年老成的模样。

汁泷说："安阳之乱，非孤本意，今日既然召起联会，孤便已想清楚了，梁国王都原样奉还，照水城由雍军暂为代管，以三年为期，逐步与梁国交接。"

汁泷这么一说，所有人顿时大哗，谁也没想到，雍国竟会放弃到手的土地！

"谢谢。"芈绍淡淡地说道。

"战死的百姓，"只听梁王身边，相国春陵又说，"雍王又有什么说法？不要拿你爹的决定与你不相干之言来搪塞，如今你是国君，责任就在你身上！"

诸令解道："济州之战，又如何交代？"

汁泷没有回答，所有人都看着他。良久的沉默之后，姜恒说道："雍王，他们都在问你呢，怎么说？"

汁泷朝姜恒说道："是要割地还是要赔款，以偿各国战死的百姓性命，我都可接受。"

当即所有人警惕起来，汁泷的姿态摆得实在太低了，只怕有诈。其身后曾嵘、周游等人，又都在观察诸侯们的脸色，想必以退为进，待会儿会有更多麻烦。

"唯独一件事，"汁泷又说道，"我也要请天子为我大雍主持公道，一年前，梁、郑二国组成联军进犯雍国领地，攻破落雁，率先挑起战事，又有谁来为此赎罪？"

姜恒随即望向梁王、郑王等人。

诸令解说道："十五年前，汁琮派耿渊于四国盟会上刺杀诸国政要，这是不共戴天的血仇，战事因此而起，合情合理。"

姜恒说："那次盟会上，议题是什么？"

诸侯的脸色都有点不自然。那次盟会乃是重闻牵头，联合关内四国欲瓜分雍地，这才是最重要的。

"你们雍人犹如虎狼，"诸令解正色道，"随时想入侵关中……"

"少做花言巧语、诡辩之词！"姜恒勃然大怒道，"油嘴滑舌之辈，信不信我现在就斩了你？！"

金玺拍案，一声巨响，所有人登时被吓了一跳，就连汁泷的心脏也险些跳出来。

诸令解被这么一震，当即断了话头。

姜恒面带怒意，呵斥道："我相信各位国君俱是抱着消弭战乱之愿前来，若不开诚布公、相信彼此、重建信任，反以诡辩之术再多论，又有何意？！龙于将军！"

过了好一会儿，龙于缓缓地说道："末将在。"

耿曙不在会场，姜恒失去了倚仗，这是他今日主持会议中唯一的短板。但龙于哪怕为一国上将军，身份仍然是天子之臣，他只要承认晋家天下，便必须服从这一身份。

"谁再以无中生有的罪名狡辩，扰乱会场，"姜恒道，"我授权你，将放肆之人拖出去处决。"

刹那无人再开口。

片刻后，汁泷打破了沉寂。

"十五年前，雍国尚未踏出玉璧关，"汁泷说，"梁国的重闻将军，却已开始策划集结四国，瓜分我国土、流放我百姓。"

姜恒淡淡道："现在开始，我等只讨论已发生的事实，不可有任何诛心之论，否则便视作挑衅之举。"

"因为你雍国得位不正。"熊丕说。

这是事实，一百二十二年前，汁家官至晋廷太尉，爵位仅为公爵，率军驱逐来犯的风戎人，一去不返，在塞外自行立国，招致各国的大怒，亦是王权旁落的源头。

"天子发布招讨令了没有？"汁泷反问。

这也是事实——姬家虽然对汁氏的行为感到愤怒，却终究赐予他七鼎，承认了汁家的诸侯王之位，想算账，得去找那一任的天子，总不能将死人翻出来问话，何况天子也有权拒绝给这个交代。

一百多年前的事实在太久远了，隔了五代甚至六代人，当初各国没有马上讨伐雍，亦是各自打着如意算盘，想要趁此分夺王权，错在谁身上？

诸侯无言以对。

"没有。"姜恒替诸侯们回答道，"天子赐一钟、七鼎。汁氏乃是中央承认的诸侯，得位名正言顺。"

汁泷正色道："那么姜大人以及各位国君，诸侯国以此为宣战的理由，便说不通。"

姜恒道："各位如何看？"

梁王率先承认道："上将军重闻率先以'威胁'之名启战，是为不妥。但十五年乃至更久以前，雍与我大梁，因土地之争频生战事，亦是事实。"

姜恒道："按规矩，各国若有领土纷争，须得面见天子，请求裁定，天子裁决后，若诸侯拒不从命，当发天子令，天下共讨之。梁国面见天子了不曾？"

诸令解冷笑一声，从一百年前至今就已是这局面，谁武力强大谁说了算，天子说话能起什么用？

"诸令大人，"姜恒又说道，"你笑什么？"

"那么朝廷就得好好反省了，"诸令解冷冷地说道，"为何天子令出，诸侯不从？怎么？姜大人，这是事实，我不过说了事实，你想杀我就杀，我不怕你！"

"各国国君也得反省，"姜恒答道，"是什么令尔等为了土地、财富无休止地发起战事？当真只是为了生存吗？"

"姜大人说得对。"郑王年幼，却忍不住说道，"都道大争之世，人人难以独善其身，可这争端最先又是谁挑起来的呢？无非是人心贪得无厌罢了。"

"嘘。"龙于马上示意小郑王，让他不可拆自己人的台。

"连小孩子也懂的道理啊！"姜恒叹了口气，答道，"国君身在其位，每一个决断，都关系着诸侯国领地中，千千万万百姓的生与死。诸令大人，我原以为你有一颗赤子之心，现在看来，当真让人失望至极。"

熊丕冷笑一声，显然对姜恒之言不以为然，面带嘲讽。

芈清却认真地看着姜恒。梁王毕绍叹了口气。

"雍国真的会还梁国领土吗？"毕绍说。

"会。"这次汁泷没有犹豫，答道，"总要有人先让步，这是孤王早与姜大人做的决定，无论今日会盟大家是否达成一致，雍都不会强占安阳。"

姜恒沉默地看着众人。

"姜大人今日是当真想解决问题的，"春陵想了想说道，"姜大人的行径，我等确实佩服。"

春陵难得地表露出了敬佩，看了眼龙于，说道："姜大人多年前，先是行刺雍王，退去玉璧关外大军……"

龙于点头道："不错，姜大人的为人，本将军亦无话可说。你我虽曾为敌，你维护雍国王都，令其不至于亡国，又与聂海聂将军守护了济州。你虽年纪不大，却流浪天下，只为拯救万民，待每一国百姓，如自己家人……"

姜恒却不想再听这褒扬的话，他突然觉得累了，便打断了龙于。

"不错，"姜恒说，"召集各位前来，我是想解决问题的。可是今日见各位一如既往地自说自话，恐怕许多问题永远都得不到答案。"

芈清说："我们来到此地，亦是为了解决问题，不能再打下去了。"

这是连七岁的赵聪也明白的道理，如今天下已不再像从前，战乱的摧残令神州大地暗无天日，百姓难事耕作，良田已成荒地，宅邸已成废墟，什么时候才是尽头？

"但是这个问题怎么解决？"姜恒忍不住说，"至少在与会这个问题上，只要人来了，我想大家的目标就是一致的。我们还要不要规矩？是回到一百年前，奉行古老的规矩与王道，休养生息重新过日子；还是打破所有的规矩，用最后的一场大战来决定天下的归属？"

"本次盟会散了之后，只有两个方案。"姜恒无视一旁的李靳，朝诸侯说道，"一是重建中央朝廷，奉天子为尊，推行新的政令，停止所有的战争；二是各自回家，召集军队，互相杀戮，直到一方彻底胜出，将眼下的一切推翻重来为止。"

姜恒摊手，说道："这些年来，我业已竭尽全力。是根据姬天子遗命，授予新王金玺，建立新秩序；还是用战争来决胜负，你们自己说罢。"

行 军 报

没有人说话，除了代国的另外三国，自然都是冲着停战来的。姜恒不过将一直以来这一切的本质放在明面上说了出来，大家心里清楚得很，只是谁也不想说。

要么最后混战一场，赢家通吃，败者亡国，付出千万百姓与士兵丧失生命的代价，最终由一个至为强大的国家的君王来统治天下。

要么就放下所有的芥蒂，妥协，并商量出一个所有人都能暂时相安无事的办法。每一方都必须出让自己的一部分利益，服从天子的管制与调度。

道理人人都懂，却并非这么容易办到。

"说得是，"梁王毕绍说，"暂时放下所有的仇恨罢，都过去了。"

他朝龙于、诸令解、芈清与熊丕认真地说道："往事重提，又有何益？逝者已逝，现在是生者的世间。"

姜恒注视着只有十二岁的毕绍，知道他与当初的自己也许有着同样的念头。郑王灵在付出生命时，便将最后的一点希望托付给了姜恒与耿曙，而龙于等一众郑臣也早已明白赵灵的遗愿，姜恒是他们最后的希望。

"我等附议。"龙于说。

诸令解仿佛还有话想说，最后他却没有反驳龙于。

雍国是先出让了利益，这也是姜恒提醒过汁泷的，必须有一方来打开这个口子，否则争端将无休无止。

"梁王心有王道。"姜恒轻轻道，又问芈清："那么你们呢？"

芈清将手放在熊丕的手背上，手指轻轻敲了敲。

"姜大人，"芈清答道，"我们身后乃是郢国国民，望您理解。"

"当然理解，"姜恒答道，"你有什么要求？"

芈清沉吟片刻，又问："姜大人想在五国国君之中，选出新的天子吗？"

姜恒答道："是的。"

终于来到最重要的一步了。

姜恒最后说道："根据天子遗命，继任者由我选择，虽说如此，我仍希望听听各诸侯国君的意思。首先，我选定了汁泷来做新的天子。"

汁泷额角淌下汗来。

刹那间所有人猝不及防，露出了诡异的神色，四国之人在与会前俱商议过，姜恒极有可能会将金玺交给汁家，毕竟汁氏眼下已成了最大的赢家，却未料姜恒丝毫没有铺垫，就这么直接说了出来！

诸令解当即发疯般地大笑，打破了沉寂。

"他?!"诸令解道,"你让一个疯子的儿子来当天子?!他的父亲,与四国有着不共戴天之仇!"

汁泷没有说话,面带冷淡神色。

姜恒说道:"是,各位若不赞同,可推举出新的天子人选。我来听听你们的提案,各位不如说说?谁坐在这个位置上,能让你们心悦诚服?"

话音落,没有人接话,无法推举出更合适的人,这才是最大的悲哀。

毕绍能当天子吗?首先身为亡国之君,毕绍连自己的国人都失去了;其次他只有十二岁,麾下又俱是老臣,梁国早已透露出腐朽的气味,犹如当初的晋。

赵聪能当天子吗?不能,他虽是赵灵之后,这孩子头脑也十分清楚,更深明仁义之道,却管不住五个国家,他身为国君,管辖郑国都十分艰难。

熊丕能当天子吗?众人的目光根本没有留在熊丕身上,不过认为他是个被急急忙忙教了点仪态后,为芈清传话的傀儡。

芈清——郢国遭遇重创之后,不得不出面的长公主。她甚至没有治理国家的经验。

姜恒自始至终没有看李霁一眼,他知道李霁更不可能,不会有人在乎李霁,李霁也从未将天下人当作自己的臣民,他只在乎自己的代国。

"如今的雍国,已是最好的证明。"姜恒说道,"汁琮尚在位时,汁泷以其才能,令雍国获得了前所未有的强大力量。百姓富庶,各有土地;商贸往来,货物互通。雍国的国力,如今已与郢国不相上下。"

姜恒解释道:"我有信心,让汁泷来带领天下,将在三十年内恢复百年前的盛况,就看你们愿不愿意相信他了。"

天子人选来得实在太突然,就连龙于亦以为姜恒会用更缓和的方式来宣布决定,这么一来,盟会便陷入了进退两难的困局——没有人愿意让汁泷来担任这个职位,却谁也提不出更好的人选,更心知肚明自己没法当。

"那是不可能的,"诸令解说,"姜大人,永远不可能。你自己当天子,比汁家的人更能服众一点。"

汁泷忽然笑了起来,看了眼姜恒,这时候他忽然又有了童心,意思是——你看罢，和我说的一样。

汁泷很清楚，这些年，雍国的强大是因为姜恒的变法，以及东宫自己的部下们的才干，他甚至什么也没有做，只是听取报告并相信他们，给予所有人力所能及的支持。

但姜恒很坚持，姜恒告诉他，这就是用人之道，相信自己也相信他人，是至为可贵的品质。

汁泷一直在学习相信他人，发掘优秀的人才，并给予他们支持。

就像姜恒所言，当个好国君其实很简单——愿意用人，懂得用人，让人与人之间不互相厮杀，并且自己也别被杀，就成功了。

道理很简单。

今天的盟会上，看见这仿佛永不止息的争吵，汁泷渐渐明白，为什么姜恒说相信他人是可贵的了。

李斯也笑了起来，说："姜大人有一颗赤子之心，但你还是得承认现实，不是大家坐在这儿聊聊天就能解决问题的。看来看去，也就那样，恕我不奉陪了，各位，代国退出你们的盟会。"

"临走前，我还有一句话想说，"李斯朝众人说道，"姬霜公主也愿意召开五国联会，听听各位的看法，雍国必须为他们过去十年，乃至一百年间的行为付出代价。人间该有新的天子、新的王廷，但不可能是这个废物……"

汁泷身后的所有人，愤怒已达到极致，曾嵘哪怕涵养再好，也忍不住要开口怒斥李斯，真想打仗，就让你看看，谁才是废物！

但姜恒以眼神制止了曾嵘。他知道代国不可能答应，此次前来，不过是试探，他也不在乎姬霜的想法，雍国已最大限度地表达出了诚意，换作汁琮，根本不会归还安阳，他只会打仗，他只有一条路可走。

姜恒凭借不懈的努力，在汁泷的支持下，成功地说服了雍国朝廷，打开了另一条路。只要梁、郑二国愿意，并说服郢国，有了这三国的支持，便不用惧怕代国的威胁。

李斯的反应也早在姜恒的预料之中，他也提前与汁泷商量好了对策。

"所以李霄愿意当天子？"汁泷礼貌地说道，"叫他过来，有话好商量，只要大家承认他，我愿意支持。"

诸人对李霄的不屑更甚于汁泷，甚至对姬霜亦无多少好感。

李霄杀了亲生父亲李宏，而李宏罪不至死。

李宏之死并非因大义之名，连李谧亦死于非命；李霄的动机只是夺权，这就是他最大的败笔。

何况代国从来便是冷眼坐看中原纷争，每次都只出工不出力，当初落雁城一战，郑与代结盟，代国却迟迟未增兵，只在雍境内四下掳掠，亦间接导致了郑王灵的惨败。

梁国安阳覆灭时，李霄还想上前插一腿。代人以商贸发家，商人的最大特点就是坐收渔利，两不相帮，等待两败俱伤后再出面捡漏。

李霄此人毫无威望可言，哪怕当上了天子，也只会鱼肉中原之民，将财富充入西川的国库，这是任何一个诸侯都不愿看见的。

"……闲话少说。"李靳朝诸侯们抱拳道，"霜公主才是这天下的未来，稍后西川将发来照会，等待……"

姜恒看着李靳，他已准备了长篇大论想反驳他，会场上却发生了一件事，这是他在这些天里，原本牢牢掌握着的局面，第一次失控——

先是一名梁国信使前来，在龙于耳畔低声说了句话，龙于顿时面现震惊，难以置信地望向姜恒。

姜恒："嗯？"

耳畔尚是李靳滔滔不绝的声音，姜恒充耳不闻，发现了龙于这个细微的表情，扬眉询问。

紧接着，郅国的信使也赶到了，俯身到芈清耳畔说了句话，芈清顿时睁大双眼，但很快就恢复了镇定。

怎么了？姜恒敏锐地发现了不妥，李靳还在说姬霜的命令，汁泷身后之人开始交头接耳，龙于则侧身过去，低声转告梁王芈绍，刹那间诸侯们已无人再关心李靳所言。

汁泷与姜恒交换眼色，回头低声询问周游，雍国人对此毫不知情，却看得出来，一定发生了什么事。

旋即，远方传来很小的一声鹰鸣，郎煌带着一块布条，快步走进了会场，看了眼二人，将布条递给汁泷。汁泷看了一眼，顿时露出震惊的神色，递给姜恒。

姜恒展开布条，那是耿曙写下的一行字。

与会者停下交谈，一时所有人的目光都驻留在姜恒身上。

"……七年前，霜殿下便执意要重建大晋朝廷……"李靳还在高谈阔论。

姜恒道："李将军，恕我打断一下。"

李靳带着嘲讽的眼神，停下话头，注视着姜恒。

姜恒朝李靳出示布条："知道你们不服，聂将军率领四万王军，在汉中平原击溃了你们二十万兵马，现已进入西川境内。很可能接下来就没有什么霜公主了，你要不要先写封信回家问问，让他们报个平安？"

李靳："……"

"今日盟会到此为止。"姜恒果断地说道，"余下之事，明日再议，散会。"

新 年 夜

全场哗然，趁着此事尚未掀起轩然大波，姜恒快刀斩乱麻，将所有讨论强行终止，他们必须马上回去讨论对策。

"他疯了吗？"周游难以置信地说道，"谁给他的命令？"

正殿中，姜恒连着饮下三大杯冷茶，口渴得不行，所有人都看着他。

"不是我，我不知道，我没有。"姜恒一口否认，但耿曙向来听姜恒的，他说什么就是什么，此时姜恒已成了众矢之的，根本不会有人相信他没有密令耿曙突然发兵，攻打代国。

汁泷倒是相信，姜恒说没有，就是没有。

"哥哥为什么这么做？"汁泷道。

"我……我不知道。"姜恒说，"情况如何？"

雍国对前线战况一无所知，连信报也是海东青带回来的。耿曙那布条上只有寥寥数言：代军已破，转攻西川，破城指日可待。

"他只有四万人，"汁泷说，"是怎么打败二十万大军的？"

众人一筹莫展，只能默默等待。曾嵘猜测郑人有自己的渠道，朝龙于询问，说不定能得到消息，却被姜恒阻止了。

他们不能在这个时候被诸侯们看出来，耿曙突然发起的军事行动并未通过朝廷。

姜恒在盟会上止战，耿曙却在前线拆台，前脚刚说完大争之世需要结束，后脚耿曙就与代国打了起来，当真让人头痛。

众人等到傍晚时，雍军的信报终于来了。

"报——"信使道，"王子殿下于汉水畔大败敌军，击破代国二十万兵马，杀敌三万！俘敌五万！"

姜恒听到细节时险些晕过去，耿曙在三天前的黄昏，骤然向李雁的军队发起了突袭，趁汉水结冰，在夜间渡河，绕过大半个汉中，在天亮时袭击了李雁的后阵。代国军队已有多年未曾打过仗，更因军力鼎盛而轻敌大意，中了耿曙设下的陷阱。

从白天战到傍晚，血色黄昏中，代国军队遭到包抄，被驱赶到河面，上百里冰面突然崩碎，当场淹死、冻死之人达到数万。

"送信，"曾嵘道，"让他别发疯！联议尚在进行，这让别人怎么想？"

姜恒说道："已经晚了。"

他相信耿曙有自己的判断，汁泷提醒道："这也未尝不是好事。"

姜恒点点头，至少代国这么一仗下来，没法再嚣张了。

"洛阳开始戒严，"姜恒说，"把曾宇的部队抽调回来，以防代国突进嵩县，攻打洛阳。"

姜恒一言点醒梦中人，代国一定会报复，而如今四国公卿俱在洛阳，当下，必须保护好参会者。若在盟会上死了人，甚至被代国抄了后方，后果将不堪设想！

周游道："盟会要提前结束吗？"

"不，"汁泷说，"现在放他们回去，只怕更危险。"

卫贲匆忙走来，说："代国已经展开行动了，他们正兵分两路出剑门关，攻打嵩县。"

姜恒说："密切监视李靳，如果发现有危险，马上将他控制起来。卫将军，全城戒严。"

卫贲心神不定，朝汁泷点了点头。

姜恒又道："我晚上会去挨个与他们谈谈。"

今天他将最大的难题抛了出来，无论如何，他都会拥护汁泷成为新的天子，除非各国能拿出更有效的提议。

而接下来的第二天与第三天，就是汁泷的战场了，他需要取得与会者们的信任，至少要给他这个机会。

汁泷点头，姜恒便神色不定地前往后殿，先去见龙于。

龙于是他必须最先争取，也最有希望争取的，他陪伴了郑国王室两代人，既是老郑王的爱侣，又抚养赵灵长大，于赵灵如父如兄，他比谁都明白赵灵的心愿。

这天是雍人的新年，宫廷内遵照诸侯之礼，将膳食送到各国国君住处，以鼎烹鱼、鸡、羊、鳖四鲜，附上了雍国的烈酒。今夜本该由雍王汁泷宴请众人，但汉中传来战报，便临时取消了。

姜恒抵达郑国下榻处，见年膳已用过，龙于正在与毕绍、赵聪对坐饮茶。二更时分，赵聪撑不住便在案畔睡了，枕在毕绍的膝头。

龙于与毕绍俱保持沉默，双方仿佛都有心事，姜恒的到来打破了这沉默，他示意毕绍不用起身。

"他一定很困了。"姜恒说，"赵慧呢？"

"她嫌待得气闷，说去走走。"龙于说。

姜恒虽只是官员，却依旧代表了死去的姬珣，诸侯见他须得回礼，那是对他背后的天子该有的礼节。

"小孩儿到了时候就想睡，"毕绍答道，"我曾经也是，一到二更，就困得不行。"

姜恒看着身穿便服的梁国国君与龙于，忽然有种奇怪的感觉，仿佛他们就是家人。郑与梁曾经亦是兄弟之邦，毕氏与赵氏也都出自六百年前晋廷古老的大姓家族。

"这还是我第一次在洛阳过新年。"龙于朝姜恒说。

姜恒答道："离郑国的新年还有几天，若来得及，还能赶回济州去。"

"我看现在这局面，一时半会儿是解决不了了。"龙于没有询问雍国突如其来的军事举动是震慑，还是无奈之举，只朝姜恒说道。

龙于的嘴角微微翘着，他已年过四旬，却依旧有风华之姿，身材、容貌如青年人一般，眉目间更带着越人独有的英气。

姜恒叹了口气，耿曙的突然袭击，是他事先全未考虑到的，但现在看毕绍与龙于的表现，显然已有了决定。

毕绍说："你真的相信他吗？"

姜恒说："他是我哥哥，我当然相信。"

他不知道毕绍所问何人，但汁泷也好，耿曙也罢，这两个人确实都是他的兄长，汁泷是他的堂兄。

龙于道："赵灵死后的这些日子，我常常在想一个问题。"

姜恒扬眉。

龙于说："他为什么相信你。"

毕绍朝龙于说："哥哥生前与我说过，姜大人第一天来到济州时，对他说过一番话，自那天起，他就知道，大争之世将在十年以内结束，也正因姜大人，他才下定决心，前去刺杀汁琮。"

姜恒笑道："我与他当年说了那么多话，具体哪一句却不记得了。"

龙于不予置评，他现在已成了郑国军方之首，哪怕郑、梁二国为强弩之末，却依旧成功地让雍国吃了败仗，仍是不可小觑的力量。雍人虽四处征伐，单独一国无力与耿曙对抗，但设若联合起来，四线开战，仍有将汁氏赶回玉璧关外的能力。

姜恒最清楚这一点，所以无论如何，必须把他们拉回盟会上来，进行谈判，不能再在战场上解决，他想向他们证明，耿曙不是第二个汁琮。

"你觉得未来三十年、四十年的天下，"龙于说，"会是怎么样的？"

姜恒知道龙于面临最后的决断，自己的回答将影响他在第二天盟会上的表态。

"实话说，"姜恒答道，"仍然迷雾重重，难以下定论。"

这是一个出乎龙于与毕绍意料的回答。

毕绍笑道："我还以为姜大人会说……"

"什么盛世，"姜恒说，"都是骗人的，大家心里都清楚。王权旁落，晋廷衰败，固然有雍的原因，有姬氏自己的原因，更多的问题却是时局使然，不得不如此。"

龙于点了点头，这就是诸子百家数百年来始终争论不休的关键。什么学说更适合这个天下？打破一切固有的秩序后，需要建立一个什么样的人间？

"六百年晋室江山，不停扩张，"姜恒想了想，说，"起初不过中原之地，十三国，四十二城。其后诸族来奉，疆域延展，到得两百年前武王在位时，'天下'之地，已至东海、西陲、南疆、北塞。"

"疆土辽阔，却带来了另一个问题。"姜恒说，"'家天下'之分封，难以再有效管理如此辽阔的领土，边域之患不断，中央鞭长莫及，若不改制，王权之衰败乃是必然。"

就像一棵大树，极力伸展后，受枝干重量所累，苦苦支撑多年，无外力时已显累赘，一旦暴风雨到来，树枝便将折断、飘零。

姜恒想了想，又朝毕绍说："但要推翻家天下，废除诸侯国封地，改设郡县，由天子直接管辖，你说有多难？谁会放弃自己的国君之位？就算你、赵灵愿意放弃，士大夫们又岂会同意？"

毕绍想了想，说："这就是我们所担心的。"

若不推翻一切重来，再次被姜恒强行拼在一处的天下，将重走一次晋廷的道路，最终瓦解，而这个速度只会比先前更快。若想改变这一切，其中的困难只会更多，姜恒相当于以一人之力，与天下所有大贵族为敌。

"但我相信仍然有希望，"姜恒说，"汁泷最初所实施的雍宫变法，即是来日天下之雏形，这个过程也许异常困难，也许将持续很久，我们得耐心等候，一代人、两代人，乃至近百年之后，将会有一个不同的人间。"

龙于说："明日盟会章程，想必即是以天子之名，宣于诸侯了。"

"如果通过了，我想是的。"姜恒答道。

龙于与毕绍都没有回答，姜恒知道这不能以多压少，必须所有国家都承认，汁泷才能坐上此位，否则，哪怕只有一国不同意，最后都只能用战争来解决。

"我告退了。"姜恒说，"两位若不困，午夜时会燃放鞭炮。"

毕绍没有起身，摸了摸熟睡的赵聪的侧脸，朝姜恒点头。

汁泷忽然觉得想出去透透气，毕竟今天诸侯给予了他极为强烈的压迫，让他觉得很累。

雪夜里站着一名身穿红黑色长裙的女孩儿，披散乌黑长发，正在拈高处的一朵梅花。

汁泷记得宫中没有这人，便走过去，站在冰湖前，为她摘下梅花。

那女孩儿蓦然转头，一手按在剑柄上，却是赵慧。

"吓我一跳，"赵慧说，"还以为是刺客。"

"我还以为你是刺客。"汁泷将梅花递给她，微笑着说道，"济州没有梅花吗？"

"济州有，"赵慧捋了下头发，淡淡地说道，"浔阳没有，这花挺香。"

"你在浔阳长大？"汁泷注视赵慧的脸，忽然觉得她有点像一个人……像他的姑姑，汁绫。

"我娘是越人。"赵慧道。

汁泷明白了，赵慧身为公主，却习惯佩剑，那是越女的传统。

"关于你爹的事，"汁泷低声道，"对不起。"

说着，他走到一旁坐下。

"没关系，"赵慧说，"我爹也杀了你爹，我们扯平了。龙将军说，上一代的恩怨就让它过去罢，否则我们也不会来参加这次盟会，不过我可不是来开会的，我只想再见见姜先生。"

"倒是快意恩仇，"汁泷说，"像越人。"

赵慧看了汁泷一眼，眼里带着少许笑意，那一刻，汁泷竟仿佛找到了一个在深夜里，被覆盖在皑皑白雪之下的梦。

"剑法谁教你的？"汁泷说，"龙将军吗？"

"我爹。"赵慧随口答道。

汁泷先是一怔，继而明白过来，说："对，你爹是天下第五大刺客。"

她笑起来就像汁绫，像姜恒，像偶尔的姜太后，眼神里带着明亮又认真的神采。

"就算他亲手教我，我也不喜欢他。"赵慧忽然说，"不过没想过他死就是了。"

"为什么？"汁泷坐着，赵慧站着。

"你身体不好吗？"赵慧又皱眉问，"怎么总坐着？腿着凉啦？"

"没有。"汁泷不好意思地笑了笑，站起来，说，"习惯了，从小就被教导，不能冒冒失失的，能坐下就不要站着，能走就不要跑，因为大家都看着。"

"不会很无趣吗？"赵慧嘲讽道。

"是啊！无趣，"汁泷说，"每个人都比我过得有趣，像恒儿的人生就很有趣。你过年怎么一个人？"

赵慧说："龙将军与梁王总在说天下大事，我不爱听，待得气闷，就出来走走，又找不到先生，大家都在忙正事，没人理我。"

"我没有正事忙，咱俩都是闲人，正好一起过年罢，喝点什么？"太子泷觉得有义务招待客人，总不能让人在这里站着。

"我不喝酒，"赵慧道，"别的都行。"

"喝点热茶罢？"汁泷说。

赵慧一想，欣然点头，跟着汁泷走了。

越 人 剑

梅花殿内，侍从端上了热茶与点心，冬夜里小雪纷飞，赵慧看着殿外，汁泷却看着赵慧的一举一动。

她走到门口，仰头看雪，再转身到殿中，抬头看挂在墙壁上的剑。

"天月剑。"赵慧说，继而不等汁泷阻止，便拿了下来。

汁泷赶紧起身，说："别碰！"

赵慧已经将它抽了出来，嘲讽道："本来就是越人打造的剑，碰也不让碰了？"

汁泷说："太锋利了，我是怕你割伤自己。"

汁泷与赵慧的手一触，赵慧又将它推了回去，知道汁泷关心自己，朝他笑了笑，说："我还不至于这么笨。"

汁泷一怔，继而也笑了笑。

赵慧将剑挂上墙壁，又问："黑剑呢？"

"给汁淼了。"汁泷答道。

"嗯，聂先生，"赵慧说，"他越来越了得了。"于是点点头，回到案前，与汁泷对坐饮茶。

"你为什么不喜欢你爹？"汁泷轻轻地问道，仿佛因此，他的负疚感能减轻一些。

"因为他不爱我娘。"赵慧喝了点茶，随口道，"这点心挺好吃。"

"难得你喜欢。"汁泷勉强笑笑，答道，"我爹也不爱我娘，但爹娘就算感情不好，仍然是长辈。"

赵慧没说什么，脸上现出黯然的神色。她很美，充满灵秀的美，那一刻，汁泷竟有点恍惚，犹如她也是自己的家人。毕竟在他成长的过程中，汁绫、姜太后那不拘一格、放肆而大胆的传承自越人的美好，已牢牢地铭刻在他的生命里。

从小到大，宫里便有许多越人，汁泷看见越人时，只觉得十分亲切。

"我爹眼里从来就只有行军打仗，你与我一样，"汁泷想了想，又说，"你爹想必也忙着天下大事。"

"才不是。"赵慧眼里现出生气的神色，又叹了口气，没有多解释。

汁泷沉吟片刻，赵慧忽然抬头，期待地说："天月剑可以送给我吗？"

汁泷："……"

这个问题实在让他陷入了两难，他向来不太会拒绝人，面对赵慧那殷切的期待，他实在不知道该如何回答。

"你连到手的国土都可以不要，"赵慧说，"可以把安阳送给毕绍，给我一把剑，又算得上什么呢？"

"这不一样，"汁泷被她逗笑了，说，"安阳本来就是梁王的国土。"

"天月剑也是我们越人的剑。"赵慧又说。

汁泷："……"

汁泷本来想说，那是姜恒带回来的，是他母亲的遗物，但这么说委实没有意义，因为姜恒将它交给了姜太后，姜太后又给了他，这就意味着天月剑归汁家所有了。

赵慧正要说"没劲"时，汁泷却说道："好罢，你既然想要，我就做主送你了。”

“真的？”赵慧不过是随口一说，她怎么会不明白天月剑的意义？没想到汁泷竟答应送给她了！

“我……我开玩笑的，”赵慧反而有点慌张，说，“我只是随口说说。”

汁泷起身，解下天月剑，拿到案前，放下。

“方才我犹豫，是因为天月剑是恒儿带回家的，为昭夫人生前所持，”汁泷说，“原本我没有这个资格，但恒儿是我弟弟，与我没有分别。我的就是他的，他的也就是我的，我们无分彼此，他可以做决定把国土还给毕绍，我当然也可以把天月剑送你，拿着罢。”

赵慧说：“我……我不能收。”

那是族人的神兵，郑王灵的母亲是越人，妻子也是越人，赵慧身体里流淌着越人的血，更在浔阳长大，面对天月剑时，仍忍不住心动。

汁泷看出她真的喜欢这把剑，与其把它挂在宫内蒙尘，不如将它交给真正爱它的人。

“拿着，”汁泷说，“君无戏言。”

“那么……先借我玩几天罢。”赵慧知道这剑的象征意义实在太大，虽说是越人之剑，实则归天子所有，她不敢收。

汁泷“嗯”了声，赵慧想接时，汁泷却轻轻按住，又道：“但是答应我，不要用这把剑杀人，尽量不要。”

“好，我知道，”赵慧轻轻地说，“我答应你。”

汁泷这才放开手。

黉夜，姜恒穿过王宫长廊，又前去拜访芈清与熊丕。深夜里，公主与太子各住一殿，姜恒只听芈清在殿内淡淡地说道：“姜大人请进罢。”

姜恒吩咐侍者出来打开门，任殿门敞着，加了炉火，以示二人开诚布公，黉夜拜访，绝无他念。

芈清笑了起来，打量姜恒，先是以礼见过，姜恒道：“太子呢？”

“他多喝了几杯，”芈清答道，“已歇下了。姜大人是前来朝我宣示战绩的吗？”

“不敢。”姜恒到一旁坐下，自若地道，“实不相瞒，这场突袭战，我们并不知情。”

芈清淡淡地说道：“聂将军用兵如神，早在江州时便有所领会，虽为情理之外，却终究在意料之中。”

姜恒说：“也许是顾忌我们在盟会上谈不拢，先打代国一顿罢了。”

芈清又笑了起来，姜恒也无奈地笑了笑，说道：“公主明日将参会吗？”

“我不知道。”芈清正色道，“此次前来，对我而言最重要的一件事，就是弄清楚安阳之乱究竟是为了什么，先王又为何而崩。你能给我这个答案吗，姜大人？”

姜恒早已知道，熊耒父子是被毒死的，郢国自当不惜一切代价查出真相。

“弄清楚了又有什么用呢？”姜恒说。

“没有什么用啊！”芈清带着笑容，说道，“不过好奇罢了，不行吗？”

姜恒沉默片刻，说：“汁琮对此毫不知情，我可以保证。”

“我也觉得，”芈清答道，“否则雍军不会有上万人陪葬。”

姜恒说：“对此，我有自己的猜测，仅仅是猜测，没有证据，为了满足殿下的好奇心，不妨无的放矢，斗胆揣测一番。”

芈清道：“洗耳恭听。”

姜恒又沉默片刻，而后道：“因为仇恨，殿下，真正杀了他的乃是仇恨。”

芈清没有回答，姜恒又道：“陪伴在贵国国君与太子身边的‘项余将军’，我猜也许是另一个人。”

“不错。”芈清冷淡地说，“否则项将军出征在外，不可能一夜失踪，尸体被发现在家中的地窖里。”

姜恒低声道：“这个人，曾经被郢军与代军摧毁了家园，夺走了他所珍视的一切。”

“所以他是来报仇的？”芈清说，“为了报仇，才朝郢军，甚至郢王下毒。”

姜恒道：“正是如此，代国的罗望将军于李宏身死后便下落不明，亦是出自他手。”

508

姜恒数年来一直在思念罗宣，在汀丘告别之后，罗宣便再也没有以本来面目出现在他面前。不知为何，他又想起赵起，另一个李靳，以及在江州一同度过短暂日子的项余。

他究竟在安阳做了什么？现场的人死得干干净净，再也没有任何目击者。

"他是不是罗宣？"芈清最后道，"那个在十几年前毒死了郢军上千人的刺客。"

"罗宣是我的师父。"姜恒没有正面回答，只淡淡地说道。

"与公子州一般，"芈清说，"也是海阁中人。"

"是啊！"姜恒答道，"我、师父、公子州，我们都是海阁的徒弟。"

"公子州死前，跟你说了什么？"芈清又道。

这时，姜恒敏锐地捕捉到了芈清眼里的一丝悲哀。

"死前的最后一句话……"姜恒想了想，回忆起雪崩最后一刻，项州醒来的瞬间，"他说，'别怕，我在这儿'。"

芈清陷入了长时间的沉默，姜恒喝了点茶，注视她的双眼。

"前往洛阳时，"芈清说，"他回来过江州，我们喝了一杯茶，得知他刚处理了你娘的骨灰。"

姜恒没料到在这雪夜之中，会得知这一往事。

"我娘……葬在何处？"姜恒说。

芈清低声道："撒进了镜湖中。"

姜恒点了点头，这是她最好的归宿。

"那年公子州回来，"芈清说，"只见了我一面，询问我，这场围城之战还有没有希望能止息。得知绝无可能后，他告诉我，他要去洛阳救一个人，这个人想必就是你了。"

"是我。"姜恒答道。

"他那人就是这般，"芈清低声说，"答应人的事，就一定会办到。"

姜恒沉默不语，芈清忽又说道："姜恒，我还有一个姐姐，你知道是谁吗？"

"芈霞芈将军吗？"姜恒问。

芈清点头，说："我的姐姐死在了你母亲手上。"

姜恒说："正因如此，太子安才想杀了我，为你姐姐报仇。我看咱们之间的仇恨是永远不能化解了。"

芈清没有回答，只是怜悯地看着姜恒。

"但是啊，"姜恒说，"大争之世，你杀了我，我又杀了你，最后大伙都死了，落得一个干干净净，这就是我们要的吗？"

芈清终于道："这就是你们越人，越人用剑说话。"

"天下已再没有越人了，"姜恒答道，"公主殿下，您应当明白，这是为什么。"

"我明白。"芈清说。

姜恒正要起身告辞，走到门口时，芈清忽然说："姜大人，我很好奇另一件事。"

"什么？"姜恒回头道。

"如果我要你的性命，"芈清说，"为我姐姐、为王室报仇，代价是我赞同汴泷当太子，你会答应吗？"

"不会。"姜恒想也不想，答道，"因为哪怕我死了，你们也不会释怀的。"

芈清笑了起来，说："开个玩笑，姜大人。"

姜恒已大致心里有数了，结束了这一年里最后的烦心事。

他经过花园，正准备回寝殿时，却见梅园外有两人慢慢走来，似乎是一男一女，边走边谈。

"赵慧！"姜恒认出女孩儿，忍不住道，"手里拿的什么？"

汴泷也没想到这时候竟碰上了姜恒，朝他扬眉询问，姜恒点头，示意暂时解决了。

赵慧有点怕姜恒，事实上郑国就没人不怕他，姜恒当年在济州时，赵慧与赵聪两姐弟短暂地跟着姜恒学习过一段时间，先生威严尚在，不敢忤逆。

赵慧忙躲到汴泷身后，做了个鬼脸。汴泷侧头看她，觉得很有趣，又朝姜恒眨了眨眼。

"天子借我玩的。"赵慧说。

"好大的胆子，"姜恒眼里带着笑意，说，"天月剑是给你拿来玩的吗？"

汁泷欲言又止，见姜恒丝毫没有责备的神色，便会意道："她很喜欢，我便做主送她了。"

姜恒没有对汁泷做主将母亲遗物交给他人一事有半点不快，若得人世间传承，其意义将远远大于挂在宫中，当一件象征物。

他只笑道："持有天月，就要有与其匹配的实力，你觉得你有这本事吗？学成了多少？出几招给先生看看？"

赵慧听出姜恒之意，便抽剑道："好啊，你看就是。"

接着，赵慧走进梅园，在飘雪中舞了一套剑法。天月剑所到之处，梅花纷飞，雪片破碎，赵慧犹如仙女，最终执剑，转身一笑。

姜恒余光瞥见太子泷，忽然发现了什么。

汁泷的目光始终落在赵慧身上，眼里充满赞叹。

"花里胡哨。"姜恒带着笑意，嘲笑道，然而想到了曾经也说过这句话的罗宣，心里便充满了难以释怀的悲伤。

赵慧本来带着笑意，被姜恒一嘲讽，脸便拉了下来。

汁泷却拍了几下手，赞许道："很好！"

赵慧道："你又知道好在哪儿了？"

汁泷道："我虽不怎么习武，却看得很多，你的功夫不错。"

姜恒勉强一笑，说了与汁泷同样的话："不要拿着剑去杀人，尽量不要。"

"是！"赵慧闻言，便知姜恒没有异议，马上高兴起来。

汁泷还想说什么，赵慧却跑了。

姜恒与汁泷交换眼色，汁泷欲言又止，姜恒却道："这是天月最好的归宿，以后我要为娘正名，她不逊于五大刺客，天下该有六大刺客才是。"

"理所应当，她问我，"汁泷说，"'你是越人吗？'不知道为何，我觉得很亲切，仿佛她认可了我。"

"你当然是，"姜恒说，"王祖母是越人，你就是越人。"

"我也是风戎人。"汁泷想了想，答道，"可我不像。"

"有什么像不像的？风戎人身上，既有氐人的血，也有林胡人的血，除此之外，你还是郑人，是梁人。"姜恒与汁泷慢慢地走回寝殿，

"一百二十三年前，雍人是中原人，咱们的祖上世世代代，既有代人，也有梁人、郑人、郢人。百川入海，殊途同归……"

飞雪之中，那句话随着汁泷与姜恒远去。

"你是天下人。"

百 年 策

翌日，耿曙的第二轮军报还没有来，诸人分析过后，姜恒大致猜测，耿曙现在已通知汁绫与曾宇，正在会合围攻西川。

洛阳如临大敌，全面戒严，更派出多路探报，前去侦查南路的兵马。汁泷与众臣商量了一整夜要如何给耿曙回信，是以朝廷名义将其强行召回，还是放任施为，而耿曙会不会听，又是一个问题。

"这行径简直恶劣！"曾嵘道。

最后，这个重担还是落到了姜恒肩上。

他只写了四个字：适可而止。并将布条捆在海东青的爪上，放飞出去。

"准备开今日盟会。"姜恒注视着汁泷，他们面临的最大考验要来了。

汁泷点了点头，群臣离开正殿时，界圭拿着军报快步前来。

"嵩县沦陷了，"界圭说，"代国余下那十万兵马，正在朝洛阳前来。"

刹那间周围鸦雀无声，周游道："这下好了，盟会要毁在王子殿下手里了。"

界圭无视了其他人，朝姜恒道："洛阳只有两万御林军，我必须护送你出去。"

"我不走。"姜恒想也不想便道，"不是的，我懂了。"

众臣看着姜恒，姜恒难以置信地说道："还不明白吗？根据军报，代国出兵嵩县，与汉中溃败只差了一天！李霄本来就计划进入中原！聂海只是料到他的布置，提前下手而已！"

姜恒一言，众人顿时如梦初醒。

事实上耿曙击溃汉中平原的守军，与西川兵发嵩县并没有直接的联系。李霄早就决定趁着盟会之时兵分两路，南路先取中原，这么一来耿曙不得不调兵回救洛阳，届时汉中的大军便可乘虚而入。

只是李霄没料到，耿曙军神之威绝非名不副实，他竟以数万军队一举打垮了自己在汉中的布置！

汁泷呼吸急促，与姜恒交换眼色，姜恒又朝群臣道："该做什么，继续做什么。"

汁泷道："我可以留下来，姜恒，你得走。"

姜恒逼近汁泷一步，与他对视。

"我必须留在这儿，"姜恒说，"聂海会回来的。"

最后汁泷妥协，没有人再怀疑耿曙的动机了，曾嵘则抽身离开，前去考虑对策。

这个消息暂时还没传出去，在今日盟会结束后，不管是否达成一致，必须马上让诸侯们离开。

汁泷坐上席位时，所有人一致看着他，眼下还无人知道，中原地域正在飞快沦陷，兴许一到两天后，代军便会攻入洛阳。

今天李靳的脸色依旧十分难看，却还是来了，想必有了对策，正在等待代国的消息。

姜恒知道他们还有两万人，守住洛阳，等待耿曙回援，仍有希望。

"今日想来是要推选出天子了？"芈清笑了笑，说道。

熊丕宿醉，头脑还不清醒，嘲讽地看着汁泷。

姜恒说："昨日提出议题之后，想听听各位国君的说法。"

龙于说："我们倒是想听听，这位将来的天子会如何管理天下，这是对我们的一个承诺。"

熊丕笑道："汁琮治下的雍国是怎么样，未来的中原，自然就是怎么样了。"

这话引起各国君臣的一阵低声讨论，汁泷却道："看来在座的各位，对先父略有微词。"

岂止"略有微词"？说深恶痛绝都不为过。

席间噤声，汁泷叹了口气，说道："雍国之变法，各位已看在了眼中，这正是雍地为中原四国所展现的未来的模样，我们想建立起一个全新的朝廷，却不再完全是四百年前家天下的模样。"

汁泷十分紧张，声音还发着抖，姜恒把手放在他的手背上，帮助他镇定下来，今日发生的事实在太多了，他必须摒弃杂念，认真思考。

"其一，"汁泷说，"五国大争由来已久，如今止战，必须消弭所有的国界，任由百姓自由流动，务农、经商、做工匠，自行选择。未来的天下，将没有国别之分，没有郑人、梁人、郇人、代人、雍人之分，俱是天下人。"

"俱是天下人。"龙于说。

"不错，"汁泷说，"俱是天下人。地域之争，俱须告一段落，既是天下人，便须一视同仁。"

芈清似乎有点出神，看着姜恒。

"那么国将不国，"诸令解说道，"原国之政令，该当如何？既没有边界，如何推行政务？"

"这就是其二。"汁泷又道，"改国为州，由洛阳朝廷制定法令并颁布。"

这话顿时引起会场大哗，只听汁泷解释道："政务则由地方自行裁决。"

龙于也万万没想到，等来的结果，竟是去国！

毕绍期待地看着龙于，龙于却没有多说。春陵冷冷地说道："封王又怎么办？你们不如将我等统统杀了，不是来得更痛快吗？"

"其三，"汁泷说，"各国国君依旧享有其封地税收、徭役等晋廷尚在时之制，但听命于朝廷，身为封王，有'察举'之权，可向洛阳朝廷派驻官员，参与法令制定与政务裁决。"

忽然间，喧哗又沉寂下来，这代表着什么？天子朝廷与诸侯国从六百年前，便各自独立运作，如今汁泷抛出了集权于洛阳的第一个变革，看似剥夺了诸侯之权，却又放开了另一道口子：这意味着从此天下将由五国各出能臣，共同治理！

这说起来轻松，要实施非常难，五国之人各有盘算，要推行到位，不知将有多少明争暗斗、腥风血雨。但那都是未来的事了，汁泷不管执行，只管提出，具体事宜自当让天子朝廷进行消化，必须缓慢推进，绝不可操之过急，妄想一步到位。

而这个举措，最有力的一点便是化外战为内斗，哪怕各地派驻到中央的朝廷官员斗得你死我活，尸横遍野，血流成河，也不关百姓的事了。最后谁是赢家还未可知，至少将棋局拉到朝廷上来，便避免了无辜的百姓在战争里死于非命。

"其四，"汁泷又道，"关于驻兵，各地兵马解散，放归封地，诸侯可保留一定数量的家兵，具体数目另行商议。除封王握有兵权，守护各地外，余下人等不得再豢养超过一千的家兵。"

汁泷没有给他们多少思考时间，一口气说了出来：

"其五，统一币值、度量衡，促进天下互通，公卿与士族、领地等一律不变。去兵除界，防止外战之争，改长子继承制为嫡、庶子俱得封地，避免阅墙内斗。"

汁泷开了个头，所有人都过于震惊，乃至已不关心后面的话了——毕竟各国国君只要向朝廷派进官员，便可左右天下的发展，不仅能干涉本国，还可干涉别国。

"天下本不该有国别之分，"姜恒最后说道，"国别争端，乃一切动乱之根源。我知道各位大人心中所想，只要成功左右了朝廷，便能为己国谋事，是不是？"

所有人心中的念头，都被姜恒说了出来。

"但换言之，"姜恒提醒道，"这么一来，就再也没有'己国'与'贵国'这一说法。臣子是天下人的臣子。假以时日，大家会慢慢发现，争端将被消解，放下多年来的芥蒂才是唯一的出路。"

王廷收回制定法令的权力，天下之政务归洛阳决定，具体执行归地方，诸人渐渐明白了汁泷的野心，他将不遗余力通过商贸、人口流动等方式，来完成神州百姓的融合，直到根基稳定之后，再将行政权慢慢收回中央。

这也许是数十年或百年后的事了。自然，也极有可能变成原本的封王通过对天子朝廷的渗透，而渐渐一家独大。

双方都在权衡，消去立场，将战场改到朝堂，替代征伐与死亡，是最让人能接受的办法。但汁泷最后轻飘飘提出的政策，才是姜恒所抛出的最大的撒手锏——改掉诸侯的嫡长子继承制，嫡、庶子俱获分封，这将导致诸侯与公卿之地在两三代人后越分越小，便于朝廷进行管理与控制，直到积弱难返之时一举收归中央。

诸侯王也许不太愿意，但公卿一定愿意，毕竟他们或多或少都与王族宗室有着姻亲、联盟等大大小小的关系，这么一来，诸侯的各子便将分到王族的权势与封地，相当于无形中壮大了士族的力量。

兄弟阋墙，乃是大争之世中严重削弱家族的力量，姜恒推行此举是促进更多的内斗，还是为了在继承权上一视同仁，实在不好说。

只是当下，所有人都未注意到这个微小的、混在五条新策中被提出的细节，而这个细节将在百年后再一次掀起滔天巨浪。

"如果郓人不愿意呢？"芈清说。

"那么就只能像从前一般了。"汁泷这次表示出了强硬的态度，就像他的父亲一般，他的面容里依旧有着汁琮的影子，只不过不似汁琮般充满戾气。

"像从前一般是什么样？"芈清又道。

"我同意。"毕绍打断了芈清之言。

春陵色变，正要阻止时，毕绍却说："总要有人开这个头，雍王说得不错，不想打下去这就是唯一的出路。"

诸令解与龙于低声商量片刻，龙于说道："也该结束了，郑人同意雍王之议，但具体细节，须得谨慎，法令当由各国一同参与拟定，共同商议。"

"那是自然。"汁泷说。

诸令解朝龙于点头，姜恒看在眼里，他十分清楚诸令解将为郑国效力，来到天子朝廷，成为天子的臂膀。

"但我有一个问题，"诸令解说，"天子若不能胜任，又该如何？"

"天下共讨之。"姜恒沉声说，"七年前，你们不正是这么做的吗？"

他的声音里却没有任何责备之意，这是必然。

汁泷又道："坐在这个位置上，我就不再是我，我是天下的百姓。神州之法，不能由我随心所欲地制定，诸侯国俱要参与，大家可以用商量来解决，你们在担心什么？"

席间一阵沉默，片刻后，芈清道："我们不附议。"

姜恒冷淡地说："当真可惜。"

芈清道："郢人的命运，由我们自己决定。"

姜恒成功地争取到了两个盟友，也早知郢国无法赞同新制，既然没有希望，便顺其自然罢。

"那就请罢，"姜恒说道，"来日只能战场上见了。"

席间顿时大哗，熊丕怒吼道："这是威胁！"

李斯冷笑道："你们自己的覆灭就在旦夕之间，尚如此嚣张，敢威胁郢国？"

"啊，还未问过代国的意思，"姜恒转向李斯，说，"你们觉得呢？"

李斯站起身，以嘲讽的眼神看着姜恒，说道："可以叫刀斧手了，让耿渊再来一次试试？"

"没有刀斧手，"汁洮淡淡地说道，"耿渊已故多年，人死不能复生。"

姜恒笑了起来，说："你以为我会用杀人来解决问题吗？"

汁洮朝龙于、毕绍等人点头为礼，又与姜恒对视。

"盟会就此结束。"姜恒说道，"无论结果如何，总算不枉当初天子托付我的初心，这就是你们选择的人生，也是各位亲手选择的未来，历史当记下今日，各位，谢谢你们了。"

"来人，"汁洮吩咐道，"护送郢国国君，以及李斯将军回国。"

刹那间，在姜恒之言里，众人生出奇妙的感受，这一刻他们正在缔造历史。

姜恒拿起金玺，递给汁洮，在所有人的目睹之下，完成了最重要的交接。汁洮接过后，朝向众人说道："洛阳并不安全，各位还请尽快启程回国，等待我的信报。"

李斯依旧站着，仿佛思考着什么，但就在此刻，王宫外忽然传来喧哗声。

姜恒马上转头，见信使前来，界圭当即站到了姜恒身前。

李骍转身，面朝姜恒，背对门外，快步退出，沉声道："芈公主！跟我们走！"

霎时会场大乱，界圭一手按剑，正要出手，十步外便可将李骍当场斩死，姜恒却喝道："住手！"

李骍万万没想到姜恒会留他性命，汁泷却说道："李将军，来日再会。"

霎时郐国人全部起身，快步离开了会场，与李骍逃离王宫。

而这一切，龙于、毕绍等人都看在眼中。

汁泷朝众人说道："各位无须担心，既决定召开盟会，我们就按规矩来，绝不会再发生当年之事。"

姜恒这时才朝信使问："什么事？"

"代军来了，"信使道，"距离洛阳不足一百里，城中李骍的兵员也杀起来了。"

"距离兵临城下，至少还得一天。"姜恒朝龙于镇定地说道，"龙将军便请护送梁王、郑王尽快启程，离开洛阳回国，他日再会。"

赵慧正要抽剑，姜恒却及时喝止了她，大声道："赵慧！别冲动！跟龙将军走！"

赵慧看看姜恒，再看看汁泷，汁泷朝她郑重其事地点了点头。

"我将保护各位宾客，"汁泷说，"各位请放心。"

反叛军

诸人马上散了，城中传来刀兵之声，且越来越大。姜恒飞奔到殿内，喊道："曾嵘呢？！曾嵘去哪儿了？！"

汁泷匆匆进殿，界圭寸步不离地跟在两人身边，扫视殿内一眼。

周游快步冲进殿内，大声道："他们来了！咱们的兵马在哪儿？"

姜恒当机立断道："通知卫贲，把所有守军全部安排到城墙上去，武英公主会来的！"

汁泷说："把官员都叫进来。"

"不行！"姜恒道，"这个时候不能把人都集中在一处。"

与此同时，宫外忽然传来惨叫声，三人刹那间安静了。

"卫贲在哪儿？"姜恒突然有了不祥的念头。

"我不知道。"汋泷说，"界圭，你去看看。"

"不行，"界圭说，"我的首要任务，是保护姜……保护你俩的安全，从现在开始，哪儿也不去。"

"不对。"姜恒忽然有了一个最坏的念头，但这不合常理！卫贲没有必要造反，卫家世代效忠于汋家，哪怕卫卓亦听命于汋琮，为什么要谋反？

殿外喊声已近，霎时箭矢飞入，姜恒心想幸亏没有召集群臣，当即抱住汋泷一个飞跃，滚到王案后，一脚踹起木案挡住流箭。

界圭摘下烈光剑，亮剑在手，喝道："殿内就交给你了！"

紧接着，界圭化作一道虚影，冲了出去。

汋泷说："李靳只带了两千人，不可能！除非卫贲死了！"

"一定出事了。"姜恒答道，"趁界圭拖住他们，咱们得尽快离开。"

敌人的目标非常清晰，即针对近日会盟结束，要猝不及防地发难，但朝廷早已命令卫贲守住所有城中要地，唯一的可能就是卫贲被刺杀了！

霎时间宫内大乱，幸亏还没有着火，宫外惨叫声接连响起，代军手持强弩，正要攻入洛阳殿内，他们不与界圭正面交战，不停地射箭。界圭杀了几人，心知绝不可拼命，自己的性命关系到姜恒与汋泷的安危。

"当心顶上！"界圭吼道。

姜恒抬头看，只见殿顶瓦片破碎，甲士飞身而下，姜恒看准位置，一剑过去，刺铠如纸，鲜血四溅。

汋泷颤抖，看了殿外一眼喊道："跑！"

甲士越来越多，全是代国的兵马，汋泷当即二话不说，拖起姜恒，冲进后殿内。界圭知道正殿守不住，转身冲进殿内，追在两人身后。

姜恒奔跑中喘着粗气，喝道："李靳的目的，就是与李霄里应外合……"

"我知道！"汋泷终于全明白了，事到临头哪怕姜恒机关算尽，依然被姬霜摆了一道。

面前甲士越来越多，李靳手下竟倾巢而出，攻进王宫，而御林军却不知去向。界圭在花园内停下脚步，越过两人，挡在姜恒身前。

就在那一瞬间，代国甲士背后冲来了另一批人。

那是姜恒第一次看见龙于出手，只见龙于武袍飞扬，化作一抹亮色，而界圭觑见机会，怒吼一声，仗剑而去！

龙于抖开长剑，与界圭犹如两道交织的强光，一错身冲破代军包围，顿时鲜血飞溅。数十名甲士倒地，现出一手拉着赵聪、一手持剑的十二岁的梁王。

"听到正殿有变，"龙于收剑道，"赶来看一眼。"

姜恒松了口气，说："你们该快点走的。"

姜恒示意随他来，于是诸人快步离开花园，前往侧殿，从王宫东门处出宫，然而半路又杀出数百名甲士，众人只得抽剑招架，姜恒喝道："界圭！保护他！别管我！"

汁泷武艺较之姜恒尚且不如，实在难以招架。龙于再杀得数人，手臂已有些脱力，他的武器不如天月剑与烈光剑，砍刺铠甲极难，姜恒便将自己的剑扔给了他。

姜恒道："谢谢了！"

"不客气。"龙于凝神道，"七年前，洛阳沦陷我不在场，没有保护上一任天子，如今也该赎罪了。"

"赵慧呢？"汁泷问道。

"不知道。"龙于显然对这位公主也很头痛，答道，"她的武功得赵灵真传，一时三刻想必不会有事，先顾好咱们自己罢，走！"

甲士越来越多，姜恒身上全是鲜血，幸而冲到了东门外，然而就在此刻，更多的士兵轰然杀了进来，紧接着，他们看到四面宫墙上全是御林军！

汁泷如释重负，然而下一刻，御林军却齐齐持弩，指向东门前，包围了自己的国君。

汁泷刹那间一阵天旋地转，两眼发黑，最坏的情况发生了。

"为什么?!"汁泷道，"到底为什么?!"

"杀了姜恒！"御林军一名首领排众而出，喊道，"不要伤害王陛下！"

姜恒："……"

汁泷马上挡在姜恒身前，怒吼道："卫贲呢?! 让他出来见我!"

御林军尽数看着汁泷与姜恒，默不作声，界圭则手持烈光剑，寻找突破的机会。

"等等。"姜恒低声道，把手放在界圭的手臂上，轻轻拍了下，示意他不要出手。

"你们先走，"姜恒又朝龙于说，"保护好梁王与郑王。"

毕绍说："既然点了头，咱们就是盟友，没有扔下盟友，自己走的道理。"

"我还未必会死呢，"姜恒说，"听话，毕绍。"

旋即他朝众人喊道："放梁王、郑王与龙将军离开! 这是什么礼数?!"

御林军那队长前去请示，龙于在城内亦驻扎了军队，若不暂且妥协，恐怕混战起来再添变数，于是军队让开一条通路，任由龙于带着梁王与郑王等安全离开。

毕竟没有必要取他们性命，哪怕扣下来当人质，亦是卫贲处理不了的。

毕绍走出包围圈前，回头看了眼，姜恒嘴唇动了动，那意思是"后会有期"。

"界圭。"姜恒低声道。

界圭铁青着脸，没有看姜恒，姜恒在他背上写了几个字，界圭仿佛下定决心，刹那间抽身而退。

但御林军没有放箭，界圭一跃上了殿顶，飞檐走壁而去。

汁泷深呼吸，姜恒又说道："让卫贲来见我们，有话与他说。"

话音落，姜恒竟丝毫不惧，牵着汁泷，转身进了侧殿内。

御林军当即一拥而上，包围了侧殿，更有人冲上殿顶，软禁了二人。

殿内摆放着九个重铸过的大鼎，预计将在汁泷登基后，挪到宗庙内去，如今满殿空空荡荡，姜恒与汁泷二人在那最大的鼎前站着。

"他叛了。"姜恒说。

汁泷点头，回过神，说道："若说朝廷唯一不会叛的人，必定是他，我不知道为什么。"

说话时，殿外传来脚步声，正是卫贲，两人转头，只见卫贲缓慢走人，亲随一拥而上，将姜恒与汁泷分开。

"王陛下。"卫贲朝汁泷行礼道。

汁泷注视卫贲，眼神充满冷漠。

"谁让你来的？"汁泷说。

"想必是霜公主？"姜恒镇定地说道，"若我所料不错，上一次她出使之时，便与你议定了，是罢？"

卫贲笑了起来，说道："姜大人总是这么聪明，李靳的埋伏，亦是在她的布置之下。"

"为什么？"姜恒说道，"你身为雍臣，我与你无冤无仇。"

"因为你必须死。"卫贲看了眼姜恒，又朝汁泷说："陛下，你不杀他，他很快就会杀了你，聂海会替他动手，我是在守护雍室，守护先王交到我们卫家一脉的王室的未来。"

"给我闭嘴！"汁泷怒吼道。

听到这话时，姜恒便明白了，曾经汁琮的阵营中，卫贲是最后一名知情人。

"您不知道，"卫贲说，"您一直被蒙在鼓里，这小子如今还想再骗下去，您知道他是谁吗？"

汁泷一怔，难以置信地望向姜恒，说："什么？"

"他就是你的堂兄弟，"卫贲说，"是你伯父汁琅的遗腹子，那个早已被当作死婴下葬的汁炆！"

汁泷略张着嘴，半晌说不出话来，求助般地看着姜恒，在短暂的震撼之下，无数前因后果串在了一起，他全明白了！

"是……真的？"汁泷发着抖，看见姜恒的眼神时，已明白了一切。

"是的，"姜恒不想再瞒下去了，他必须承认，"是我，堂哥，我没有死。聂海身上有耿渊的信，我……也有王祖母的手书，界圭可以证明这一切。"

汁泷不住地喘息，卫贲却说道："汁炆始终认为他才是真正的太子，并与聂海合谋，杀了先王，现如今，该是让他……"

"恒儿——！"汁泷却在这一刻发出了激动的声音，这反应出乎所有人的意料，甚至让姜恒措手不及。只见他无视御林军的阻拦，径自冲向姜恒！

卫贲色变，马上让人强行架住汁泷，姜恒喝道："放手！"

汁泷不住地推搡御林军，颤声说道："原来是你，原来是你！我总算知道了！恒儿！太好了！你原来没有死。"

姜恒设想过无数次自己的身份在汁泷面前被揭露的一刻，却万万没料到，汁泷的表情乃是出自真心，什么王位，什么仇恨，统统消散，而自己不过是汁泷的堂弟，唯此而已。

那一刻，姜恒忍不住哭了起来，抬手擦了下自己的眼泪。

"太好了，太好了……"汁泷也忍不住哭了起来。

姜恒这些年的付出，仿佛就在这一刻得到了承认，让他终于有种死而无憾之感。

卫贲："……"

卫贲已经无法再说下去了，原本他以为这一幕将让汁泷恐惧、颤抖，甚至因汁琼之死而更愤怒，没想到竟成了兄弟相认的闹剧！

"陛下，"卫贲眼看这笑话，只觉得自己也成了个笑话，他逼近汁泷，沉声说道，"他杀了先王，他还会杀你！你以为他来到落雁，是安了什么好心？"

姜恒泪水一止，看着汁泷，只等汁泷问出，便将长叹一声。

"不，"汁泷却说道，"他不是，我知道他不是。王祖母说过，我们是家人，放开他！卫贲！否则以谋害王子之罪论处！"

姜恒顿时一阵大笑，道："卫贲？局面不似你所料，是不是很失望？"

卫贲气得全身发抖，没想到汁泷竟半点不听他的。

"你给我退兵！"汁泷毫不客气地说道，"回去守城！"

"你现在进退两难了。"姜恒只觉得太有趣了，卫贲太狼狈了，又提醒道，"卫将军，你总不能杀了王陛下，自己当天子罢？只要他在一天，你又在这儿杀了我，势必会被王陛下记恨一辈子，除非你打算投奔姬霜，背负弑君之名，否则我劝你还是老老实实地滚回去守城。"

姜恒打赌卫贲绝不敢杀汁泷，否则这比处死他更严重，卫家将世世代代背负上弑国君的罪名。

正在两人僵持之时，外头侍卫一声惨叫，胸前透出天月剑剑锋，鲜血喷了满地。

侍卫倒地，现出身后的赵慧。

赵慧一身黑红长袍，长发飘散，看着姜恒与汁泷。

"对不起，我来早了，先生，我都听见啦，不要杀我灭口。"赵慧说，"天子，我还是不得不杀人了，这应当不算违反约定罢？"

姜恒："……"

"这也是个厉害角色，"姜恒喃喃地说道，"王兄，你有的忙了。"

汁泷顿时尴尬起来，知道姜恒看穿了自己那点小心思。

世 间 情

卫贲被赵慧一搅局，反而不知该不该下手了，毕竟赵慧他可不敢杀，否则一定会与郑国结下血仇。

赵慧半点不怕他，右手持天月剑，左手掐剑诀，慢慢逼近，说道："这位将军，迷途知返，还来得及……"

姜恒下意识地望向殿内的青铜鼎，与汁泷缓慢退后——说不定有机会。

果然卫贲迟疑了，而就在他迟疑的瞬间，最大的青铜鼎一翻，界圭跃出，单掌在鼎上一拍！

上千斤的铜鼎呼啸而去，击中卫贲，撞破大门，冲出殿外，紧接着殿后近百名手持弓箭的另一伙御林军破窗而入，带领者正是郎煌！

汁泷与姜恒同时飞扑，躲到柱后，汁泷喊道："慧公主！快过来！"

赵慧飞身避开流箭，到得两人身边，姜恒将汁泷交给赵慧，转身去与界圭会合。

界圭吼道："你们有多少人?!"

"连孟和的人，有三千多！"郎煌喝道，"让你们裁军！不然还有上万的！"

御林军马上抢走卫贲，冲出殿外，姜恒说道："别追了！"

界圭停下脚步，郎煌与一众林胡人成功地夺回侧殿，保护了汴泷与姜恒，他吁了口气，说道："还好赶上了。"

"其他人呢？"汴泷问道。

"都被山泽保护起来了。"郎煌说道，"三族中人本有不少编入御林军内，发现情况不对都暂时离开，官员们都在。"

"你怎么又回来了？"汴泷问。

"我就没打算走。"赵慧道。

"这里不安全，"界圭打断了两人，说，"回正殿去。"

正殿易守难攻，数人在卫兵护送之下回到天子殿内，只见官员都在，城内突如其来的大乱只持续了不到一个时辰，山泽、水峻、郎煌三人留守，孟和则带领小队出城去侦察了。

众人看着汴泷身边的赵慧，一时无言以对，姜恒示意大家说罢，没关系。

"这是我徒弟，"姜恒说道，"不用避她。"

赵慧倒是很识趣，说道："我出去走走，你们别管我。"

汴泷说道："你当心点。"

赵慧朝他吹了声口哨，众人一时都尴尬起来，姜恒反而觉得好笑。

曾嵘终于问道："卫贲为什么反？"

这是所有朝臣始料未及的，大家都在卫家身上栽了个跟头。

"卫卓死在安阳之乱中，"周游说，"兴许是想报仇。"

这个问题，只有汴泷与姜恒能回答，但他俩都没有说话。

"宋大人来了！"又有信使说道。

话音未落，宋邹已快步进来，不住地喘息，显然急行军到此处。

"还未恭贺天子。"宋邹看了两人一眼，又说道，"其次朝天子与各位大人谢罪，我将嵩县丢了。"

"打不了就认输，"姜恒说道，"不必介怀。死战不退，徒令嵩县生灵涂炭，又有何益？"

嵩县剩三千兵马，根本挡不住李霄的十万大军，败退是必然的。而宋邹保存了有生实力，第一时间赶往洛阳，协助洛阳抵御即将到来的大战，乃是明智之举。

"他们现在占领了洛阳城墙，"郎煌说道，"代国兵马很快就要来了，咱们的人还有多久？"

无人知晓，消息已被隔绝，海东青亦没有来。

"等罢，"姜恒说道，"他们会来的。郎煌，派你的人守住王宫。"

卫贲没有再进攻，反而将军队全部撤到外城，牢牢地把守住洛阳城门，他本意是在劝说汁泷后，杀掉姜恒，再迎代军入城，接下来，则由李霄、姬霜二人另做安排。

孰料汁泷却没有听卫贲的，这导致他陷入了骑虎难下之局，兴许在另想对策。

汁泷与姜恒的衣服上全是血。今日开完盟会后，姜恒仍穿着太史服。

"得想个办法，"郎煌道，"护送你们出去。太危险了，大军一到，卫贲就会配合他们攻打王城。"

"急也没用，"汁泷却说道，"我们先换身衣服。"

姜恒身上血迹斑斑，俱是溅卜的敌人鲜血。汁泷又吩咐周游："去取两身衣服来。"

姜恒道："我住的地方太远了。"

"你穿我的。"汁泷说。

姜恒接过衣服，与汁泷走到天子换朝服的正殿侧间内，汁泷转身关上了门。界圭带着询问的神色，姜恒点了点头，示意无妨。

室内，汁泷先是替姜恒解开外袍，又脱下自己的王服。姜恒看着镜子里的汁泷，他们还是有一点像的，脸上有他们祖父的特征。

"王祖母留下什么信？"汁泷问道，"可以让我看看吗？"

那封信，姜恒一直带在身上，闻言便递给汁泷，与信放在一起的，还有一枚玉簪，那是耿曙七夕之夜在济水桥上，送给姜恒的信物。

"簪子是你娘的吗？"汁泷又问。

"是哥买给我的。"姜恒收起玉簪，说，"你看信罢。"

信上所述，乃是十九年前的真相，汁泷看完之后默不作声。

"后来，"姜恒说，"郎煌把我抱出宫外，交给了界圭，界圭又带着我到安阳，最后辗转抵达浔东……"

"嗯。"汁泷轻轻地说道。

"我可以做证。"界圭在门外说。

片刻后，门外又响起另一个声音，郎煌说道："我也可以做证，我二人俱是当事人。"

"让我看看你的胎记。"汁泷又道。

姜恒背过身，脱下里衣，汁泷看见了那灼痕，便摸了摸。

"原本有的，"姜恒说，"但是因为一场大火……"

"哥哥说过。"汁泷答道，又叹了口气，注视镜中，说，"你看，咱俩还是长得有点像的。难怪我总觉得你亲切。"

姜恒看着汁泷的脸笑了起来，姜太后说过，自己在一众儿孙里，是最像祖父的。

"叔父……虽不死于我手，也是因我……"姜恒说。

"没关系。"汁泷露出难过的神色，说道，"说实话，恒儿，我不恨你，如果他不是这么对你，他就不会死……但凡他仁慈一点，就不会落到最后的境地……"

两人都叹了口气，假设汁琮不那么疯狂，甚至在最后没有如此托大走进宗庙，也许他现在还活着。

此时，守在门外的界圭握紧了剑柄。

汁泷说："你不死，他不会安心，我现在总算明白了。"

姜恒知道这笔账实在太难算了，汁琮杀了汁琅，最后又阴错阳差，死在了姜恒的设计之中。但凡有一点可能，姜恒也许会心存不忍，留他性命，但正是诸多机缘层出不穷的影响，如惊涛骇浪，将他们推到了如今境地。

"我只想问你，恒儿，"汁泷朝姜恒认真地说，"如果他对你没有起杀心，你会原谅他吗？"

"我也许不能原谅他，"姜恒答道，"但只能算了，若不是他将我和聂海逼得走投无路，最后我也不会动手。"

"为什么？"汁泷说。

"因为他是你和哥哥的父亲。"姜恒说，"他若死了，你们一定都会很难过。"

汁泷点了点头，说："你才是真正的那个太子啊！"

"是谁不重要。"姜恒终于说出了这句话，"我总觉得，你就是另一个我。哥，哪怕当年没有这些事，我留在宫中也不一定会比你做得更好。"

汁泷与姜恒裸露半身，看着镜中的自己，他们身材相仿，皮肤白皙，面容俊秀，气质更犹如孪生兄弟。

唯一的区别，就是汁泷戴着玉玦中的阳玦，那是象征人间大统、天子之身的玉。

汁泷摘下玉玦，递到姜恒手中，说："但那终归不一样，来，还你，炆儿，这本该是你的。"

姜恒看着那玉玦，再看汁泷，这一刻，他知道汁泷是真心的，仿佛天地间的无数喧嚣，人间的天数倾轧，世间的尔虞我诈，诸多算计与城府，都被这个小小的房间屏除在外。

常道大争无情，世道残忍，哪怕亲兄弟之间亦不死不休，然而姜恒终于从这块玉玦上，看见了人世间那最难能可贵的一点光。

正是这点光，指引着神州的命运走过无数被战火焚烧的废墟，从崩毁的洛阳走到今日盟会，再走到他的面前。

更将指引万千生灵，走向无限繁华的未来。

人间无情吗？不，人间有情，只是这情往往为诸多欲望所遮蔽。

只是再多的血与伤痕，都无法掩盖黑暗里的这点光辉，只要有这一点情照耀着世界，生活在大地上的人们便永存希望。

姜恒接过玉玦，说："哥，你知道吗？我总觉得，若有一个人，能说自己肩负王道的，那么我想，这个人一定是你，我终于找到了这个人。"

汁泷笑了起来，那笑容中却带着伤感，他为姜恒戴上玉玦，并抱住了姜恒。

他们灼热的肌肤相触，让姜恒有种奇特的熟悉感。

"稍后，我会向大臣们公布这封信。"汁泷说。

"不，"姜恒马上阻止了他，说道，"此时生死存亡未定，绝不宜再生事端。"

房外，界圭终于放下了握剑的手。

汴泷一想也是，把信还给姜恒，说道："那么，就由你自己来决定合适的时机罢。"

姜恒换上一身王服，俨然成了另一个太子，与汴泷回到朝臣们面前时，众人朝汴泷行礼，汴泷仍然没有在天子位前就座，只是看着案上的金玺。

姜恒则看着汴泷，汴泷笑了笑，朝姜恒扬眉，那表情毫无意义，他甚至不知道自己想表达什么，这一刻在他的内心里，与堂弟重逢的欣喜，已冲淡了其他的情绪。

但就在两人对视的那一刻，姜恒如释重负，直到今天，他才真正完成了姬珣交托给他，乃至天下予他的重任——

他找到了这么多年来要找的人。

是的，汴泷就是最合适的人。

山雨欲来，殿内笼罩着严肃的气氛，众人已成案上鱼肉，俱心事重重，而汴绫的援军尚不知何时会到来。

"我有个办法，"姜恒忽然说道，"能救各位脱离险境，请配合我。"

"什么？"汴泷温和地问道。

半个时辰后，姜恒坐在天子案前，先是自己易容，其后又为汴泷易容，众人尚是头一次见姜恒这本领，当即震惊不已。

"我不能让你替我去冒险。"汴泷说。

"卫贲要杀的人是我，"姜恒朝汴泷说道，"是你在替我冒险。"

汴泷竟无法反驳，毕竟眼下他俩的处境是一样的，易容也没有多大意义，但姜恒清楚，只要洛阳城一破，李霄绝对不会放汴泷离开，李霄很有野心，他想用杀来一举解决所有问题，代替汴泷成为天子，届时还可与姬霜成婚，这么一来，便名正言顺。

说不定姬霜给李霄开出的条件，即是攻破洛阳城，她就当他的王后，协助他一统神州。

所以他必须保护汴泷的安全，首先不能让他被代军抓到。其次，雍军哪怕反了，也仅仅是针对他姜恒，只要发现抓到的人是汩泷，谁也不敢动他一根指头。

这正是卫贲的弱点，毕竟他只想兵谏，而不是弑君。

"好了。"姜恒说道，"听我说，赵慧呢？徒弟！"

赵慧被叫来了，一时充满茫然，分不出谁是谁。

姜恒用汩泷的身份，以自己的声音吩咐道：

"赵慧，你护送天子从洛阳离开，顺便引开他们。"

"等等，"赵慧已经糊涂了，说，"你俩……这是怎么回事？"

"照办就成。"姜恒实在没时间和赵慧解释，"去罢，保护好他，我把他交给你了。"

曾嵘说："姜大人，由你亲自率军，前去突破防线吗？"

"是。"姜恒答道，"宋邹、界圭随我出战，只要天子吸引走敌军的注意力，我们就马上攻击敌军主力部队，趁李霄未赶到时，打他们个措手不及。"

"是。"宋邹说道。

"我宁愿换一换。"界圭说。

汩泷说道："我也宁愿换一换。"

赵慧说："虽然我不知道你们在计划什么，但是……我听先生的，还是别换了罢。"

"不换。"姜恒说，"哥哥，听我的。"

这不是姜恒第一次这么称呼汩泷，但听在彼此耳中有了新的意义，最后，汩泷妥协了。众人当即开始行动，于黄昏之时各自集结。

金 玉 簪

"界圭，"姜恒翻身上马，转头朝界圭说，"你看？他把这个还我了。"

界圭骑上马："半块玉玦，便能让人心甘情愿地去送死，你还是太好说话了点。"

姜恒说：“当初你是不是想要另外半块？”

界圭说：“岂止想要？是非常想要。只是你爹把那半块给了耿渊。不过，一眨眼这么多年过去了，也就看开了。”

宋邹点了兵马，界圭示意姜恒回头看，姜恒已做汁泷打扮，穿了武服，外头束了钢甲，回头望去，只见真正的汁泷带领一众臣子，在王宫高处朝着他离开的方向拜别。

当年姜恒也想过，让人冒充姬珣，自己掩护天子逃脱，没想到命运弄人，时光飞逝，绕了这么大一个圈，竟回到了原点。

“冥冥之中，一切都有天意。”姜恒喃喃道，“拿起你们的武器！追随天子！开始罢！进军！”

号角吹响，这是姜恒一生中第一次戴着那枚象征天命的玉玦，带领他的所有追随者，纵马冲向战场的一刻。长街上满是御林军，他们看见新任天下之君亲自上阵，指挥军队朝他们冲来时，竟不知所措。

“顶住！”卫贲怒吼道，“调集兵力，拦住他们！不可伤了陛下！”

同一时间，北门传来混乱之声，姜恒知道汁泷那边也开始动了！御林军不少人马上被调走，只因北门处有“姜恒”，而他们的目标正是姜恒！

御林军一瞬间撤走了数千人，导致姜恒的压力随之一轻。

“冲散他们！”姜恒的目的是要调走卫贲身边的人，这样他才能接近卫贲，并予以他决胜一击，卫贲只要身死，御林军便可收编。

他的目的达到了，长街上的御林军越来越少，都去追“姜恒”了。

界圭吼道：“你别学你爹！光顾着往前冲！”

与此同时，北门前扮作姜恒的汁泷正在遭遇人生中最艰难的一场突围。

赵慧没有出剑，只保护着汁泷，带着他狂奔，身后集结起上万御林军。

两人共乘一骑，汁泷不住地回头看，赵慧喝道：“抱紧我！陛下！”

赵慧只有十四岁！汁泷做梦也没想到，有一天竟是她来救自己。乱军之中，两人紧紧贴在一起，郎煌率领的人则上了屋顶，不住地朝下射箭。

“到这儿可以了吗?!”赵慧问。

“再远一点！”汁泷喊道。

赵慧说：“我不想杀你的御林军！”

汁泷说："你先顾好你自己！"

刹那间，他们终于走投无路，被成千上万的御林军堵在了包围圈中，郎煌的手下全部撤走了。

"你当真是……"赵慧既要挡箭，又要破敌，还要担心身后的汁泷，累得气喘吁吁。

"当真是什么？"汁泷说，"百无一用是书生吗？"

"我可没这么说。"赵慧说道，"幸亏当初我还是习武了。"

"待会儿如果他们还想杀我，"汁泷低声在赵慧耳畔说道，"你别管我，走就是，也别替我报仇。"

话音落，汁泷翻身下马，御林军全部举起弓箭，齐齐指向他。

一步、两步，汁泷毫不畏惧，就像在他的身后，有天下千千万万的人在给予他勇气。

他一边走，一边按照姜恒的计策除下自己的伪装，现出御林军所熟悉的脸。

"看看我是谁？"汁泷笑道，"这就射杀我罢，我不怕死，想必你们不是第一天知道。"

赵慧怔怔地看着汁泷，忽然意识到，这个男人哪怕武力低微却有不逊于姜恒的勇气，他的身上有股强大的力量，那是天子的威严，在这威严面前，谁也不敢进犯，只能臣服！

所谓君威，大抵如此。

所有人都愣住了，刹那间鸦雀无声。

城南，姜恒出剑将敌人斩落马下，界圭霎时被兵马洪流隔开，两人一分开，姜恒所受到的攻击顿时更加猛烈，界圭跃上马背，舒展双手，在空中一个翻身，踏上城墙侧面朝着姜恒冲去。

一名卫士却扑上前来，抱着姜恒滚下马去，姜恒佩剑脱手，被卫兵牢牢按住，架到城墙边，卫贲快步冲来，吼道："不得对陛下无礼！"

卫贲尚未看清披头散发的"汁泷"并非其人，不承想向来孱弱的"汁泷"竟亲自冲锋陷阵，当即来到"汁泷"所在不远处。士兵放开了姜恒，姜恒一身王服已被扯得散乱，铠甲被解开扔到一旁，剑被收缴。

界圭飞身上了城头，计算与卫贲的距离，准备一剑毙敌。

姜恒一手按着腹部，另一手扶墙，不住地喘息。

"陛下，"卫贲站在五步外，说，"您必须想清楚，他让您来送死，自己已经逃了！"

姜恒抬头朝卫贲望来，卫贲突然发现，他的眼神有所不对。

"我在这儿呢。"姜恒轻描淡写地说道，继而一扬手。

一道白光飞出，那是姜恒时刻带在身上的玉簪。

卫贲尚未看清姜恒的动作，玉簪已脱手而出，无声无息地刺进了他的咽喉要害，比郑王灵那枚竹签去势更快、取穴更准！

玉簪入喉，卫贲登时睁大双眼，气绝倒地。

"我是被姜家与一众大刺客抚养长大的，骨子里也是一名刺客。"姜恒朝倒在地上的卫贲说道，"怎么你们总是不长记性呢？"

御林军顿时大喊，上前抢救主帅。

界圭当即跃下城墙，朝姜恒比了个手势，意思是：做得漂亮！

"这是你的第一次刺杀，"界圭说，"我替罗宣承认你，你可以当刺客了。"

"第一次成功刺杀。"姜恒纠正道。

但事情还没有完，御林军一瞬间不知该怎么办，姜恒当即出示玉玦，怒吼道："天子玉玦在此！谁敢放肆？！"

"天子有令——！"御林军信使冲向城门，大声喊道，"不可……"

御林军已不知该如何是好，北边的军队也被汁泷收编了，只要卫贲不在场，谁也不敢朝汁泷动手，他们一生都在为了王室效命，谁敢对汁泷放箭？就连卫贲面对汁泷时，亦只能将他抓住，绝不敢伤了他。

姜恒一见之下，便知汁泷得手。

"界圭接管御林军！"姜恒又喊道，"守城了！"

地面传来阵阵震荡，李霄的大军终于来了。姜恒喝道："还愣着做什么？！外敌就在眼前！想当叛徒吗？！界圭！谁再啰唆，送他去陪卫贲！"

御林军顿时如梦初醒，界圭在宫中当差，对御林军极为熟悉，马上召集千夫长与百夫长，把人全部派上城墙去，解除卫贲亲信的职务，将人控制起来。

"还没人发现是你呢。"界圭眼望城外，大军狂奔而来犹如卷地之云。

这是代国赌上全国之力的一场决胜之战，只要能击败雍国，李霄便将成为下一任天子。但他的如意算盘打错了，他先将二十万人驻扎在汉水，由李傕带兵，结果被耿曙四万人杀得四散奔逃。

如今他更甘冒奇险夺取嵩县，想趁雍军尚未回援，攻陷洛阳。

决战终于来了，姜恒望向远处，仿佛回到了七年前，在同一个地方决战的那一刻。

"我应该被李霄抓去，"姜恒说，"再冷不防给他一个玉簪穿喉。"

"想也别想，"界圭说，"给我好好待着，我去为你带兵出战了。"

姜恒望向界圭，界圭换上了军队制服与甲胄，将箭袋与长弓背在背上，烈光剑挎在腰间。

临别时，他转头看了姜恒一眼，似乎有许多话想说，却最终什么也没有说，嘴唇无声地动了动，姜恒看出他的口型，是在说："我的琅儿。"

李霄排众而出，朗声道："汁泷何在？姜恒何在？随便出来个人！你们的大军已经回不来了……"

然而下一刻，洛阳城门轰然洞开！

界圭根本不给他说话的机会，率领上万御林军浩浩荡荡地冲了过来。

这是姜恒第一次看见界圭带兵，他的作战风格一如其人，就像虎入羊群般丝毫不顾自己的性命，甚至连将士的性命亦不顾。

李霄一句话未完，刹那间掉转马头，朝着己方大阵狼狈逃去。紧接着号角声响，代国十万大军发动冲锋，与界圭的御林军撞在一起。

姜恒转身跑过城头，喊道："击鼓！指挥他们！袭击敌方右翼！"

十万大军冲上，御林军顿时被淹没在汪洋大海之中，但就在城门高处，鼓声为他们指引了方向。紧接着，士兵赶来，交给姜恒一张字条。

"界大人出发前吩咐给您的。"

姜恒打开看了一眼，上面有一行字：

"我的使命结束了，恒儿，趁我出战时弃城离开，听话。"

姜恒在战鼓前停下脚步，望向城下，十万大军密密麻麻，冲散了界圭率领的御林军，后阵，号角声连续响起。

接着，姜恒除去易容伪装，士兵惊呼道："姜……姜大人?!"

"随我出战，"姜恒说道，"今天，我是汴炆。"

城门外的防线被界圭率军推到了近一里外。这是十年来，李霄第一次与雍人正面开战，雄军十万麻痹了他的认知，使他对这以军队实力称霸中原的蛮横对手轻敌大意。而界圭这一次，更抱着必死之念，只因他完成了自己的所有使命，今天他只想将性命交付在战场上，完成他最后的愿望。

但姜恒没有让他如愿，号角声响起，城门大开，最后的八千御林军竟弃守洛阳，一瞬间开门杀出！

界圭抹了把脸上的血，回头望向来处，王旗在天空下飘扬，"汴"字大旗于寒风里飘荡，紧接着，洛阳城开始敲钟！

九声钟响连在一起，"当当当"声大作，那是天子御驾亲征的钟声！

霎时御林军士气大振，最后的八千人一并投向战场，在姜恒的率领之下，人人奋不顾身。李霄再次抢回的战线又遭到了压迫。随之代军后阵擂鼓，十万人犹如排山倒海般冲来。

"我让你弃城——！"界圭怒吼道。

"这不是弃城了?!"姜恒喊道。

"会死的——！"界圭吼道。

"我爹欠你的！"姜恒回道，"要死就死罢！大家死了干净！"

战场上一片混乱，姜恒这一次非常小心，他见不到李霄，就必须先保护自己，但己方两万人马终究不敌李霄的大军冲杀，眼看就要全面溃败，在大军准备逃回洛阳之时，援军来了。

号角声响彻天际，雍国的援军终于来了！

所有御林军抬头望向远处，洛阳王宫敲钟，城门擂鼓，与远方的后阵号角相呼应，雍军数万铁骑踏地而来，铁蹄撞击大地之声犹如鼓点，犹如心跳，犹如战锤砸向神州大地，奏出惊天动地的乐曲！

"援军来了！"姜恒满脸鲜血，喝道，"冲锋！随我冲锋！"

黑色的王旗飘扬，姜恒本以为会看见武英公主汴绫率军，然而，那黑色的大旗上却是另一个字：聂。

耿曙犹如神兵天降，竟在短短数日里穿过西川腹地，掉头沿着汉中路衔尾直追，率四万雍国精锐赶上了李霄的军队，并轻而易举地袭其后阵！

耳畔尽是士兵的欢呼声，那杆"聂"字王旗犹如天意，哪怕天塌地陷，甚至将敌人尽数杀灭，亦不比耿曙归来更振奋人心。姜恒喊得头昏脑涨，一身热血，率军直冲而去！

耿曙的大军刹那间分为四队，从背后冲散了李霄的代军，十万人开始互相践踏。姜恒所带领的队伍冲向敌方主力，界圭随之跟上，眼看那杆"汁"字王旗，与"聂"字的大旗不断接近，最终会合。

耿曙一身铁铠，戴着头盔，一身铠甲近百斤，胯下战马亦覆着铁甲，轻而易举地撞飞了沿途的敌人，黑剑掠过之地满是鲜血，他犹如血海之中的修罗。姜恒看不见他的脸，但当姜恒瞧见那黑铠将领时，随之一怔。

耿曙骑在高头大马上，稍稍转身朝他望来。

战场上混乱无比，满地尸体，姜恒骑着马与耿曙遥遥对视。

继而，姜恒在晨光里笑了起来。

耿曙朝他伸出手，铠甲发出金属撞击的声响。

姜恒翻身下马朝他走去，拉住耿曙的手，翻身上了耿曙马的马背。耿曙催马，吼道："驾！王旗跟上！随我去取李霄项上人头！"

霎时耿曙一杆旗，带起了所有御林军、雍军，集结起六万兵马，载着姜恒，手持黑剑，在乱军之中朝李霄的禁卫军冲杀而去！

"怎么是你?!"姜恒大声喊道。

"我没有走，"耿曙推起头盔，现出英俊的脸庞，"汉中大败代国后，我就秘密行军回来了，刚好抵达城外。"

姜恒问道："姑姑呢？"

耿曙说："她现在应当已到西川城外了。"

是日，天蒙蒙亮，汁绫通过汉中平原进入代国腹地，而另一支军队则由曾宇带领，越过潼关险道，急行军攻向西川城。

西川迎来了百年来的大战，城下杀得血流成河，李傕几次回援都被拦在城外。

汴绫摘下头盔，望向西川城门，喊道："姬霜！爽快点，认栽罢你！"

姬霜着一身轻便皮甲立于城门高处，深吸一口气，带领上万弓箭手怒喝道："放箭！雍军只有六万人！破不了城！"

汴绫冷淡地说道："看看你背后？"

那一年，从汀丘救回太子李谧后，姜恒与耿曙曾经走过的，干涸河道深处的密道在此时终于派上了用场，而知道这条密道的，只有姜恒、耿曙、界圭、周游寥寥数人，以及李谧自己。

姬霜当年设计害死李谧，如今仿佛因果轮回，终于断绝了自己这最后的胜算。

刹那间西川城内大乱，姬霜转头，怔怔地看着这一切，房屋在火焰中燃烧，上万名雍军已秘密入城，抢占城内要地。

"爽快点！"汴绫说，"开城投降！别成天搞些有的没的！我哥死了，我就不让你们亡国灭种，用车轮斩了！"

钟山九响，远告洛阳王都，西川沦陷。

江山图

洛阳外，战场上，雍军士气已达极致，这一刻他们终于洗脱了百年来的不忿，终于等到了为天子而战的时刻。耿曙与姜恒身后，乃是"聂"与"汴"字的王旗，大旗飘扬之处，犹如赵竭英灵在世，携七年前的怒火，尽数涌出。

雍军攻势如天崩地裂，代军全面溃败，兵败如山倒，耿曙却依旧不放过敌人，侧头喊道："放箭！"继而拉下头盔，护住脸庞。

姜恒拉开长弓，将沿途敌人射落马下，耿曙一身铁铠，抵挡住了密集的箭雨。到得后来，姜恒已看不清四周有多少人，他的眼前蒙着一层血雾。唯独耿曙仍在劈砍，身上发出铠甲摩擦之声。

箭射光了，姜恒抱着耿曙的腰，抱着他上身覆铠与腿部甲胄之间，耿曙的腰身依旧温暖而强健。

　　界圭所看到的却是另一幅景象：耿曙的军队正在与李霄的大军厮杀，双方都在飞速损耗兵力，犹如一把尖刀刺入通红的铁水，铁水随之分开，尖刀则不断被熔蚀。而就在钟声暗哑、天地晦暗的那一刻，耿曙一骑当先，载着姜恒杀进了李霄的亲随队伍。

　　李霄万万没想到混乱来得如此之快，他已穿着预备进入洛阳的天子金铠，只见亲卫血肉横飞，那名黑铠骑士已来到眼前。

　　随即，黑剑当胸而来。

　　"你是……"李霄被一剑刺穿胸膛，飞落马下。

　　"承你爹的让，"耿曙推起头盔，答道，"天下第一，聂海。"

　　晋惠天子三十六年，代王李霄薨。

　　代国军队全面崩溃，国君死于耿曙剑下，士兵顿时四散，有人几次欲冲上前报仇，却都被御林军杀退。耿曙纵马回转，来到空地前，稍侧头，朝姜恒叫道："恒儿？"

　　姜恒两手脱力，下得马来。

　　"他们都死了，"耿曙说，"李霄是最后一个。"

　　姜恒喘息不止，扔下长弓，说："什么最后一个？"

　　"当初攻破洛阳的人，"耿曙说，"有雍国卫卓、郑国赵灵、梁国申涿、代国李霄、郓国屈分，那场大战里，该死的人，都死了。"

　　两人抬头望向洛阳城，在那场酣战中，耿曙与姜恒的玉玦都从胸膛处荡出，挂在身前。

　　耿曙看了眼姜恒脖颈上的玉玦，伸出手想触碰，却顾忌手上的钢甲沾满了鲜血，于是摘下手套，扔在地上。

　　姜恒看着耿曙的玉玦，拈起了自己的，两人手指碰了碰，耿曙拿着自己的玉玦与姜恒的玉玦并在一处。

　　接着，耿曙不发一言将姜恒揽在了怀中，与他一同安静地看着洛阳城。钟声停，士兵们开始欢呼庆祝这场胜利，七年的光阴，他们终于再一次夺回了天下王都。

雍军全面收复中原，再一次修缮洛阳，姜恒站在万里江山图前，这一切终于结束了，至少，即将结束。

海东青带来了西川的消息，汁绫俘虏了姬霜，将她软禁在汀丘，并未效仿她当初的弑父之举，至于什么时候放出来，等待朝廷的安排。

与此同时，曾宇最后一次与李傕交手，俘虏了李傕，并将西川依旧交还予李家，勒令李傕解散所有军队。

雍军撤回玉璧关，仅留两万人于汀丘驻军。

安阳城内，梁王毕绍与汁泷完成交接，梁地归于其主。

"还有郓国。"姜恒注视正殿内的万里江山图，雍国得天子位后，江山图高处挂上了玄武神旗。

六百年之火德已过，水德更新，北方玄武坐镇神州大地。

万世王道，千星在天，五德轮转，生生不息。

"郓地已不足为患，"耿曙说，"不出十年，郓必将归入天下版图。"

东到济州与东海，西至塞外，北到贺兰山，南到长江。如今天下，十之其七已一统，雍国入主中原，汁家如今成了新的中原之主。

"汁泷呢？"耿曙道。

"还没回宫罢。"姜恒一屁股坐在姬珣的王案上，答道，"我让他收编了御林军后别冒冒失失地往王宫跑，已经叫赵慧看住了他。"

耿曙道："怎么总让他跑？他就乐意？"

姜恒嘴角带着笑，说："我让他走的，有时撤退也需要勇气，他已经做得很好了。"

"行行行，"耿曙哭笑不得地说道，"他很好，他才是你哥，我不过是个侍卫。"

耿曙看见那玉玦时便知道发生了什么事，他不想走到那一步，而汁泷对此的反应，虽是意料之外却是情理之中，冲着此举，耿曙一辈子也会将他视作家人。

耿曙拆开手上的绷带，手上全是伤，姜恒在旁看着，要上前为他敷药，耿曙稍凑过去，示意姜恒凑近。

姜恒便在他脸上碰了一下，耿曙又揽住了他，专心致志地看他。

"怎么？"耿曙又说道，"我为你做了这么多，多看几眼怎么了？"

姜恒笑了起来，耿曙在他耳边说了句话。

"这是正殿，"姜恒说，"祖先们都看着呢，晋人的祖先、雍人的祖先，你当真有这么大胆子？"

耿曙想了想，像是要找个理由，但祖先有灵，这点他倒是承认的，想了想还是算了。

"我奏首乐曲给你听罢。"姜恒搬来古琴，放在天子案上。

耿曙便走上前去坐在姜恒身边，那是曾经姬珣身畔赵竭所坐的位置。耿曙让他倚在自己身上。

姜恒断断续续地奏起了琴，琴声之中，无数记忆闪过，洛阳的楼台、灰暗的日光，以及火焰燃起时赵竭与姬珣相依为命的身影。

耿曙望向殿顶，曾经被击破的窟窿形成了一个天窗，阳光从那里落下。

他们仿佛同时感觉到有什么正在离去。

是千百年来未了的夙愿，还是直到废墟再化为高楼广厦、雕梁画栋，却仍然流连其中徘徊不去的英灵？

这些英灵犹如闪光的身影，在琴声之中，从大地的各个角落前来，飞入殿内。

耿渊的身影、项州的身影、罗宣的身影、赵灵的身影……

英灵在万里江山图的玄武旗前各行一礼，于空中消散，再无痕迹。

脚步声响，界圭走进正殿内，注视着耿曙与姜恒。

阳光照在万里江山图的暗纹上，诸天星官内，北天七星一闪。

"我听见有人在这儿弹琴。"界圭说。

耿曙说道："怎么又是你？"

姜恒却笑了起来，界圭说道："汁泷回来了，有些账，我建议你们堂兄弟俩，还是得算一算。"

耿曙淡淡地说道："知道了。"

界圭看着耿曙下身只穿武胄，手按古琴，身佩黑剑，颈悬玉玦，金玺就在他的面前，背后又张挂玄武神旗。

一金二玉三剑四神座，五国六钟七岳八川九鼎。

这一刻，耿曙俨然才是这世间真正的天子，如此霸气，舍他其谁？

汁泷归来，并带回了群臣以及赵慧，安顿诸人后，他独自前往正殿。姜恒则亲自在正殿内等候，为他点起了一盏油灯。

汁泷朝耿曙说："你回来了。"

"还活着。"耿曙说道，"你都知道了？"

"下来，"姜恒点了灯，朝耿曙说道，"这不是你坐的地方。"

姜恒拉着耿曙，让他别老待在天子位旁。

殿里只有这三兄弟，汁泷疲惫地一笑，说："得开始收拾烂摊子了，玉玦我已经还给恒儿……炆儿……还给弟弟了。"

"还是叫我恒儿罢。"姜恒说，"我想，你也找到你喜欢的人了。"

耿曙看了眼姜恒，没有说话。

汁泷说："先不提这事，虽然……"

"什么？"耿曙回过神，意外地问道，"我不在宫里的时候，发生了什么？汁泷，你有心上人了？"

汁泷有些尴尬，岔开话题说："先说正事，咱们得选个合适的时候昭，告天下，让你继任天子之位。"

"雍国自古兄终弟及，"姜恒没有再捉弄汁泷，朝他轻轻地说，"按规矩，你有继承权。"

汁泷答道："我爹得位不正。"

过去的恩怨，兄弟二人没有再往下说。片刻后，耿曙说道："都过去了，汁泷。这些年，我也始终将你当成我弟弟看待。"

"分明不是。"汁泷笑了起来。

"怎么这么记仇？"耿曙说，"那年说过的一句话，记到现在。"

汁泷说："什么时候？后来有过吗？"

"我为你带兵出征的时候。"耿曙说道，"那年是雍国第一次决定出关，东宫制订了计划，那次打仗，我确实是为了你。我不骗你，汁泷，如果你要杀恒儿，我就只能杀了你，你若不这么做，你就是我的家人。"

汁泷终于解开心结，朝姜恒点了点头，说："恒儿，哥哥想回落雁再陪王祖母一段时间，既为两都之制，你若信得过我，我就为你治理落雁……"

姜恒却朝耿曙说："我朝你要一样东西，你给我吗？"

汁泷停了话，不明所以地望向姜恒。

"我的命吗？"耿曙抬头朝姜恒问道。

姜恒看着耿曙，扬眉说道："你答应过，什么都愿意给我的。"

"拿去？"耿曙稍稍侧过脖子，示意姜恒来杀。

姜恒却拉住耿曙脖颈上自己曾经亲手为他打的红丝绦，将玉玦摘了下来。

耿曙登时站起，难以置信地看着姜恒，他知道即将发生什么。

"恒儿……"耿曙的声音有些发抖。

"这块阴玦，"姜恒说，"兴许可以给赵慧？不过没关系，你喜欢给谁就给谁罢，都是你的了。"

旋即，姜恒解下自己的玉玦与耿曙的那枚并在一起，走向汁泷。汁泷看着姜恒，随之也明白了。

"等等，恒儿！"耿曙拉住了姜恒。

姜恒抬眼望向耿曙，眼里充满坚定，耿曙却认真地说道："把红绳给我，我想留着，毕竟那是当年你为我亲手打的。"

耿曙抽走红绳，才说道："去罢。"

姜恒将两块玉玦放在汁泷手里，说："人我带走了，天下留给你。"

汁泷叫道："恒儿。"

"哥，"姜恒说道，"你会是个好天子，你从小到大的愿望就是当一个好国君，你会有一个好妻子，你会有百子千孙，儿孙会和睦。如今，是你放手去施为，去爱这个天下所有人的时候了。"

汁泷怔怔地看着姜恒，姜恒退后几步，朝汁泷跪拜，耿曙在一旁看着，终于醒悟。

"参见天子。"姜恒说道。

耿曙："……"

姜恒起身，又说道："天子安好，则天下升平。我们走了，哥，好好照顾这个天下。"

"去哪儿？"汁泷颤声说道。

"我是天下人，"姜恒拉起耿曙的手，回头说道，"自然要去我该去的地方。"

"恒儿！"汁泷追了出去。

深夜，洛阳城依旧是万家灯火。冬至已过，万物复苏，桃花抽枝，冰雪消融。

天蒙蒙亮，耿曙策马与姜恒共乘一骑，离开洛阳，驰骋在中原大地上。

"从今往后，"姜恒说，"我是你的了。"

耿曙侧头说道："早知道能用那块破玉来换你，我早就换了。当年我就不该从你手上把它收下。"

姜恒忍不住大笑，耿曙却忽然现出警惕的神色，说道："等等，怎么又有阴魂不散的笛声？"

姜恒："……"

洛阳城墙高处，界圭坐在城墙上，一脚踏在城墙上，另一腿垂下，吹着笛，笛声婉转悠扬，隐隐有送别之意，那是《诗》中的《桃夭》。

桃之夭夭，灼灼其华。之子于归，宜其室家。

耿曙驻马与姜恒望向高处。吹完那曲《桃夭》后，界圭站起，已是一身远行打扮——斜背着一个小行囊，朝他们挥了挥手。

"天涯海角，"界圭说道，"有缘再会。"

不等姜恒回答，界圭转身跃下城楼，就此离去。

沿途桃花渐渐绽放，犹如那年，耿曙与姜恒沿着浔东一路来到洛阳的景象。

犹如那年昭夫人在马车中，带着笑意回到她的故乡。

"咱们去哪儿？"姜恒问。

"不知道。"耿曙说，"去桃花开的地方罢？嵩县？要么，回家？"

隐 世 居

晋惠天子三十六年，汴泷继任天子，四国来朝，改制推恩，一统钱币。

洛阳推倒四国界碑，止息刀兵之争，诸侯重获分封，改天下年号为雍太戊元年。四国官员齐聚洛阳，于太戊二年，颁布天下新法。

太戊四年，天子大婚，迎娶郑国公主赵慧。

太戊六年，天子汁泷派曾宇、汁绫、上将军龙于，率十万大军，南伐郪国。

姜恒听到街坊议论又要打仗了，也许这将是近百年的最后一仗。

但至少安阳人活得比以前好，梁王毕绍依旧住在宫内，整个安阳历经六年，已渐渐恢复过来。如今的安阳市肆繁华，充满了人间的烟火气。

姜恒与耿曙不愿让人知道他们暂时住在安阳城背后的山下。每天姜恒都会到市集上来买点东西，顺便教小孩儿们读书认字、朗诵诗词，换点钱去买米回家。

耿曙则偶尔替人做木工，每天千篇一律的生活也很无聊，他正想换个活做。

这天，姜恒买完肉与鲜鱼回到家中，等耿曙回家做饭。姜恒正想着郪国之事时，忽然听见屋后传来一声响动。

姜恒放下东西，屋后又有极轻微的脚步声传来。

姜恒想了想，拿来一把放在墙角的寻常铁剑握在手中，转到屋后。

他看见了一名身材瘦高的蒙面人。

"我等你很多年了，"姜恒说，"我都快没耐心了。"

"被刺的没耐心，刺人的倒是很有耐心。真正的刺客，都会耐心等待时机。"蒙面人说，"你爹没有教过你？"

"言传身教。"姜恒深呼吸，答道。

蒙面人缓缓揭开面巾，露出脸上的刺青，正是许多年前姜恒与耿曙藏身江州教坊中，于衣柜内窥见的"血月"十三人中的第二人——"刺客"。

"你们门主还好吗？"姜恒忽然生出好奇心，"别着急，我只是问问，你知道我哥没这么快回来，拖点时间也不影响生死。"

"托你们的福，"刺客回道，"已经死了。"

姜恒没有问怎么死的，这已经不重要了。

"我要是你，"姜恒说，"就不会留在中原，毕竟一身武艺，总有更值得去做的事。"

刺客答道："我也想过，所以我回轮台建立了榆林剑派，传授我一生所学，如今门派虽不起眼，却会慢慢成长起来。我想，我的事办完了总该要回来杀你，虽然委托之人已死，但终归是个任务，雇主给了报酬，我们就该做事，你说对不对？"

姜恒笑道："你话还挺多的，汁琮把报酬给你了吗？我看，似乎没有罢。黑剑应当还在洛阳。"

"杀了你以后，"刺客说，"我会自己去取，不用操心。你做好准备了？"

姜恒没有再说话，慢慢提起剑，观察着那刺客的举动。血月上一次消失已是六年前的事了，耿曙怀疑他们仍然未打消这个念头，迟早有一天会来。

他们主动找过这个刺客的下落，却始终一无所获，这件事就像卡在二人心头的一根刺。

真正的刺客会等待很久很久，直到所有人都忘了这件事。

一如耿渊为了杀人，可以足足等上七年。不知为何，姜恒想起了母亲的那句话——用剑杀人者，就该落个剑下死的结局。

这是仇家遍布天下之人的宿命，永远也躲不过。

痛失所爱，也许也是耿曙的宿命。

"待会儿将我的尸体处理得干净点，"姜恒小声说道，"我不想他太难过，就让他当我失踪了。"

"他迟早会知道的，"刺客扬眉说道，"既然是刺客的儿子，就该看开生死，苦苦挣扎又何必呢？"

"说得对。"姜恒冷冷地说道，一招甩手剑，倏然直取那刺客咽喉！

孰料刺客亦是一招甩手剑，用的却是姜恒曾经的佩剑——绕指柔！

姜恒尚未想清楚，为什么绕指柔会到了这人手中，剑已断，那刺客武功比他高得太多，当年乃是血月中位列第二之人，一剑抹过姜恒的咽喉！

姜恒转身避让，只差半寸便要被割断喉管，当即朝屋后树林中飞奔而去！

刺客施展轻功几步追上，又是一剑刺向姜恒背脊，姜恒一个打滚躲过。

枫林中落叶如血，刺客的剑刃已抖得笔直，他来到姜恒跟前。

突然，只听"啪"的一声轻响。

耿曙袒露上身，武袍搭在腰间，拿着一根木棍随手玩了几圈，回到家门外看见了满地的鲜血。

他循着血迹走了几步，只见地上坐着一头黑熊，正在啃食一只断脚，另一只黑熊在不远处，吃姜恒放在它面前的一盆馒头。

姜恒站在一旁，手握绕指柔，抬头望向耿曙，长吁一口气。

耿曙久久没有说话，最后问："他来了？"

姜恒点了点头，耿曙又问道："怎么剩只脚？被吃光了？"

"没。"姜恒说，"我把他引到陷阱里去，夹住了他的脚，他大喊大叫，没想到把这俩家伙招来了，他还不死心，拖着伤脚想刺我，结果被两头熊一顿痛打。"

"之后他也许觉得实在没胜算了，为了逃生，自己斩断脚，滚下山崖，掉进水里被冲走了。"

耿曙："……"

姜恒说："当初我说养着那俩熊兄弟的时候，你还不乐意。"

"我错了。"耿曙承认了自己的错误。

七年前在塞外救下来的那两头熊，被孟和扔到了安阳的后山上，平日它们以捕鱼为食，倒也自得其乐。姜恒搬过来后，无意中于安阳后山山洞内碰上了这两位老朋友，既惊惧，又紧张，骇得面无人色。然而熊有熊性，只要吃饱了，通常不会伤人，只要隔个几天喂一次，熊就不会饿得发狂，何况耿曙还经常赤手空拳找熊比拼，权当太平日子里练武艺了。

于是这两头熊认得姜恒与耿曙，隔三岔五来朝他们讨吃的，耿曙本想杀了免得惹麻烦，却因姜恒不忍而留其性命。这两头熊吃得实在太多，耿曙为了姜恒那点不忍心，已经给了它们不少吃的，勉强养在枫林中。

也正因如此，耿曙在屋外与枫林附近做了不少捕兽夹等陷阱，一来防刺客；二来防这两只熊跑下山去，骚扰无辜百姓。

幸而两头熊很规矩，也许因为打小就被风戎人豢养，野性不强，亦从未有过吃人之念，在哪儿被放生了，就在附近乖乖待着。

"话是这么说，"耿曙提醒道，"被一爪子拍下来也不是玩的，还是通知毕绍，让他赶紧弄走罢。"

姜恒朝两头熊说："谢谢，当真感谢二位救命之恩了。"

耿曙又去买了五十斤肉装在盆里，好好犒劳两个"救命恩人"。夜里做好饭，耿曙倒上打回来的二两小酒，与姜恒边闲聊，边吃菜喝酒，人生好不惬意。

这就是他想要的生活，日子过得很简单。入夜后，耿曙撑在榻上，靠近姜恒的脸颊，低声问道："有心事？"

"我在想江州，"姜恒一整天都拧着眉头，说，"他们要打江州了。"

"你还这么替汁泷操心呢，"耿曙说，"太子炆殿下。"

姜恒笑了起来，说："我是替江州的百姓操心。"

耿曙说："要去看看吗？"

"啊？"姜恒回过神，摸了摸耿曙的脸，他的肌肤依旧滚烫，身上带着自己熟悉的气味。自从他们离开洛阳后，耿曙便与他隐居于市，无论何处，只要两人在一起，便是桃源。

"可以吗？"姜恒说。

"那要看你舍得付出点什么，"耿曙低头，专注地看姜恒，说道，"听话就带你去。"

翌日，耿曙把门锁死，给两头熊安排了吃的，送了封信给王宫中的毕绍，这是他们在安阳生活了六年，第一次告诉毕绍两人的藏身之处。

那刺客想必不会再来了，耿曙于是带着绕指柔，载着姜恒，就像他们曾经在塞外一般，扮作一对情人，赶着车顺官道而下，渡过黄河，前往郢都江州城。

太戊六年秋，天子伐郢。

沿途尽是匆匆迁徙的百姓，仿佛又回到了十年前那大争之世，战乱频起、万民流离失所的时候。

江州虽依旧繁华，却隐隐有了颓落之气。战事将近，朱雀宫中依旧夜夜笙歌，靡音回荡。姜恒在安阳隐世而居足有六年，如今最后的心头大患已除，回到郢地，当真喜欢这热闹。

耿曙找到当年桃源戏班的领头魁明，再见故人，姜恒不甚欣喜。

"洛阳昭告天下，册封你为太子炆，"魁明说道，"你们知道不？这些日子，你们都待在哪儿？两兄弟成家了吗？"

"待在家里头，没成家，与恒儿相依为命过日子。"耿曙脸上留了少许胡须，他总想让自己看起来更男人一点，但姜恒总嫌扎人，便让他刮了，刮完耿曙又留，姜恒又让他刮。

如今耿曙有了成年男人的模样，像是已成家立业，稳重了许多，出门时胡子还是被姜恒要求刮干净，一路上又长出来少许。

魁明理解地笑笑，姜恒问："郑真呢？"

"死了，"魁明说，"六年前走的，他听到项将军死的消息便投江自尽了。"

众人沉默片刻，姜恒叹了口气。

终·山有木兮

耿曙又问："有界丰的消息吗？"

"他去西川了，"魁明说，"与一众江湖人厮混。听说他去过沧山，又在西川建了一个刺客门派，叫白虎堂。"

这是姜恒唯一听到的好消息，总算心情好了些。

"但天底下，也没有什么要杀的人了。"姜恒说。

耿曙说："千百年后，也许还是有需要的。"

魁明又说道："给你们找个地方住下？"

耿曙放下茶杯，说："我预备在此地开个学堂，兼做武馆，到雍人打过来以后再做别的打算，麻烦你了。"

于是姜恒与耿曙在江州城中住了下来，只要避开王族，能认出他们的人便并不多。半月后，耿曙的武馆开张了，招收了不少学生，耿曙依旧以"聂先生"为名。

姜恒将武馆稍做整并，成一学馆，既授文韬，又授武略。此时已无人知道，面前这名年轻的师父，竟是当年手持黑剑的天下第一剑客，更是耿渊的后人。

而教书的先生，竟是曾短暂当过一日天子的汴炆。

江州郢国王族仍在醉生梦死，对这最后时刻的到来丝毫不惊讶。姜恒清楚耿曙的意思，他想带姜恒前来亲眼见证天下归一的这个历史时刻。

那是姜恒曾经的信念，而这一天，马上就要到来了。

设若雍军久战不下，最终怒而屠城，只要姜恒与耿曙露面，便可保全全城百姓的性命，只希望最终不会走到这一步罢了。

但战事的惨烈依旧超乎姜恒的想象。郢国没有投降，在三天的围城战中，城内兵荒马乱，就连耿曙武馆中的学员亦全部前去参战。

"先生！"一名后生惊慌失措地冲来，喊道，"雍军要破城了，您不逃吗？"

姜恒正端坐武馆中看着一本书，说："先生没关系，能保护自己。"

"师父呢？"那后生想起来了，又疑惑地问。

"他去帮忙守城门了。"姜恒说，"你怕吗？怕就留在这儿，不会有事的。"

后生犹豫不决，又叹了口气。

姜恒说："不想打仗，是罢？"

"我不知道。"后生很犹豫。

说投降罢，无异于卖国求荣之举；说打下去罢，王族却不管百姓死活。郢本可以不开战，无非只想保住自己的利益罢了，天下之战，俱是诸侯争端，与寻常人又有多少相干？

外头传来厮杀声，后生往外看了一眼，说："先生，我……我去保护我爹娘和弟弟了。你当心点。"

"去罢。"姜恒说，随即望向武馆外那深邃的黑夜。

雍军在失去了耿曙之后，只剩曾宇、汴绫两名上将军。这次军事行动得到了新朝所有官员的一致拥护，理由很简单：凭什么我们都当了天子之臣，你郢国能置身事外？

当然，表面上，所有人还是说得冠冕堂皇的：这场仗必须打，不打不足以平定天下。于是曾宇率军，郑国则拨出年轻将领参与攻伐江州之战。

没有耿曙的雍军已不再具备原先的实力，虽然打下江州只是时间问题，可过程亦显费力。曾宇望着北面巨大的城门，以及城上射出的无数带火的箭矢，估测着全面攻城的时间。

但就在这一刻，忽然传来雍军的呐喊。

"城破了——"

一声巨响，城门绞盘竟从内被拆断，架桥轰然坠下。

"入城——！"曾宇抓住了机会。

紧接着，雍军蜂拥而入。就在此时，曾宇看见了绞盘前的一个黑影，那个黑影展开双臂，飞身上了城墙，沿着城墙奔跑数步，翻身跃下，落到一户民宅屋顶，回身射出一箭。

箭矢在百步外飞来，曾宇顿时色变，但那箭并非为取他咽喉，而是钉在了他面前的地上。

箭上是熟悉的字迹：

> 若敢屠城，莫怪刀剑说话。
>
> 但凡聂某动念，逃到天涯海角，亦躲不过我一剑。

曾宇再抬头，身影已消失，世间唯独耿曙有此武艺。

深夜里，武馆内已全是小孩儿，他们或坐或卧，都困得不行。姜恒轻轻奏琴，琴声犹如有着强大的力量，盖过了武馆外的杀戮之声。

耿曙回来了，从躺了遍地的孩子们身前小心地迈过去，到一旁去饮水，身上有着枫木的香气。

姜恒扬眉，耿曙点了点头，说："城破了。"

那语气稀松平常，犹如谈论晚饭一般。

姜恒拨了两下琴弦，说："把门关起来吗？"

"不必，"耿曙说，"我就坐在这里，看谁敢来。你在弹什么？"

"乱弹琴，"姜恒笑道，"随便弹弹，哄他们睡觉。"

江州城中家家闭户，生怕被乱军蹂躏，父母都是一样的念头：孩子不能有事。于是他们将孩子送到了武馆，武馆外头还守着桃源的人，如果武馆保护不了孩子们，想必家里更难。

"我有时觉得，"姜恒又朝耿曙说，"可能我知道为什么爹喜欢弹琴了。"

"为什么？"耿曙心里满是温暖。

他自十岁那年与姜恒相见，如今已足足十七年，每当看着姜恒明亮的双眸时，仍感觉如在浔东姜宅外，彼此初见之日。

"琴声有安抚人心、化去戾气的力量。"姜恒说，"也许他想说，许多事，他也是不得已罢。"

"所以杀了人，"耿曙说，"于心不安，便奏一曲，权当谢罪吗？这买卖当真划算。"

姜恒笑了起来，说："不是这般。"

"你觉得咱们这么做，是对还是错？"耿曙问道。他打开了城门，提前结束了这场大战，挽救了城内外百姓的性命。

"你在乎过？"姜恒反问道。

"也是。"耿曙说，"想教训我，就来罢。"

是夜，雍军入城，一夜间占领了全城。

奉天子汁泷与朝廷之令，曾宇严令约束军队，要求绝对不得滋扰城中百姓。王宫前御林军已四散，项余死后，御林军统领换了人，这些人早无战念，遑论与国同死。

攻入王宫后，芈清投汨罗江而亡。

最后的战事发生在宗庙前。熊丕手持火把来到宗庙前，一把火点燃了郢国的神木"椿"。

神树由郑、郢、越、随四国昔年公侯亲手种下，六百年来欣欣向荣，终于在这一夜，在北斗七星的闪烁之下，熊熊燃烧。

郢国之象征被熊丕付之一炬，城内所有百姓都看见了山坡上、宗庙前的神树在燃烧。

姜恒与耿曙走出武馆，望向北面，大火烧尽了椿树。

熊丕最终被埋在树下，化作历史的灰烬。

"上古有大椿者，以八千岁为春，八千岁为秋。"耿曙朝姜恒说，"北冥有鱼，其名为鲲。"

姜恒的嘴角带着笑容，回忆起他们小时候的光阴。

"你怎么记得这么清楚？"

耿曙想了想，又煞有介事地说道："平陆处易，而右背高，前死后生，此处平陆之军。"

姜恒笑了起来，说："胜兵先胜而后求战……"

耿曙认真地说道："败兵先战而后求胜。"

雍国的骑兵经过武馆前。天亮了，树叶上带着露水，雍军过路时仿佛有人认出了耿曙与姜恒，无比震惊地看着两人。

耿曙背着手，站在武馆前，俨然一位守护这神州大地的武神，冷冷地说道："看什么看？"

姜恒回到馆内，见孩童们已起身，说道："待会儿你们的家人就来接你们了，没事了，都过去了，会好起来的。"

钟响，远告洛阳王都，江州陷落。

雍太戊六年秋，七月十五，郢太子熊丕薨，公主芈清投江自尽。

自此，神州大地再归一统。

百川相汇，泰山壁立千仞，东海波涛万顷。

普天之下，尽为王土。率土之滨，皆为王臣。

一百二十七年之大争之世，诸侯之乱，金戈铁马之铿锵琴曲。

曲终。

太戊七年，春。

"天时不如地利，地利不如人和。"

桃花花瓣上，朝露闪烁。清晨，江州学堂。

孩童们诵读声琅琅，孩子们背诵所学，姜恒背着手，拈着戒尺，走过一排排的学生。耿曙督促学员练完武艺后，端坐先生之位，犹如君临天下，面朝这王国中的小小臣民们。

"天子不仁，不保四海；诸侯不仁，不保社稷。"

"卿大夫不仁，不保宗庙；士庶人不仁，不保四体。"

读书声听在耿曙耳中，当真是世间最好的乐曲。

"富贵不能淫……"姜恒朗声道，"下一句是什么？"

孩子们跟着姜恒，背诵道："贫贱不能移，威武不能屈……"

"鱼，我所欲也。"姜恒又朗声道，"下一句呢？"

"熊掌，亦我所欲也……"孩童们接下去背诵道。

"生，亦我所欲也，义，亦我所欲也……"

"二者不可得兼，舍生而取义者也……"

远方，王宫钟声响，孩子们放学了。学童们纷纷起身，朝耿曙与姜恒行礼。

耿曙注视着姜恒，学馆外春风吹起，姜恒转身，眼中带着笑意，身边俱是纷纷离开的小孩儿。

"今夕何夕兮，搴舟中流。"姜恒看了一会儿耿曙，忽然说。

正要离开的学生们没读过，纷纷愣住，有越人的孩子听过，马上举手说道："先生，我知道！下一句是'今日何日兮，得与王子同舟'！"

姜恒听到这句时，笑着转头，望向耿曙。

耿曙心中一动，走下书案，走向姜恒，在春风里牵起了他的手。

——卷七·阳关三叠·终——

番外

流水·万里河山

银汉·千星坠火

流　水·万　里　河　山

　　雍都之夜，不知何处传来笛声。伴随着秋风，万籁俱寂之中，空灵笛曲显得尤其惆怅。

　　姜家姐妹房中，姜昭忽然一手按在了剑柄上。

　　"是我。"门外是耿渊的声音。

　　"夤夜相见，多有不便。"姜昭冷冷地说道，"请回。"

　　"让他进来罢，姐姐。"姜晴柔声说道。

　　耿渊在门外等候良久，不闻房中声响，便轻轻推门进去。

　　他的手里拿着两个食盒，门打开时，璀璨的灯光倾泻而出，只见姜晴端坐案前，正在写一份文书，姜昭则坐在一旁为妹妹磨墨。

　　"两位未去用膳，"耿渊来到案前，将食盒放在一旁，跪坐下说道，"太后便让我来看看，二位是否抱恙。"

　　姜晴忽与姜昭对视一眼，没有说话。

　　"劳烦太后记挂了。"姜昭的语气终于温和了少许，"无恙。"

　　耿渊注视着姜晴所书，姜昭却注视着耿渊的眉眼，室内三人无话，少顷，耿渊目光与姜昭相接，耿渊稍一扬眉，像在问：这是什么？

　　"奏章。"姜昭答道，"明日问政所奏。"

　　耿渊看了几行，姜晴的字娟秀工整，又问："交给哪位大人？"

　　"我亲自去奏。"姜昭答道。

　　耿渊没有说话，姜昭又问道："怎么？觉得不合适吗？"

　　自琉华殿建成，历任问政未有女官上奏，耿渊倒不觉得有不合适的地方，只是世家之人不免废话良多。

　　"墨守成规，"姜晴开口说，"岂是泱泱大国所为？"

　　"自然。"耿渊眼里带着欣赏的神色，不免多看了几眼姜昭，"只是若不方便，我可以代为启奏。"

"你又站在什么立场？"姜昭说。

"我也是越人。"耿渊淡然地答道，"从道义上讲，耿家愿意与你们站在一起。"

"为什么？"姜昭有些意外地沉声说道。

"不为什么。"耿渊说，"想清楚了，明天我在琉华殿外等你们。夜深了，早点歇息，告辞。"

雍国上下，万万未想到两名弱女子竟会为了复兴一个灭亡已近百年的国家，几乎走遍了神州的每一寸土地，更未想到，到得雍都朝廷上时，还带来了洋洋洒洒数千言的谏雍王书。

深秋之际，琉华殿顶的瓦片倒映着蓝天白云。

耿渊在殿外等了许久，最后接过姜昭递来的奏章。

"交给你了。"姜昭本想告诉他：让他去启奏，并非因为她俩不方便抛头露面，而是因为耿家的支持让她们看见了一丝曙光。

但姜晴让姐姐什么也不用说，耿渊应当比谁都懂。

大臣们鱼贯而入，琉华殿内拉起了珠帘，姜太后、姜昭、姜晴，以及十岁的汁绫坐在珠帘之后。

汁琅、汁琮两兄弟端坐正中，哪怕先王已辞世，汁琅仍未正式称王，他很有耐心，他要等到所有朝臣都对他心服口服后再接下这个重任。

"今日议政，由孤亲自主持。"琉华殿内鸦雀无声，落针可闻，只有汁琅清朗的声音在回响，"三个月前，我大雍来了两位客卿，带来了越国的消息。"

大臣们早知今日所议，没有人交头接耳，界圭站在汁琅身后，英俊的脸庞上依旧没有任何表情。

"今日所议，正是越国如今所处之境地。"汁琅说，"众卿大可畅所欲言。"

"臣有本奏。"耿渊待汁琅话音落，便开口道。

忽然间，琉华殿内响起了微弱的议论声，紧接着那议论声越来越大。

"怎么了？"姜昭皱眉说道。

汁绫看了眼姜昭与姜晴，姜晴做了个询问的眼神，她们都不知道这骚动为何而起。

"这是渊哥第一次启奏。"汁绫小声说道。

姜昭闻言，登时也有点惊讶。

"耿卿但奏。"汁琅说道。

耿渊在那议论声中从群臣中走出，来到殿内正中。宫人摆上案几，耿渊摊开姜晴所写就的文书，朗声道：

"世有玉衡之山，山有群雁栖落，冬去春来，诸雁回归北方之地，沙洲落雁，是为雍都。天下之大，非为一君一王之邦；万物生长，非是一族一部之地……"

耿渊停顿，扫视群臣。

珠帘之后，姜太后现出惊讶的表情，望向姜家姐妹。

旁听的管魏亦忍不住露出赞许的表情，谁能想到，这竟是一名十四五岁的少女所书？

"越雍之地，如玉衡、沙洲，南雁北归，生生不息……

"饶九十四载，宫阙废土，火漫南天，烽烟再起，极目血泪，昔时越地已作故人之书，山河万顷，尽成敌困之地……

"远目桃林，击磬难传……枫红如血，尽是他乡之类，今我之境，即天下人百年后之境；今我越人之诉，即天下人百年后之诉；恳由雍王襄助，救我天下越人于水火，一如同枝之叶，莫使天涯飘零，不得相见。姜氏启奏。"

耿渊将那奏疏展到末尾，一阵风吹来，两片象征越与雍的暗红色枫叶飞出，犹如染血的蝴蝶，在殿内旋转飞舞，最终缓慢地落在汁琅面前。

殿内肃静，不少老臣竟眼有泪光。

就连汁琅亦没想到，姜晴竟以如此文采斐然的方式，带来了天下越人的求救，他好一会儿没回过神来，及至一炷香的时间后，才缓缓地说道："众卿有何要说？"

陆冀很快恢复了状态，沉声说道："协助越国王族出兵，为他们复国，我们面对的乃是天下最强大的梁。陛下，梁军百万步兵尽是精锐，数年前，重闻出长城与我大雍交战，先王仍在，尚且惜败，雍用什么去进军梁国？"

姜昭端坐珠帘后，持笔书就几行字，示意姜晴看，姜晴点头，姜昭便将那字条从珠帘后递出，耿渊察觉，看了一眼，宫人接过，快步递给耿渊。

耿渊看完字条后折起，认真地说道："梁王犹如风中残烛、河中朽木，时日无多，梁王既身死，太子毕商、王子毕颉相争，定祸起萧墙，不足为惧。"

殿内再次响起交头接耳之声，没想到姜氏姐妹竟用这种方式参与了问政。

"耿大人怕是说笑话了。"陆冀冷笑道，"毕颉有何本事与其兄长相争？"

姜晴低声在姜昭耳畔说了句话，姜昭颔首，提笔，但这次耿渊没有再等她的字条，说道："重闻不会扶持一个太有主见的国君，毕商背后牵扯实多，安阳贵族、郑地外戚，诸多干扰之下，重闻若想实现霸业，必先铲除毕商，改为控制懦弱的毕颉。"

姜昭闻言停笔，这正是她们想说的。

"越地如今一分为三，分属梁、郓、郑三国。"管魏说，"若贸然直取越地，三国必群起而攻。"

姜昭听了个开头便再次开始写字条，耿渊第二次接过字条，看了眼，朗声道："大争之世，无非远交近攻，代可为盟；郓越暂不取，以梁越先为目标。郑人不足为患，子闾、郑王不和已久，可寻隙离间……"

姜昭安静地看着耿渊的侧脸，透过珠帘，姜昭能看见他俊秀的脸庞，秋日阳光穿过琉华殿，落在他的头顶上，他的全身仿佛笼罩着一层光。

等待群臣思考发言时，耿渊便看着手里姜昭的字条，她的字与姜晴的字截然不同，带着武人的英气。

这一次琉华殿议政足足进行了三个时辰，群臣从最开始的蔑视，到最后都成了震惊，姜氏姐妹带来了阔别已久的关内四国极其重要的消息。姜晴善于观察与谋略，姜昭则善于出奇兵，这两名少女的智谋，甚至可隐隐与朝中将相比肩。更重要的是，她们窥探到了各国王族的险恶人心。

这是她们冒着极大的危险，辗转于各地得到的珍贵消息，姜晴更针对每一个国家的弱点给出了分而击破的奇谋。

这也是老天的安排——汧琅想起了祖训中的两个字：入关。

在臣子们的讨论之下，雍国协助姜氏姐妹理清了至为重要的脉络，然而这脉络所指，并非简单的光复越国，这脉络仿佛在他们面前，展开了另一幅宏大的蓝图。

直到日渐西斜，终于再无人开口。

"今日便到此为止。"汧琅没有催促众臣给出一个答案，这个答案不可能现在就有，但他的目的已经达到了，他们迟早将走出这一步，哪怕不能马上动身，至少也得先讨论它的可行性，无论是借着为故人复国的缘由，还是其他的。

姜晴与姜昭的到来，在汧琅别有用心的安排之下，为酷寒的雍投入了一丝温暖的阳光。

"谢谢。"姜昭努力地让自己的语气不再冰冷，在琉华殿外朝耿渊道谢。

"不客气。"耿渊最后说，"这是太子殿下的意思。"

汧琅正在与几名大臣说话，远远地看了他们一眼。

姜晴很清楚，除非汧琅觉得有必要，否则不会让耿渊竭尽全力地来帮助她们，什么越国后裔，都只是借口而已。

耿渊来到汧琅身边，与界圭一同走在汧琅身后。

"我在想一件事。"汧琅说。

"我也在想一件事。"耿渊也说道。

"你呢，界圭？"汧琅回头望向界圭。

界圭冷漠地说："我也在想一件事。"

"我猜你想的，"汧琅半开玩笑地说道，"与我、耿渊所想，非是同一事。"

"或许罢。"界圭无所谓地答道。

是夜，姜晴朝姜昭说："姐姐，我觉得这一次有希望。"

"每一次你都是这么说的。"姜昭叹了口气。

姜晴无奈地说道："就不能想点好的吗？"

姜昭安慰道："我只是不想你寄托太多希望，过后再失望。"

姜晴没有再说下去，姜昭又叹了口气。姐妹二人这些年来早已心有灵犀，一方动念，另一方便有所觉察。

"我在想。"姜昭随口说道，"若有谁武功高强到谁也不怕的地步，去把这群王公大臣统统刺死就好了。"

姜晴笑了起来，姜昭毕生习武，却也逐渐知道天外有天、人外有人的道理，要她去做，是万万做不到的。

"可是站在郢王面前时，"姜晴说，"你为什么又迟迟不动手呢？"

姜昭沉默了。

天亮了又黑，黑了又亮。冬天来了，白昼变短，黑夜变长。光在雍宫里拖出长长的影子，石柱的影子、枯木的影子、人的影子，光影来去变化，一眨眼，又是一个月。

"雍地冬天很长，显得清冷，想必二位过得不惯。"

下元节当天，沙洲畔，汁琅朝姜晴说道。

姜晴微微一笑，说道："在哪里都是一样的，还未来得及谢谢你，殿下。"

汁琅听得一愣，继而回过神，明白姜晴所指无非是召开琉华殿问政之事。

"不客气。"汁琅说道，"都是耿渊的坚持。"

耿渊推给汁琅，汁琅又推回给耿渊，姜晴没有刨根问底，她也很有耐心，反正这里已是她们的最后一站，等多久都无所谓。

祭祀水官结束后，界圭跟在姜晴与姜昭身后。

"我说了。"姜昭说道，"我们俩不需要保护。"

界圭的面容冷峻，只答道："我不是来保护你们的。"

两姐妹看了界圭好一会儿，姜昭再看姜晴，证实了她们先前的猜测。

"那么，就请借一步说话。"姜晴低声说道。

耿渊既说越国的亡国太子勾陈流落在雍——他不可能骗人，也不屑于骗人，勾陈就一定在汁琅的身边。

姜晴与姜昭看来看去，与汁琅出入形影不离的人，除了耿渊，就是这名高高瘦瘦、话也懒得朝旁人说的青年。耿、卫、周、曾四家，她们都拜访过，旁敲侧击地问了界圭的身世，得知他来历不明，那勾陈除了他，还会是谁？

这名青年在宫中总是穿着一身藏青色武袍，越服不似越服，雍服不似雍服，做风戎人打扮，头发绾到脑后，两鬓与耳畔修得干干净净，唇红齿白，眉毛犹如剑锋，鼻梁高挺，唇角坚硬，佩一把六寸来长的短剑，左手手腕系着穿了玉珠的红绳。

除此之外，身无别物。但姜昭注意到，那红绳，汁琅手腕上也有一根，可见他二人关系匪浅。

界圭是汁琅的贴身侍卫，汁琅的起居饮食都由他亲自安排，其形影不离的程度，就连耿渊与汁琅的关系亦不及。

他几乎没有离开过汁琅，既然特地前来，那勾陈一定就是他了。

姜昭回身关上殿门，两女怔怔地看着界圭。

"拜见太子殿下。"姜晴的声音局促，且微微发抖。

姜昭紧抿着唇，注视着界圭，姜晴轻轻地拉了拉她，姜昭便也朝他行了礼。

"不必多礼。"界圭的眼神依旧冷漠，就像冬天沙洲中结冰的水。

银 汉 · 千 星 坠 火

一扇门，两处封国，三个人。

就像汁琅所预测的一般，界圭与姜昭、姜晴的第一次正式见面，便爆发了剧烈的争吵。

姜昭实在咽不下这口气，她们经历了多少险象环生的考验，在五国间颠沛流离多年，几次险些连自己的命运亦无法掌控，妹妹更是辗转于诸多国家，见了无数王侯，到得最后，竟换来了勾陈轻飘飘的一句："不要再复国了。"

她蓦然上前，狠狠地给了界圭一耳光。

"姐！"姜晴连忙拉住她。

"你这个废物！废物！"姜昭怒吼道。

界圭非但没有生气，反而笑了起来，笑容里带着若有若无的傲气。他打量着姜昭与姜晴，犹如打量两个不知天高地厚的小姑娘。

"结束了。"界圭冷静地说，"早在我父亲被杀那天，我就发誓，都结束了。"

姜昭冷冷地说道："越地的仇恨也能就此结束？那些被杀的百姓、战死的袍泽，也跟着就这么结束了？勾氏、姜氏的列祖列宗不会允许你结束！"

"你懂什么？"界圭沉声说道，他上前一步，出手锁住姜昭的手腕，他的声音难得地变得低沉，却充满了危险的气息，"你懂多少?！"

"你见过几个越人?！"界圭犹如一只猎豹，在月色里隐藏着愤怒，声音中满是不甘的咆哮，"你问过他们没有？是否愿意跟随我复国？一旦开战，又是血流成河！他们历经百年，总算融入五国，如今你王旗一举，天下所有的越人都会被各国掘地三尺找出来杀掉！你有多大的本领能保护他们，保护远在关内的族人?！"

"五国王宫贵族杀得越人血流成河，杀得他们身首异处，这就是你们想看见的?！"界圭朝姜昭怒吼道，"一旦杀戮开始，你以为自己有多大的胜算？"

姜昭退后一步，没有再说下去，彼此都因愤怒和紧张而战栗，界圭又阴冷地说："一旦雍国支持你们复国的消息传出去，天下便会开始追杀曾经的越人。我们虽已亡国，却远未灭种，如今我名唤界圭，不再是勾陈，这就是越，我即是越。"

界圭放开了姜昭，两姐妹安静地看着这位曾经的太子。

"往事休要再提。"界圭说道，"你既是姜家长女，应当知道，你我曾有婚约。"

"是。"姜昭冷冷地说道，"但婚约今日想必已解除了。"

“不错。”畀圭礼貌地答道，转身要离开。

“殿下。”姜晴忽然叫道。

“不要再叫我殿下。”畀圭没有回头，说道，“或许我阻拦不了你俩，但勾陈已死，不会再出现在任何人面前，今夜是他出现的最后一次。”

畀圭推门而出，姜晴想追上去，却看见门外汨琅在等待着。

汨琅一身月白长袍，站在月光下，月亮照在他的身上，将他袍上千里江山的暗纹映得十分明亮。

汨琅听见推门声，朝畀圭望来，畀圭来到汨琅身边，两人一同离开了。

关门前，姜晴与汨琅遥遥对视，背后传来姜昭低低的饮泣之声。

冬天快来了，畀圭与汨琅回到寝殿，汨琅换下长袍，穿着里衣，疲惫地叹了口气。

两名青年俱一身雪白，畀圭坐在地上，用匕首拆下短刀刀鞘上镶嵌的宝石，撬下宝石时，发出一声轻响。

“你在做什么？”汨琅望向畀圭。

畀圭没有回答，汨琅又叫道：“畀圭。”

回应他的，是另一声轻响。

“你我从小一同长大。”汨琅说，“我不知道这么做是错是对，但只要你开口，我可以为你做任何事。”

“你办不到。”畀圭轻描淡写地说，“我也办不到，姜家那俩女孩儿更办不到，世上总有人办不到的事，何必勉强自己？”

汨琅苦笑，想了想，又说：“倒是姜晴的设想，让我有了一个大胆的计划。”

畀圭忽然停下动作，望向汨琅。

汨琅说：“那天耿渊说的计划让我想到，刺杀是否可行。”

畀圭放下短刀，沉吟不语。

汨琅又说道：“以姜家姐妹带来的消息，梁国之重臣重闻是我们至为强劲的对手，且梁国一将独大，若他死了，我们的阻力自然迎刃而解。”

畀圭若有所思。

“你认为呢？”汨琅侧头，问床下坐着的畀圭。

"刺杀重闻，以我与他的实力估算，成功率应有五五开。"界圭说，"只是我一旦为你做了此事，想必就再也回不来了，自然，我是情愿，就怕你……"

汁琅马上说道："说的什么话？我怎么可能舍得让你去？"

界圭到汁琅榻畔坐下，汁琅翻身面朝界圭，看了他几眼，界圭欲开口，汁琅却又说道："不过是问问你觉得是否可行，此事休要再提，就当我没说过。睡了，这几日实在太累……"

汁琅复又躺平，界圭就这么坐在榻畔，怔怔地看着汁琅。

琉华殿议政之日，姜家姐妹带来了一个震惊朝廷的想法，犹如往平静的湖面投了一颗石子，这一想法在汁琅心中逐渐成形，令他辗转反侧，无法放下。

越地亡国之后，梁占据越的一部分国土，在姜晴的设想之中，梁国将是越国复国的突破口。

而她大胆地做出了一个假设——刺杀重闻。

重闻一死，梁国朝中定将大乱，但这个时间点必须选好，必须在重闻拥立毕颉，废黜太子毕商之后，这么一来，国无重将，唯有托孤老臣迟延訇，到时再由勾陈出面集结越人，她们便有了希望。

姜氏姐妹在安阳逗留日久，从宫内诸人性格、王族好恶等方方面面做了一份详尽的分析。

刺杀重闻，听起来不错，可是谁去？

与姜氏姐妹接触最多的耿渊暗示了汁琅——她俩早已想好了，由姜昭带着天月剑入大梁安阳宫，寻找机会刺杀重闻，但在这之前，她必须确保妹妹的安全，所以，姜晴留在落雁城是最好的。

这是一桩有去无回的任务，除此之外，姜昭还要得到汁琅的承诺，在她得手或失败后，雍国要一如既往地支持姜晴，姜昭不能白死。

汁琅再一次被这两姐妹的胆识震惊，但他绝不赞同姜昭的计划，一来雍国还没有准备好；二来姜昭成功的机会不大；三来，对付重闻是他的责任，不能让亡国孤女去替雍国送死。

于是他让界圭阻止了她们。界圭的阻止对姜晴与姜昭的打击是毁灭性的，二人心心念念的复国，是二人为之而生的信念，如今却成了一场大梦，汴琅很清楚这意味着什么，在人生的道路上，他不止一次遭遇过相似的危机。

但总归要有人把她们从梦里叫醒。

"她们在做什么？"汴琅某天处理完政务后，朝界圭问道。

"姜昭在练武。"界圭说，"姜晴在独自发呆。"

"去陪陪她。"汴琅说道。

"不去。"界圭生硬地答道。

界圭与耿渊有着本质上的区别，耿渊会无条件服从汴琅，汴琅说什么，他就去做什么；界圭却不，吩咐他的事办不办，得看他的心情。

有时汴琅对界圭也十分头痛，两人僵持良久，最后汴琅决定自己前去看看她们。

姜昭与耿渊正在过招，在白雪与梅树下，姜昭着一身白衣，耿渊则着一身黑袍，以黑布蒙着双眼，右手倒拖黑剑，左手掐剑诀，屹立于雪地上，侧耳听着姜昭的剑风。

"我手中这把可是天月剑。"姜昭冷冷地说道，"刀剑是不长眼的。"

"我知道。"耿渊温润的唇稍稍扬起唇角，"挨到我的袍角算你赢。"

汴琮在旁看得触目惊心，但他没有开口，甚至不敢喘气，生怕干扰了耿渊。

汴琅远远地看了一眼，便从长廊中穿过。

"她们什么时候走？"界圭忽然说道。

"那要问她们。"汴琅边走边答道，"落雁城这么大，难道就没有两个女孩儿的容身之所了吗？"

界圭没有再说下去，他知道命里注定的事总会来，不是这一天，就是那一天；命里注定的人也总会来，不是这个人，就是那个人。

姜太后已暗示过好几次，姜昭与姜晴是当下最合适的太子妃人选，汴琅却还想再等等，汴琅的婚事决定了未来雍国的成败，风戎、氐、林胡，都有联姻的意图。

"身为一国之君，"汩琅曾经叹气朝界圭说，"婚事也无法做主。"

"跟我走罢。"界圭说，"若不想成亲，我带你走。"

汩琅笑了起来，说："走？去哪儿？"

界圭说："去流浪。"

"两个太子，"汩琅说，"流落天涯吗？我看琼儿可不似能担负起大雍的模样。"

那是他们第一次讨论婚事，那是个春天，汩琅与界圭并肩躺在桃花树下。界圭记得很清楚，那天桃花落了他们满身，汩琅说完这句话后就睡着了。

界圭端详着他的睡容，小心地为他捡走脸上的花瓣，一片一片，他把捡回来的花瓣用一块布包着，压在枕头下。但春天还没过完，那些花瓣就枯萎了，被压碎了，最后他把这些碎片加在汩琅给他的桃花酒里，坐在夏日的长廊下，提着那坛酒，对着风铃的声音，慢慢地，独自喝完了。

冬天来临，刚下过一场大雪，宫里的景象尽成白色。

姜晴端坐矮栏上，背对界圭与汩琅，穿一身狐裘，仿佛与这大雪融为了一体。

"界圭，"汩琅忽然说，"我倒是觉得，想成亲了。"

姜晴拥有耀眼的才华，界圭对此丝毫不怀疑。姜晴若身为男子，想必比界圭更适合当太子，而不是像他一般，当一个寄人篱下的窝囊废。

他也想过，若有一天自己复国了，是不是就与汩琅平起平坐，届时能堂堂正正地告诉他自己心头的那句话？

可是设若他真能复国，等待他们的，就是从此天各一方再不能相见的日子，要再像如今般形影不离，势必只有一方再亡国，那么又与现在有多大区别？

界圭走到一旁坐下，看着不远处。汩琅走到姜晴身畔，两人低声交谈了几句，旋即汩琅慢慢坐在了姜晴的身边，并肩看着这场鹅毛大雪后的美景。

这一天界圭想了许多，他想起了故国——那个无数故人朝他描绘的越地，想到了自己从未见过的景象……忽然他生出一个念头，姜晴在某种意义上来说，也许是上天派来的，姜晴相当于世上的另一个他，他的另一个身份。

在各种因缘际会之下，姜晴追寻着世间被他舍弃的责任，她有着另一个越国太子的灵魂。在命运的安排下，姜晴来到雍宫，与汁琅相会，也就理所当然地会嫁给他。

这么想来，界圭便觉得好多了，仿佛姜晴履行了那个他无法兑现的承诺，办到了他办不到的事。

界圭抓了一把宝石，准备用在汁琅的婚礼上，取下宝石后，他把王族的短剑随手扔了，扔进宫内的池塘中。

那一天危险正在跨越重重迷雾，朝置身其中的所有人不断逼近。

许多年后，界圭总觉得，如果他在那场大火中和汁琅一起死了，说不定更好。

那场大火是汁琅巡视氏族领地时发生的，事发之时，他们在一家酒肆里，在这之前，雍宫中得到了梁国将派人来暗杀汁琅的消息，但大多数人都不当一回事，唯独姜太后特地提醒了界圭，让他当心。

毕竟有耿渊与界圭在，武艺再强的高手也近不了汁琅的身。

但界圭没料到火势起得如此快，除却大火，酒肆内还暗藏了近百名远道而来的杀手，重闻为了刺杀汁琅简直称得上殚精竭虑，只是他查不出，雍国境内究竟是谁在接应。

耿渊匆忙赶来，界圭带着汁琅冲出火海的一刻，汁琅全身是完好的，界圭则差点被烧成了焦炭，他脸上的皮肤开裂剥离，现出鲜红的皮肉，犹如从地狱中爬出来的魔神，于熔岩中破焰而出。

回到宫内，汁琮开始搜查全国，卫家亦吓得不轻，但搜查良久，只查到数百具身份不明的尸体。

汁琅亲自为界圭上药，界圭全身赤裸，忍着剧痛，感受着汁琅的手极轻、极小心地触碰在他身上的感觉。

"痛了便吭声。"汁琅小声说。

界圭咬着牙，侧头看了汁琅一眼，忽然笑了，他知道自己的笑容一定很丑陋，人不人，鬼不鬼，但汁琅也跟着笑了。

"挺好的。"界圭说，"至少你不会忘了我。"

这是他们从小一起长大的这么多年里，他朝汁琅说过的最露骨、最直白的话，他知道汁琅听懂了。

但他是国君，国君从不轻易告诉别人自己的心思。

他的回应，只是一句轻描淡写的"怎么会忘了你？烧成灰也不会忘"。

这句话恰到好处却又点到为止，界圭的目的达到了，心里却空落落的，说得不到回应罢，里面又有深意，说得到了，却又让他怅然若失。

为此，他咀嚼其中意味近半个月。

又一年春天，汁琅开始准备登基与举办大婚庆典的事宜，姜晴的归宿也终于定了下来。

界圭在春天入关，到梁国安阳城去胡乱杀了几名梁国武将，以做初步报复。界圭回到落雁后，姜晴特地来看他，谢他对自己准夫君的救命之恩，换作平日，界圭定觉得这是侮辱，但今日下朝时汁琅口渴，喝了他喝剩下的半杯茶，界圭心情正好，便没有计较。

"我看看？"姜晴说。

界圭摘下银面具，让她看自己的脸。

"好得很快。"姜晴笑道，伸手轻轻撩了一下界圭的头发。

界圭没有避开这个亲昵的举动，姜晴的一言一行总让人如沐春风，但她对旁人不全是这样，只有在面对界圭与汁琅时才尤其亲切，因她总将他们看作一个人，这也是对界圭的尊重。

"你还想着复国？"界圭忽然问。

"嗯。"姜晴说，"但是，殿下说得对，我太幼稚了，想得不够周全。"

姜晴很聪明，她与汁琅一般聪明，哪怕成婚势在必行，界圭也不得不承认，姜晴与汁琅旗鼓相当，她确实是最合适的太子妃人选。

"成为雍国的太子妃，以后还将是王后。"界圭说，"来日方长，总有机会的。"

天底下再没有谁比界圭更了解汁琅的心思，他知道汁琅愿意帮助越国是出于道义，也是出于利益，但不是现在帮越国复国，这个目标没有十年、二十年无法完成，甚至在他们的有生之年都可能看不到希望，要借由下一代之手来达成。

于是姜晴接受了这种方式——汁琅铭记他的承诺，姜晴嫁入雍国王室，以她的智慧协助汁琅治理大雍，处理与南方四国的关系与纷争。他们的利益从此被牢牢地绑在一起，既有情，又有义，更有利，姜晴以王后的身份督促汁琅，与他展开夫妻之间的对弈。

"可是我有时想想，"姜晴说，"反而觉得汁琅说得对，越人也好，雍人也罢，俱是天下人，若终有一天，他能实现他的宏图伟业，天下人你中有我，我中有你，到得那时，兴许我就再也不会想复国的事了。"

"你中有我，我中有你……"界圭喃喃道。

姜晴笑了起来，轻轻地唱道："捏一个泥人，你中有一个我，我中也有一个你……"

那是越国故地的儿歌，小时候，界圭听姜太后唱过。

界圭掏出笛子，缓缓地吹起这首曲子。

又一年的春风吹了起来，汁琅正式登基前的三个月。

"我去罢，不要与我抢。"耿渊找到界圭，说道。他们很少像这样私下对话。

"我去。"界圭想也不想便说。

那场即将惊动五国的刺杀计划已酝酿成形，如今只缺黑暗中名满天下的刺客挥出最后一击。

"我去。"耿渊说。

"我去，我有责任。"界圭说，"这本来就是我该做的。"

耿渊说道："我也有责任，我心甘情愿。"

界圭冷冷地说道："你一定要与我争？"

"汁琅离不开你。"耿渊朝界圭说。

"你想替姜昭去？"界圭想了想，又说。

耿渊这次没有说话，计划是姜氏姐妹最先提出的，动手之人也必须是姜昭，汁琅若想阻止她，必须派出一个武功比她强的人。

"你陷进去了。"界圭冷漠地朝耿渊说。

"没有。"耿渊不为所动。

界圭取下银面具，提醒道："陷进去了就是这般模样。"

耿渊说："如果你心有不平，证明你该走远点，自己一个人静一会儿。换换生活，总是好的，呼吸点不一样的空气。"

界圭沉默了。

于是界圭没有再与耿渊争这个机会。唯独姜昭得知时，与耿渊爆发了一场争吵。说是争吵，实是姜昭单方面的怒斥，耿渊只是抱着手臂站在一旁，倚在柱前安静地听着，殿内汁琅、姜晴、汁琮、界圭都在。

依姜太后的意思是希望姜昭能与汁琮完婚，但明眼人都看得出姜昭喜欢的人是谁，从来到雍宫第一天，汁琅便看出来了。

"我不需要任何人替我做这件事！"姜昭怒吼道，"你以为我是寄人篱下软弱无能的……"

耿渊以沉默面对姜昭的怒火，忽然间，在她两句话的间隙中，冷不防地冒出来一句——

"那么，你嫁给我。"

刹那间殿内静了，没有人说话。

"什么？"姜昭以为自己听错了。

"你嫁给我。"耿渊说，"这么一来，你的夫君前去刺杀重闻，就合适了。"

"你……"姜昭惊呆了。

姜晴不知是该笑还是该流泪，殿内静了许久。

"怎么？"耿渊说，"没有比这更好的办法了。"

姜昭满脸通红，怒吼道："胡闹！简直是胡闹！"

姜昭看看周遭人等，汁琮表情十分复杂，汁琅却带着恶作剧般的笑。耿渊以他明亮的双眸望向姜昭，扬眉做了个询问的神色。

"你……你认真的？"姜昭难以置信地问道。

耿渊答道："当然，你见我开过玩笑？"

姜昭退后几步，忽然紧张起来，继而头也不回地奔到了殿外。

界圭看在眼里，生出一丝羡慕。

一个月后，耿渊迎娶姜昭，与她完婚，但完婚当天，姜昭便离开了雍国。

"我将居于越地，望你永不忘记你的妻子。"姜昭说，"夫君你若失败，我自将携天月剑前来，报仇雪恨。"

"你不会有那个机会。"耿渊温柔地笑着说道，"在越地等我。"

姜昭回头望向姜晴，姜晴双眼满是泪水，喊道："姐姐！"

她充满了不舍，却知道这已是必然，这些年来，姜昭是如此倔强，也只有这倔强，犹如磐石下的蒲草，终有令千丈高山，万仞险峰崩溃瓦解的力量。

半年之后，耿渊离开落雁，在眉眼间缠上了黑布，入关前往梁国。

那天界圭在玉璧关，他离开了王宫，就像耿渊说的那般，给自己换换地方，呼吸不一样的空气。

但他的心仍在落雁，许久后，南方始终没有消息，他不知道耿渊如何了，直到命中注定的那一天到来。

山峰犹如在他的面前突然崩塌，以势不可当之力朝他重重地压了下来。

收到传书时，他什么也没有想，脑海中一片空白，天崩地裂，肝肠寸断。他甚至只凭本能，纵马回到落雁，站在满是黑布的雍宫前，星辰移位，天空中倒映着送葬的火光，萨满们念诵着往生者的颂文。

许多年后，另一个人告诉他，这是满天星辰从此坠落，尽成地狱火。

界圭为汁琅守了四十九天的灵，最后一天，林胡大萨满带来了一张染血的布条，传他在午夜进去。

他抱着那孩子来到安阳，为他开门的人是一名陌生女子。

"她是姜昭的侍女。"耿渊听见脚步声，已知道是界圭，他得到了雍都的消息。

界圭将汁炆递给耿渊，耿渊没有接，只是轻轻地抚摸那孩子的脸颊。

在他身畔，尚有另一个两岁的男孩儿在熟睡。

"把他带去浔阳给姜昭。"耿渊说，"我这里也不安全。"

界圭不发一语，起身离开。

十三年后，界圭在洛阳城内的高墙处埋伏，正在监视着城中动向时，忽然看见了一双熟悉的眼睛。

那双眼睛哪怕过了十三年，他也未曾忘记。汁琅常常出现在他的梦里，笑着朝他说："你就算化作灰了我也认得你。"

他从一个屋顶跳到另一个屋顶，在洛阳鳞次栉比的屋顶上飞奔，只为了多看那孩子一眼。他喝醉了，在街道上摇摇晃晃地走着，用清脆的声音唱着：

"天地与我并生，万物与我为一……"

洛阳大火起时，就像许多年前，氏领地酒肆中燃起的火海。

界圭在火里穿梭，他又看见了那孩子，他明亮的双眼充满茫然，在火里喊道："哥——哥！"

界圭慢慢地靠近他，摘下了自己的银面具，终于出现在他的面前。

——番外·完——